DEBUT D'UNE SERIE DE DOCUMENTS
EN COULEUR

EDMOND & JULES DE GONCOURT

MANETTE
SALOMON

TOME SECOND

DEUXIÈME ÉDITION

PARIS
LIBRAIRIE INTERNATIONALE
15, BOULEVARD MONTMARTRE

A. LACROIX, VERBOECKHOVEN & Cⁱᵉ, ÉDITEURS
A Bruxelles, à Leipzig et à Livourne.

1868

LITTÉRATURE

COLLECTION IN-18 A 3 FR. 50 LE VOLUME

Berend. — La Quarantaine . . . . 1 vol.
Biagio Miraglia. — Cinq Nouvelles calabraises. . . . . 1 vol.
Castelnau. — Zanzara, ou la Renaissance en Italie. . . . . . . 2 vol.
Emerson. — Les Représentants de l'humanité . . . . 1 vol.
    —   Les Lois de la vie. . . . . 1 vol.
    —   Essai sur la Nature . . . . 1 vol.
Eyma. — Légendes du nouveau monde . . . . 2 vol.
Fould. — L'Enfer des Femmes. . . . . 1 vol.
Garcin. — Charlotte . . . . 1 vol.
Hugo (V.). — Les Misérables . . . . 10 vol.
Leclercq. — Histoire de deux Armurières . . . . 1 vol.
    —   Gabrielle Hauzy. . . . . 1 vol.
Ligne (Prince de). — Mémoires . . . . 1 vol.
Lucas. — Histoire du Théâtre français. . . . . 3 vol.
Michelet. — La Sorcière. . . . . 1 vol.
Reade. — L'Argent fatal. . . . . 2 vol.
Schlegel. — Cours de Littérature dramatique. . . . . 2 vol.
Trollope. — La Petite Maison d'Allington. . . . . 2 vol.
Vincent et **Didier.** — Enclume ou Marteau. . . . . 1 vol.

COLLECTION IN-18 A 3 FR. LE VOLUME

Alarcon. — Le Finale de Norma . . . . 1 vol.
Alby. — L'Olympe à Paris, ou les Dieux en habit noir . . . . . 1 vol.
Auerbach. — Au village et à la Cour. . . . . 2 vol.
Barrué. — Zéphyrin Brunon, histoire d'un parvenu. . . . . . . 1 vol.
Berthet. — La Peine de Mort, ou la Route du Mal. . . . . . . 1 vol.
Blum. — Entre Bicêtre et Charenton. . . . . 1 vol.
Bonnemère. — Le Roman de l'Avenir. . . . . 1 vol.
Breteh. — Gabrielle. Les Pervenches. . . . . 1 vol.
Claude. — Le Roman de l'Amour . . . . 1 vol.
Daudet. — Les Douze Danseuses du château de Lamôle. . . . . 1 vol.
Dérisoud. — Les Petits Crimes . . . . 1 vol.
Desbarolles. — Le Caractère allemand . . . . 1 vol.
Dollfus. — Mardoche. La Revanche du Hasard. La Villa . . . . 1 vol.
Ducondut. — Juvenilia, Virilia. Poésies. . . . . 1 vol.
Garcin. — Léonie, essai d'éducation par le roman . . . . 1 vol.
Gastineau. — La Dévote. . . . . 1 vol.
Joliet. — L'Envers d'une Campagne. Italie 1859 . . . . 1 vol.
Pessard. — Yo, ou les Principes de 89 . . . . 1 vol.
Pétrarque. — Rimes, traduites en vers, par J. Poulenc . . . . 1 vol.
Richard. — Un Péché de vieillesse . . . . 1 vol.
    —   La Galère conjugale. . . . . 1 vol.
Sand (M.). — Le Coq aux Cheveux d'or . . . . 1 vol.
Scholl. — Nouveaux Mystères de Paris. . . . . 3 vol.
Serret. — Les Heures perdues. Poésies . . . . 1 vol.
Ulbach. — La Chauve-Souris. (Suite du *Parrain de Cendrillon*) 1 vol.
Zola. — La Confession de Claude . . . . 1 vol.

PARIS. — IMPRIMERIE L. POUPART-DAVYL, 30, RUE DU BAC.

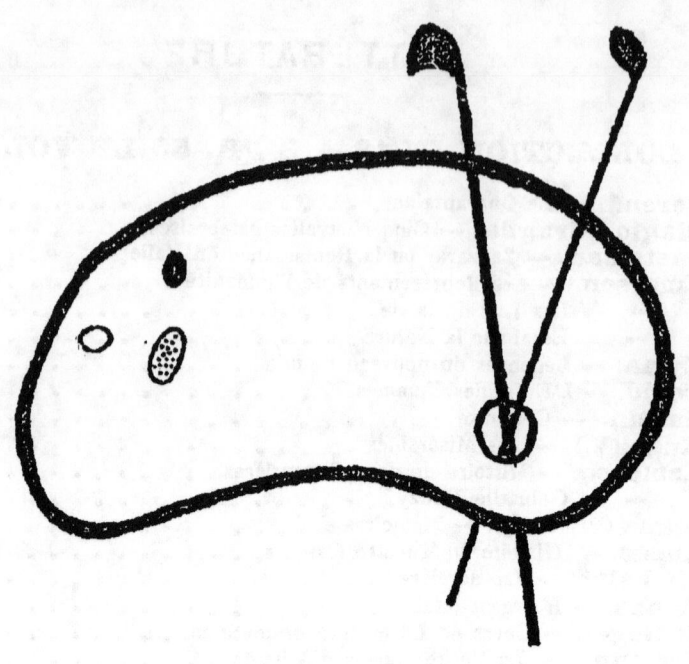

**FIN D'UNE SERIE DE DOCUMENTS
EN COULEUR**

MANETTE
SALOMON

DES MÊMES AUTEURS

Imprimerie L. Poupart-Davyl, rue du Bac, 30, à Paris.

EDMOND & JULES DE GONCOURT

MANETTE
SALOMON

-

TOME SECOND

-

DEUXIÈME ÉDITION

-

PARIS

LIBRAIRIE INTERNATIONALE

15, BOULEVARD MONTMARTRE

A. LACROIX, VERBOECKHOVEN & Cⁱ, ÉDITEURS

A Bruxelles, à Leipzig et à Livourne.

1868

MANETTE SALOMON

LXVII

Un soir, Coriolis, qui n'était pas encore recouché, lisait, allongé sur le divan. Manette allant et venant, rangeait dans l'atelier, repliait dans la petite armoire les étoffes turques éparpillées sur des meubles; et de temps en temps, se mettant devant la psyché qu'éclairaient deux bougies, elle essayait sur elle, en se souriant, des morceaux de costume d'Orient, — quand Anatole rentra, suivi de quelque chose de blanc à quatre pattes, qui avait le collier de faveur rose d'un mouton de bergerie.

— Ah ça! qu'est-ce que vous nous amenez? — fit Manette en poussant un petit cri de peur.

— Oh! mon Dieu! — dit Anatole, — rien... un cochon...

Le goret trottinait déjà dans l'atelier, fure-
tant, le nez en terre, avec de petits grognements,
faisant la reconnaissance de tous les recoins et de
tous les dessous de meubles de la grande pièce.

— Tu es fou ! — fit Coriolis.

— Parce que je rapporte un cochon, un amour
de cochon, un cochon qui a des rubans comme
une boîte de baptême?... Tu ne méritais pas de le
gagner, par exemple... Merci, le gros lot, plains-
toi!... Oui, mon cher... On a été si content au café
de Fleurus de te savoir remonté sur ta bête, qu'on
t'a conservé ton assiette au dîner et qu'on a tiré
pour toi à la loterie... Tu as eu la chance... et tu
as la bête... C'est doux, c'est gentil, ça aime
l'homme... et ça sauve de la tentation : vois saint
Antoine!... Et puis ce sera une société pour
Vermillon... Il faut que je le lui présente... Hop!
Vermillon !

Sur cet appel d'Anatole, Vermillon, qui avait
hasardé un bout de son museau hors de sa cage à
l'entrée du goret dans l'atelier, le rentra, en se ren-
fonçant précipitamment.

— Vermillon! — cria impérieusement Anatole.

Vermillon se pencha, se gratta la tête, se lança
après sa corde, descendit vite usqu'au milieu, et
s'arrêta là, en liant, comme un clown, son jarret
autour du chanvre. Anatole secoua la corde : le
singe lui tomba sur l'épaule, et de là, sautant à
terre, il se mit de loin, baissé et appuyé sur le dos

de ses deux mains, à regarder cette bête imprévue qui ne le regardait pas. Il en fit le tour : le cochon se mit à marcher, le singe le suivit avec de petits sauts, se penchant de temps en temps, le regardant en dessous, le considérant avec une attention profonde, méditative, presque scientifique.

— Nous étions une flotte, — reprit Anatole, — au grand complet... Je t'ai excusé... J'ai dit que tu étais encore un peu patraque... Oh! ça a été d'un chaud! On a crié à faire venir les sergents de ville!

Le singe peu à peu, suivant le cochon pas à pas, se familiarisait avec lui. Il le flaira, le toucha un peu, aventura sa patte dessus, et goûta le doigt avec lequel il l'avait touché. Puis, tournant derrière lui, il lui prit délicatement la queue, la releva, regarda, et, comme si son instinct de la ligne droite était blessé par cette queue en vrille, il la tira pour la redresser, la lâcha pour voir s'il avait réussi; et voyant qu'elle restait tirebouchonnée, la retira encore. Le cochon restait immobile, cloué sur ses quatre pattes, effrayé de l'opération, plein d'une sorte de terreur paralysée, ne donnant d'autre signe d'impatience qu'un émoustillement d'oreille.

— Vermillon! à ta niche! — cria Coriolis; et se retournant vers Anatole : — Dis donc, qu'est-ce qu'il faut que je leur donne la prochaine fois... quel lot? Je voudrais faire les choses bien, tu comprends, tout à fait bien... Ça serait bête de leur donner quelque chose de moi...

— Tiens! si tu leur donnais ton vilain singe? —
lança Manette.

— Mon fils adoptif! — dit Anatole. — Ah!
bien!...

— Un bronze de Barbedienne?... — reprit
Coriolis, — ce n'est pas bien neuf, un bronze de
Barbedienne... Ma foi! si je leur rendais, comme
lot, un dîner à tous ici... pour la fin de ma conva-
lescence?

— Hum! un dîner... — fit Anatole, — ça sent
la fête de famille, un dîner... Donne donc plutôt un
souper... c'est toujours plus drôle.

— Oh! mon Dieu, un souper, si tu veux... Mais
qu'est-ce qu'on fera avant souper?

— Tout ce qu'on voudra... de la musique religieuse... Une idée!... si on se livrait à un petit
tremblement de jambes?

— Moi, d'abord, je mets ça, si on danse... — dit
Manette qui venait de passer sur elle une magnifique robe de Smyrniote.

— Mais, ma chère, tu n'y penses pas... ce n'est
plus l'époque des bals masqués...

— Bah! si ça l'amuse? — fit Anatole. — Donne-
lui cette petite fête-là... Elle ne l'a pas volée... Elle
n'a pas eu trop d'agrément ces temps-ci... Garnotelle connaît le préfet de police, il vient de faire son
portrait... Il nous aura une permission... Nous
aurons un municipal à la porte... C'est ça qui aura
de l'œil!... Enfoncés les bourgeois!

Manette, sans rien dire, s'était posée toute costumée devant Coriolis.

— Accordé! — dit Coriolis, — bal et souper! Voilà le programme... Par exemple, c'est toi que ça regarde, Anatole... tu te charges de tout... Ah! canaille de Vermillon!

Et tous les trois partirent d'un grand éclat de rire.

Après s'être acharné à vouloir redresser la queue du cochon, après avoir essayé inutilement de grimper sur son dos, Vermillon avait paru lâcher sa victime. Grimpé sur un coffre, et là se tenant bien tranquille en ayant l'air de ne penser à rien, il avait attendu que le goret rassuré passât dans sa promenade quêtante juste au-dessous de lui. Il avait saisi le moment, calculé son saut, bondi juste sur le pauvre animal qui, de terreur, faisait en cercles éperdus, comme dans le manége d'un cirque, une course qu'aiguillonnaient les ongles de Vermillon cramponné, par la peur de tomber, à la peau du coureur. Le petit cochon, les oreilles rabattues sur les yeux, lancé et détalant comme s'il avait un diablotin en croupe, le petit singe avec ses inquiétudes nerveuses, avec sa mine de voleur, aplati, rasé, collé sur le dos de cette bête de graisse, se rattrapant et se raccrochant dans des pertes d'équilibre continuelles, — c'était un spectacle du plus prodigieux comique, où un philosophe aurait peut-être vu l'Esprit monté sur la Chair et emporté par elle.

LXVIII

A minuit, le 20 juin, commençait dans l'atelier
de Coriolis ce bal qui devait devenir historique et
laisser dans les légendes de l'art une mémoire encore vivante.

Entre les quatre murs rayonnant de lumière, on
eût cru voir se presser un peu de toutes les nations
et de tous les siècles. L'Histoire et l'espace semblaient ramassés là. L'univers s'y coudoyait. C'était
comme une évocation où le peuple d'un Musée,
descendu de ses cadres, se cognait au Carnaval.
Les étoffes, les modes, les dessins, les lignes, les
souvenirs, les pays, tout se mêlait dans le tohubohu
étourdissant des couleurs. Il y avait des échantillons de toutes les civilisations, des morceaux de
toute la terre, et des robes volées à des statues. Les
costumes allaient d'un pôle à l'autre, et de Jupiter
à un garde national de la banlieue. Ceux-ci venaient
du Niger; ceux-là avaient été détachés d'une page
de Cesare Vecellio. Il passait des cardinaux et des
Mohicans. Des couples se parlaient comme de la
distance d'une forêt vierge à Trianon. Un portrait
historique, un personnage drapé dans un chef-

d'œuvre, prenait la taille de la dernière des débardeuses. Des bouts de chlamyde flottaient sur des pointes de mules. Yeddo était dans cette jupe, un barbare de la colonne Trajane dans cette braie. La fustanelle plissait à côté de la jupe écossaise. La toge, comme la porte la statue de Tibère, voisinait avec la *tébuta* d'Océanie. Une déesse de la Raison, une Diane de Poitiers et une belle écaillère faisaient un groupe des trois Grâces. Un paysagiste figurait une statue antique avec un masque de plâtre et du madapolam amidonné. On voyait un galérien en vareuse rouge, en bonnet vert, avec la chaîne et un boulet fait d'un ballon d'enfant peint en noir. Un fou de Vélasquez serrait la main à un Jean-Jean de l'Empire. Deux Égyptiens, du temps de Rhamsès II, détachés d'une graphie égyptienne, fraternisaient avec un Mezzetin. De la toile à matelas par instant cachait de la pourpre. La tête d'un lion, qui coiffait un Hercule, était coupée par le plumet d'un Chicard. Un premier communiant à barbe, dans un habit et un pantalon de collégien trop courts, avec le brassard blanc, donnait le bras à un page miparti qui s'était peint les jambes à la colle, en noir et bleu. Une femme, en Moluquoise, avait un chapeau de six pieds de large, tout garni de nacre et de coquillages. Une autre était la sainte Cécile, en rouge, du Dominiquin.

Et à tous ces costumes, hommes et femmes avaient ajouté, avec la conscience d'artistes qui se

déguisent, la tournure, l'air, le teint, la physionomie, la couleur locale du maquillage, la grimace
même de chaque latitude. Toute une bande d'atelier, costumée en Peaux-Rouges, avait passé la
journée à se peindre religieusement, d'après les
planches de Catlin, tous les tatouages rouges, verts
et jaunes des Indiens: on les aurait reçus à la danse
du buffle. Et une femme qui était en Chinoise s'é-
tait donné la migraine en se faisant tirer les cheveux
aux tempes pour se remonter le coin des yeux.

Dans ce brouhaha de pittoresque se détachait un
coin d'Olympe : la beauté d'un modèle de femme en
Amphitrite, vêtue d'une écume de mousseline à travers laquelle paraissaient, à ses chevilles, des *péri-
celidès* d'or copiés sur la *Venus physica* du Musée
de Naples; la beauté d'un homme dont les muscles
jouaient dans un maillot; la beauté de Messicot, le
sculpteur, dans le costume des fromagiers de Par-
mesan, la chemise bouillonnée, coupée sur le bi-
ceps, le petit tablier bleu sur le ventre, le caleçon
arrêté au genou, les jambes nues, basanées, nerveuses et parfaites, dignes de son costume et de ce
type de race qui montre le Bacchus indien dans les
fermes milanaises.

Puis çà et là, c'étaient des apparitions, des fantaisies de Mardi gras, comme en trouve l'atelier,
des caricatures taillées de main d'artiste, des
parodies cocasses, un Moyen âge à la Courtille,
des défroques de la chevalerie du sire de Fram-

boisy, des valets héraldiques de jeux de cartes, des ombres grotesques de l'Iliade, des héros qui avaient ramassé un casque dans un Daumier, des vengeances de pensum sur le dos d'Achille, une cour de Cucurbitus Ier, des imaginations de travestissements volés dans la cuisine de Grandville, des gens qui avaient l'air d'être tombés dans un pot-au-feu, la tête la première, et d'en avoir été retirés avec une couronne de lauriers et de carottes.

Coriolis avait la grande robe de brocard à pèlerine, à ramages jaunes et verts, du seigneur qui lève une coupe dans les *Noces de Cana.*

Manette portait un des costumes rapportés d'Orient par Coriolis : les jambes dans un large pantalon de soie flottant, de la délicieuse nuance fausse du rose turc, elle avait la taille dessinée par une petite veste de soie marron soutachée d'or, d'où sortaient ses bras nus, battus par les grandes manches d'une chemise de tulle sans agrafes qui laissait voir en jouant la moitié de sa gorge. Sur sa tête, elle avait le charmant *tatikos* de Smyrne, le tarbouch rouge aplati, tout couvert d'agréments et de broderies, dans lesquels elle avait passé, noué, enroulé les tresses de ses cheveux avec l'art et la coquetterie d'une femme de là-bas. Et ravissante ainsi, elle semblait la vraie femme d'Ionie, — la femme de la séduction.

Garnotelle, tout en gardant ses cheveux longs, s'était très-bien arrangé dans le pourpoint de bro-

card noir, aux manches violettes, du beau portrait
de Calcar du Louvre. Chassagnol était superbe
dans son costume de comique florentin, en Stente-
rello du théâtre Borgognisanti, avec sa perruque
rousse, sa petite queue remontante, ses coups de
noir à travers la figure, ses sourcils terribles, sa
veste courte à carreaux.

Pour Anatole, il s'était déguisé en saltimbanque,
en saltimbanque classique de baraque. Il avait des
chaussettes de laine noire, sur lesquelles il avait fait
coudre un lacet d'or en triangle et de la fourrure,
un maillot blanc, un caleçon de cachemire rouge
bordé de velours noir, des bracelets en velours noir
et or, une collerette en velours noir et or, un dia-
dème en or sur une grande perruque, et une trom-
pette dans le dos.

LXIX

Ce costume de saltimbanque était le vrai costume
de la danse d'Anatole, une danse folle, éblouis-
sante, étourdissante, où le danseur, avec une fièvre
de vif argent et des élasticités de clown, bondissait,
tombait, se ramassait, faisait un nimbe à sa danseuse avec le rond d'un coup de pied, s'aplatissait
dans un grand écart au solo de la pastourelle, se

relevait sur un saut périlleux. On riait, on applaudissait. La danse autour de lui s'arrêtait pour le voir. Son agilité, sa mobilité, le diable au corps qui faisait partir tous ses membres, mettait comme une joie de vertige dans le bal.

Tout à coup, au milieu de son triomphe, des groupes qui se bousculaient et se marchaient sur les pieds, Anatole disparut. On le cherchait, on se demandait ce qu'il était devenu : il reparut en cravate blanche, en habit noir, avec la figure enfarinée d'un Pierrot, et gravement, il recommença à danser.

Ce n'était plus sa danse de tout à l'heure, une danse de tours de force et de gymnastique : c'était maintenant une danse qui ressemblait à la pantomime sérieuse et sinistre de sa blague, — une danse qui blaguait! — Mouvements, physionomie, les jambes, les bras, la tête, tout son être, le danseur l'agitait dans le jeu d'une indicible gouaillerie cynique. On ne savait quoi de sardonique lui courait le long de l'échine. De toute sa personne, jaillissaient des charges cruelles d'infirmités : il se donnait des tics nerveux qui lui détraquaient la figure, imitait en clopinant le bancal ou la jambe de bois, simulait, au milieu d'un pas, le gigottement de pied d'un vieillard frappé d'apoplexie sur un trottoir. Il avait des gestes qui parlaient, qui murmuraient : « *Mon ange!* » qui disaient : « *Et ta sœur!* » qui semblaient secouer de l'ordure, de l'ar-

got et des dégoûts! Il tombait dans des béatitudes
hébétées, des extases idiotes, des ahurissements
abrutis, coupés de subites démangeaisons bestiales
qui lui faisaient se battre le haut de la poitrine avec
des airs d'un naturel de la Terre-de-Feu. Il levait
les yeux au plafond comme s'il crachait au ciel. Il
avait des regards qui semblaient tomber du paradis
à la brasserie; il avait, sur le front de sa danseuse,
des bénédictions de mains à la Robert Macaire.
Il embrassait la place des pas de la femme qui lui
faisait vis-à-vis, il se gracieusait, se déformait, faisait le geste de cueillir de l'idéal au vol, piétinait
comme sur une illusion flétrie, rentrait sa poitrine,
se bossuait les épaules, jouait don Juan, puis Tor-
tillard. Il imprimait un mouvement de rotation mécanique à une de ses mains, et tournant dans le
vide, il paraissait moudre un air qui semblait le
chant de l'alouette de Juliette sur l'orgue de Fual-
dès. Il parodiait la femme, il parodiait l'amour.
Les poses, les balancements de couples amoureux,
consacrés par les chefs-d'œuvre, les statues et les
tableaux, les lignes immortelles et divines de caresse qui vont d'un sexe à l'autre, qui saluent la
femme et la désirent, l'enlacement qui lui prend la
taille et se noue à son cœur, la prière, l'agenouille-
ment, le baiser, — le baiser! — il caricaturait tout
cela dans des charges d'artiste, dans des poses de
dessus de pendule et de troubadourisme, dans des
attitudes dérisoires d'implication, de pudeur et de

respect, moquant, avec un doigt de Cupidon sur la bouche, toute la tendre sentimentalité de l'homme... Danse impie, où l'on aurait cru voir Satan-Chicard et Méphistophélès-Arsouille! C'était le cancan infernal de Paris, non le cancan de 1830, naïf, brutal, sensuel, mais le cancan corrompu, le cancan ricaneur et ironique, le cancan épileptique qui crache comme le blasphème du plaisir et de la danse dans tous les blasphèmes du temps!

A la fin, tout le bal se groupait autour du quadrille où il dansait; et les femmes qui avaient le bonheur d'être costumées en Turcs et de porter des pantalons, montées sur des épaules de doges, de cardinaux, de sénateurs romains, regardaient de là-haut, criant à force de rire.

LXX

Coriolis avait été assez rudement secoué par sa maladie. Il ne reprenait ses forces que lentement, travaillant mal, manquant de l'entrain de la santé, souffrant de la chaleur de l'été, intolérable cette année-là.

— C'est une drôle de chose, — dit-il un jour à Anatole, — quand on a dix-huit ans on ne s'aperçoit pas du mois de juillet à Paris... On ne sent pas qu'on étouffe et que les ruisseaux puent; du diable si l'on a l'idée de penser à des endroits où il y a de l'air et de l'ombre d'arbres...

— Ah ça!... — fit Anatole, — est-ce que tu aurais le projet d'acheter une maison de campagne avec un jet d'eau?

— Non, — répondit Coriolis, — ça ne va pas jusque-là... mais, mon Dieu, si ça vous convenait à Manette et à toi...

— Quoi? — fit Manette.

— D'aller à la campagne, tout bêtement, comme des boutiquiers de passage, respirer...

— A la campagne? oh! oui... — dit nonchalamment Manette, à laquelle ce mot faisait voir quelque chose au-delà de Saint-Cloud, de vert, d'inconnu, d'attirant, avec de l'herbe où l'on peut s'asseoir.

Elle reprit aussitôt :

— Où ça?

— Ma foi, — reprit Coriolis, — je ne connais pas Fontainebleau... Il paraît, à ce qu'ils disent tous, que c'est une vraie forêt... Nous irions dans un trou... à Barbison, à l'auberge... Une installation, ce serait le diable... nous laisserons nos domestiques ici.

— Oh! c'est ça, en garçons! — fit Manette, à laquelle l'idée d'aller à l'auberge plaisait comme sourit à un enfant l'idée de dîner au restaurant.

Pour Anatole, il faisait de joie la roue d'un bout

de l'atelier à l'autre. Tout à coup, il s'arrêta court :

— Et Vermillon ?

— Tu vas vouloir qu'on l'emmène, je parie? Tiens, au fait, — dit Coriolis, — on ne le voit plus.

— Mon cher, ce que je vais te dire est tout à fait confidentiel... Il y a l'honneur d'une femme, et tu comprends... Vermillon a une passion, parole d'honneur ! malheureuse, je l'espère... Il brûle pour la forte épouse de notre concierge. Oui, il a été séduit par sa grosseur... Il passe maintenant tout son temps à lui savonner son linge dans le ruisseau pour lui prouver son dévouement... C'est touchant!... Et il lui fait une cour dans sa loge, des yeux au ciel, des airs d'adoration... un homme ne serait pas plus bête, quoi!

— Très-bien... Tu le laisseras en pension chez son adorée.

— C'est peut-être très-grave... Je te dirai que je crois qu'ils sont jaloux l'un de l'autre : le mari et lui... Le mari est sombre, de plus, il est tailleur, et les hommes qui travaillent toute la journée les jambes croisées sur une table sont rangés par les criminalistes dans la classe des gens concentrés, dangereux, capables de perpétrations...

— Imbécile !

— Aux paquets ! — cria Anatole.

LXXI

Le lendemain, la calèche de louage que Coriolis
avait prise à Fontainebleau, débouchait, au bout
d'une heure et demie de voyage à travers la forêt,
d'une route de sable sur le pavé.

Des vergers touchaient le bois, le village naissait
à sa lisière. De petites maisons aux volets gris, aux
toits de tuile, élevées d'un étage, avec l'avance d'un
auvent sous lequel causaient à l'ombre des femmes
sur des siéges rustiques, des murs au chaperon de
bruyères sèches, d'où sortaient et se penchaient des
verdures de jardin, des façades de fermes avec leurs
grandes portes charretières, commençaient la longue rue. Tout à l'entrée, un tout jeune enfant, de
l'âge des enfants qui dessinent des maisons de travers avec un tirebouchon de fumée, assis par terre
et la curiosité de deux petites filles dans le dos,
crayonnait on ne savait quoi d'après nature. Les
maisons garnies de vignes, prudemment montées
et plaquées hors de la portée de la main, les mu-
railles de moellon des granges continuaient. Çà et
là, une grille en bois cachait mal des fleurs; un
store chinois apparaissait à un rez-de-chaussée; des
fenêtres à moulure étaient encastrées dans une

construction paysanne. Une baie, à demi barrée d'une serge verte, laissait voir les poutres d'un atelier. Par une porte ouverte, un chevalet s'apercevait avec une étude sur un buffet. Coriolis reconnaissait des toits de bois sur des portes, des cours, des ruelles de masures donnant sur la campagne, que des eaux-fortes lui avaient déjà montrées. La voiture arrêta devant une longue bâtisse où la vigne repoussait les volets verts : on était arrivé, c'était l'auberge.

Le maître de l'auberge, coiffé d'un feutre d'artiste, mena les voyageurs à un petit pavillon où ils trouvèrent trois chambres assez proprettes, dont l'une ouvrait sur un petit atelier au nord, meublé d'un canapé en noyer, recouvert de velours d'Utrecht rouge, dont les accotoirs avaient des sphinx à mamelles du Directoire et les pieds des griffes en terre cuite.

Coriolis trouva le soir les draps un peu gros, mais pénétrés de la bonne odeur du linge qui a séché sur des haies et sur des arbres à fruit; et il s'endormit au bruit d'un égouttement d'eau qui ressemblait à un chant de caille.

Pittoresque et riante auberge que cette auberge de Barbison, vrai vide-bouteille de l'Art! une maison dans un treillage mangé de lierre, de jasmin, de chèvrefeuille, de plantes qui grimpent avec de grandes feuilles vertes! Des bouts de tuyau de poêle fument dans des touffes de roses, des hirondelles nichent sous la gouttière et frappent aux carreaux; dans le rentrant des fenêtres, des torchis de pinceaux font des palettes folles. La verdure de la maison saute par-dessus les tonnelles, monte les escaliers aux petits toits de bois, garnit les petits ponts tremblants, s'élance aux baies des petits ateliers. Des vignes collées au mur balancent et secouent leurs brindilles et leurs vrilles sur le trou noir de la cuisine et les bras bruns d'une laveuse. Une découpure de treille encadre, dans des feuilles, une tête de cerf aux os blancs.

Et ce sont, dans le plein air, des tables où traînent des verres tachés de vin et de vieux livres usés où se déchire le papier qui fait un manche au gigot, des buffets, des fontaines, des garde-mangers remplis de viandes saignantes sous l'abri d'une feuille de zinc; des *moss*, des canettes, des verres vides, encombrant le dessus de la cave ouverte et pleine. La poulie, la corde et le grincement d'un puits se perdent dans les branches d'un abricotier. Des poules montent aux échelles pour aller pondre au grenier sans fenêtre; des corbeaux familiers volent çà et là; de tout petits chats jouent entre des barreaux de tabouret; sur la traverse d'un chevalet cassé, un coq jette son cri.

Il y a dans le fumier des canetons en tas, des chiens qui dorment, des poussins qui courent. Il y a des tonneaux coulés dans des mares; et çà et là des chaudrons noirs de suie, des seaux de fer-blanc, des terrines, des cages à poulet, des arrosoirs, des écuelles et de petits sacs de graines renflés; des palissades où sont fichés, dans chaque pieu, des goulots de bouteille; une herse démanchée à côté d'un débris de berceau en osier; un moulin à café, dans un bourdonnement d'abeilles, encore odorant de ce qu'il a brûlé; des claies de fromages séchant à côté de brosses à peindre et de torchons bis sur des bourrées sèches; des cordes de balançoire pourries pendant d'un sureau; des piles de bois, des amoncèlements de solives, des appentis, des toits de branchages, des poulaillers rapiécés, des lapinières improvisées, des hangars où s'enfonce l'établi avec du soleil sur les outils; des portes battantes, dont le poids est une pierre dans un morceau de mouchoir bleu; des sentiers où traînent des morceaux et des restes de tout; des resserres encombrées de vieilles choses hors de service... Bric-à-brac hybride de café et de ferme, de capharnaüm et de basse-cour, de marchand de vin et d'atelier, qui, avec son fouillis fourmillant, animé, battu, remué par l'air ventilant du pays, fait penser à la cour d'une hôtellerie bâtie par les pinceaux d'Isabey.

LXXII

Les premières journées passées à Barbison parurent à Coriolis douces et reposantes. Il avait
quitté Paris encore convalescent, dans un état de
fatigue de corps et de tête, à une de ces heures de
la vie qui poussent le travailleur à aller se détendre
et se retremper dans l'air sain et calmant de la vie
végétative. La bête, chez lui, avait besoin de se
mettre au vert. Aussi eut-il plaisir à se sentir dans
cet endroit si bien mort à tous les bruits d'une capitale, et où la publicité n'était que le *Moniteur
des communes*. Sa vue était heureuse de cette
grande rue avec des poules sur le pavé, et de ces
dernières diligences dételées sur le bord de la chaus-
sée. Il goûtait des jouissances d'oubli à voir le peu
qui passe là, le lent travail des bêtes et des gens,
cet apaisement particulier que les grandes forêts
font auprès de leur lisière, comme les grandes ca-
thédrales répandent l'ombre sur les maisons et les
existences de leurs places. Il aimait ces jours qui se
succèdent, sans être plutôt un jour qu'un autre, ce
temps du village auquel on se laisse aller, ces
heures inoccupées qui le menaient au soir, un soir
sans gaz où ne restait de lumière, dans le noir de la

rue, que le quinquet du billard. La nuit même, dans le demi-sommeil du matin, il éprouvait une certaine satisfaction, lorsque le conducteur de la voiture de Melun criait à l'aubergiste : — Rien de nouveau ? — et que l'aubergiste répondait : — Rien — ce *rien* qui disait que rien là n'arrivait.

Pour Manette, la campagne était comme le déballage de la première boîte de joujoux d'où sortent des moutons, une maison qui serait une ferme, et des arbres frisés. Elle avait des curiosités puériles, des questions d'une raison de quatre ans, des : qu'est-ce que c'est que ça ? de petite fille au spectacle. Du ciel plein les yeux, de la terre, des arbres partout, un jardin qui n'en finissait pas, des oiseaux, des champs pleins de choses qui poussent, c'était pour elle comme un monde nouveau, plein d'étonnements et d'amusements.

Elle avait la virginité bête et heureuse d'impressions, l'allégresse un peu oisonne de la Parisienne à la campagne. Il lui paraissait charmant de manger à genoux des fraises dans le plant. A tout moment elle se penchait dans le mouvement de cueillir. Elle prenait des bêtes à bon Dieu, les embrassait sur le dos, les mettait un instant dans son cou. Elle attrapait une branche sur un chemin en passant, volait ce qui pendait, ramassait la Nature dans un fruit comme un enfant la mer dans un coquillage.

On eût dit que la terre avec sa vitalité la sortait de son apathie, de sa nonchalance sérieuse. Elle

devenait, dans cet air, d'humeur alerte, dansante,
sautante, presque grimpante. Il lui passait des envies de monter à des cerisiers. Avec les femmes de
la maison, elle s'en alla faner, et revint radieuse,
enchantée, la peau heureuse de soleil, les reins
chatouillés de fatigue. Elle allait dans la chambre
à four regarder couler la lessive dans le grand
cuveau. Elle portait de l'herbe à la vache : elle
voulut la traire, essaya; ses mains eurent peur, elle
n'osa pas.

Mais le plus souverainement heureux des trois
était Anatole. Il éclatait en gestes, en bouts de
chansons, en paroles folles, en apostrophes qui
ressemblaient à de la griserie, à cette ivresse que
verse à certains hommes de bureau et de théâtre l'air
de la campagne. Il passait des demi-journées en
tête-à-tête avec les bêtes de la basse-cour, les étudiant, notant leurs cris, se mettant leurs voix dans
la bouche, faisant l'écho au chant du fumier, et
laissant les chiens lui débarbouiller, comme à un
ami, la moitié d'une joue d'un coup de langue.

Dans les champs, dans la forêt, on le voyait
étendu, étalé, aplati tout de son long, les yeux
demi-clos sous son chapeau de paille qui lui rabat-
tait de l'ombre sur la figure, la tête sur ses bras en
manches de chemise. Il restait là, bien heureuse-
ment immobile, le bouton de sa ceinture lâché,
avec de petits tressaillements d'aise qui lui couraient tout le corps. Et tout enfoncé dans ce lazza-

ronisme en plein air, à demi extasié dans l'épanouissement d'une jubilation infinie, il cuvait le paysage. Il « vachait », — comme il disait avec l'expression crapuleuse qui peint ces félicités retournant à la brute.

Ils passèrent ainsi plusieurs semaines, pendant lesquelles Coriolis ne se serait pas aperçu des dimanches, sans les boules étamées qu'exposait, ce jour-là, dans un jardin, un employé qui les apportait le samedi soir et les remportait le lundi matin.

LXXIII

Le dîner était la grande récréation de la journée. Ce qui le sonnait, c'était le coucher du soleil, faisant apparaître tout noir, sur son rayonnement de feu rouge, le genévrier mort servant d'enseigne à l'auberge.

Un à un, les peintres rentraient dans cet éblouissement qui pavait de lumière la rue du village. Les premiers arrivés se mettaient à l'ombre sur le banc de pierre en face, à côté d'une charrette, et se tenaient dans des poses lassées, avec des silences affamés, battant de leurs bâtons leurs semelles pleines de sable. La fille de la maison, sortant sur le pavé, la main devant les yeux, regardait au loin, et, sitôt qu'elle voyait arriver les derniers attendus, avec le bout de leurs parasols dépassant leur sac, elle allait tremper la soupe et l'apportait fumante dans la salle à manger.

A peine si l'on se donnait le temps de laver les brosses. On jetait ses chapeaux, on démêlait, au petit bonheur, les grandes serviettes jaunes de toile de ménage, on attachait avec des ficelles les chiens aux pieds de chaise ; et un formidable bruit de cuillers sonnait dans les assiettes creuses. Le grand pain posé sur le dessus du piano passait, et chacun s'y coupait un michon. Le petit vin moussait dans les verres, les fourchettes piquaient les plats, les assiettes couraient à la ronde, les couteaux frappant sur la table demandaient des suppléments, la porte battait sans cesse, le tablier de la fille qui servait volait sur les convives, les bouteilles vides faisaient la chaîne avec les bouteilles pleines, les serviettes fouettaient les chiens qui mettaient effrontément la tête dans la sauce de leurs maîtres. Des rires tombaient dans les plats. Une grosse joie de jeunesse, une joie de réfectoire de grands enfants, partait de tous ces appétits d'hommes avivés par l'air creusant de toute une journée en forêt. Et le tapage ne se recueillait qu'à la solennelle confection de la salade à la moutarde, pour laquelle, à la fin, la table suppliante obtenait un jaune d'œuf cru.

Et autour de la table égayée, tout riait : le grand buffet avec ses soupières à coq et sa grande tête de

dix-cors; la salle à manger avec toutes ses peintures
dans des baguettes de bois blanc, où semble encadré l'album de l'École de Fontainebleau. Le jour
mourait sur tout ce petit musée, barbouillé par tous
les hôtes de Barbison, et qui met à ces murs, derrière les chaises de ceux qui dînent, l'ombre ou le
souvenir, le nom de ceux qui ont dîné là, écrit d'un
bout de pinceau, un jour de pluie, avec un reste
d'étude et la verve de leur premier talent, dans
tous ces tableaux qui se cognent : paysages, moutons, dessous de bois, parapluies gris dans la forêt,
chevaux, chenils, chasses en habits rouges, natures
mortes, crépuscules mythologiques, soleils sur le
Rialto, partie de canotage sur la Seine, amours
boiteux frappant à la porte de Mercure. Et de
derniers rayons allaient à ces panneaux de buffet
qui montrent la pochade d'un marché aux chevaux
à côté d'une cueillette de pommes sur des échelles;
ils allaient à ces guirlandes où le pinceau de Brendel
a noué aux pipes du Rhin les verres de Bohême; ils
quittaient, comme à regret, des esquisses de Rousseau jetées sur le bois d'une boîte à cigares, et ces
panneaux de lumière et de caprice, ces bouquets de
fleurs et de femmes écloses sous la brosse de Nan-
teuil et la baguette magique de Diaz, ces grappes
de fées montrant leurs bas de femmes sur des ba-
lançoires de roses...

Les bougies apportées dans des chandeliers de
cuivre jaune, le fromage de gruyère dévoré, le café

versé dans les demi-tasses opaques, les pipes s'allu-
maient. Des aparté se faisaient dans des coins où
des camarades se parlaient à mi-voix, tandis que
des farceurs écrivaient des vers faux sur le livre de
souvenir de la maison. La nuit endormait la rue,
les charrettes, le village; les paroles devenaient plus
rares; le sommeil de la campagne tombait peu à
peu dans la pièce. Les paysagistes, dans leurs yeux
à demi fermés, sentaient revenir leur étude, leur
motif, leur journée, et souriaient vaguement à leurs
couleurs du lendemain, avec les rêves de leurs
chiens grognants entre leurs jambes. La fatigue se
berçait dans une vision de travail. Un coude faisait
un accord sur le piano ouvert... Et tous allaient se
coucher, dormir un de ces bons sommeils dans lesquels tombait le son lointain de la trompe du *cor-
neur* de Macherin, et qu'éveillait, avec ses bruits
du matin, le réveil de la basse-cour.

LXXIV

Coriolis passait ses journées dans la forêt, sans
peindre, sans dessiner, laissant se faire en lui ces
croquis inconscients, ces espèces d'esquisses flottantes que fixent plus tard la mémoire et la palette
du peintre.

Une émotion, une émotion presque religieuse le prenait chaque fois, quand, au bout d'un quart d'heure, il arrivait à l'avenue du Bas-Bréau : il se sentait devant une des grandes majestés de la Nature. Et il demeurait toujours quelques minutes dans une sorte de ravissement respectueux et de silence ému de l'âme, en face de cette entrée d'allée, de cette porte triomphale, où les arbres portaient sur l'arc de leurs colonnes superbes l'immense verdure pleine de la joie du jour. Du bout de l'allée tournante, il regardait ces chênes magnifiques et sévères, ayant un âge de dieux et une solennité de monuments, beaux de la beauté sacrée des siècles, sortant, comme d'une herbe naine, des forêts de fougère écrasées de leur hauteur : le matin jouait sur leur rude écorce, leur peau centenaire, et passait sur leurs veines de bois les blancheurs r s de la pierre. Coriolis se mettait à marcher sous ces voûtes qui éclataient, au-dessus de lui, à des élévations de cent pieds, en fusées de branches, en cimes foudroyées, en furies échevelées et tordues, ayant l'air de couronnes de colère sur des têtes de géant. Il marchait sur les ombres couchées barrant le chemin, qui tombaient du fût énorme des troncs; et en haut, le ciel ne lui apparaissait plus que par des piqûres du bleu d'une fleur et de la grandeur d'une étoile, par de petits morceaux de beau temps que la verdeur de la feuillée faisait fuir et presque pâlir dans un infini d'al-

titude. Des deux côtés du chemin, il avait des dessous de bois, des fonds de ce vert doux et tendre
qu'a l'ombre des forêts dans la transparence pénétrante du midi, et que déchire çà et là un zigzag
de soleil, un rayon courant, frémissant jusqu'au
bout d'une branche, voletant sur les feuilles, en
ayant l'air d'y allumer une rampe de feux d'émeraude. Plus près de lui, des petits genévriers en
pyramide étincelaient de luisants de givre; et les
houx rampants remuaient sur le vernis de leurs
feuilles une lumière métallique et liquide, l'éblouissement blanc d'un diamant dans une goutte d'eau.

Le radieux spectacle, le bonheur de la lumière
sur les feuilles, cette gloire de l'été dans les arbres,
cet air vif qui passe sur les tempes, les senteurs
cordiales, l'odeur de santé et la fraîche haleine des
bois, ce qui passe de grave et de doux dans la caresse de la solitude, enveloppaient Coriolis qui
sentait revenir à son corps l'allégresse d'être jeune.
Il passait le long de tous ces arbres aux membres
d'athlètes, au dessin héroïque, ceux-ci qui s'incli-
naient avec les lignes penchées des grands pins ita-
liens dans les villas, ceux-là qui montaient droits
dans un jet de rigide élancement. Il y en avait de
solitaires comme des rois; et d'autres qui, réunis,
assemblés, mêlant et nouant leurs bras en dôme de
verdure, semblaient dessiner un rond de danse
pour des hamadryades. Le sable, derrière Coriolis,
enterrait son pas; et il avançait dans ce silence de

la forêt muette et murmurante, où tombe des arbres comme une pluie de petits bruits secs, où bourdonnent incessamment, pour le bercement de la rêverie, tous les infiniment petits de la vie, le battement du rien qui vole, le bruissement du rien qui marche. Et quand il s'étendait sur un tertre de mousse, le coude sur la terre, les yeux à l'éternel balancement des branches auprès du ciel, de petits souffles accouraient à lui, sur l'herbe et les feuilles tombées, avec le pas d'une bête.

L'allée qu'il reprenait avait au bout, sous la flamme du jour, la jeune clarté d'un bourgeonnement de printemps. Aux grands chênes succédaient les futaies, aux futaies les petits bois, où tout à coup, en passant, il faisait sauter, au milieu d'un arbre, un écureuil qui le regardait de là ; ou bien, c'était un grand bruit qu'il faisait lever, un grand remuement de branches d'où s'échappait au galop comme un grand cheval rouge, qui était un cerf.

Puis la forêt s'ouvrait : un âpre plein midi brûlait, devant lui, dans le paysage découvert, les gorges sauvages d'Apremont, les rochers qui, sous le bleu africain du ciel et l'implacable intensité de la lumière, se dressaient, en masses violettes, avec des cernées sèches. Alors, quittant le grand chemin, il grimpait à l'aventure, au hasard de la route serpentante. Il se glissait entre les pierres, d'où se dressait l'arbre sans terre et sans ombre, le grêle bouleau. Il s'enfonçait dans les fougères, presque

aussi hautes que lui, faisait craquer sous son pied
la mousse grillée et grésillante, se glissait entre des
écartements de roc, marchait sous des tortils d'arbres étouffés, étranglés entre deux blocs et poussant
de côté une branche sans feuille qui courait en l'air
comme une mèche de fouet. Il sondait et battait de
son bâton, au passage, l'inconnu de ces arbustes
pareils à des nœuds de serpents lapidés, et dont la
végétation se tord avec des airs d'animalité blessée,
ces genévriers aux brindilles mortes, aux cassures
de branchettes semblables à des fétus de chanvre
tillé, à l'emmêlement de chevelure noueuse et
fileuse, aux rameaux serrés, excoriés, à travers lesquels se convulsionne le tronc vert-de-grisé avec ces
arrachis d'où l'on dirait qu'il s'égoutte du sang.

Il allait par des sables, par de hautes herbes
ondulantes de glissements furtifs et de rampements
suspects, par des sentiers de chèvre, par des lits de
torrents séchés, par des montées où les marches
étaient faites de réseaux de racines pareilles à des
squelettes de lézards, par des escaliers où de grandes
dalles figuraient des affleurements de fossiles mal
enterrés; et l'instinct de ses pas le portait presque
toujours, au bout de ces courses errantes, dans la
petite vallée étroite et creuse qui va à Franchart. Il
prenait le petit chemin d'un blanc de chaux calciné,
tout miroitant de micas, dont l'éclatante blancheur
n'était rompue, çà et là, que par un morceau de
mousse d'un vert humide et une tache de terre de

bruyère qui avait le noir de la traînée d'un charroi de charbon. Et alors, à sa gauche, à sa droite, ce n'étaient plus que des roches. De la crète des deux collines, découpant sur le ciel la déchiqueture de leurs arêtes, jusqu'au bas de la pente, il croyait voir l'éboulement, l'avalanche, la cascade de morceaux de montagne lâchés par une défaite de Titans. Un pan du Chaos semblait avoir croulé et s'être arrêté là; et il y avait dans le tumulte immobile du paysage comme une grande tempête de la nature soudainement pétrifiée. Toutes les formes, tous les aspects, toutes les formidables fantaisies et toutes les terribles apparences du rocher, étaient rassemblés dans ce cirque où les grès énormes prenaient des profils d'animaux de rêves, des silhouettes de lions assyriens, des allongements de lamentins sur un promontoire. Ici, les pierres entassées figuraient un soulèvement, un écrasement de tortues monstrueuses, de carapaces essayant de se chevaucher; là deux sphinx camus serraient la route et barraient presque le passage. Les vastes galets d'une première mer du monde, des crânes de mammouths troués de leurs orbites immenses, le souvenir et le dessin des grands os du passé se levaient sur ce chemin bordé de roches creusées par des remous de siècles, fouillés et battus peut-être par une vague antédiluvienne.

Au haut de la montée, Coriolis s'arrêtait à cette grotte de Franchart, qui a, à son seuil, le désordre et le bousculement de siéges de granit renversés par un festin de Lapithes. Il épelait ces pierres qui ont le fruste de murs anciennement écrits, ces pierres millénaires griffonnées par le temps d'indéchiffrables graphies, et où l'eau de l'éternité a creusé l'apparence de sculpture d'une cave d'Elephanta. Il restait devant ces grottes béantes où le Désert semble rentrer chez lui, devant ces antres de bêtes féroces auxquels on s'étonne de voir aller, au lieu de pas de lion, des traces de breacks...

De rares oiseaux traversaient l'air, et Coriolis songeait involontairement à des oiseaux qui porteraient à manger à un Saint dans une grotte de la Thébaïde.

Puis, il longeait la petite mare à côté, enfermant une eau fauve dans sa cuvette de pierre blanche, à la marge mamelonnée, ondulante et rongée. Il s'asseyait quelques minutes au petit café de Franchard, repartait, retrouvait les arbres, retraversait encore une fois le Bas-Bréau.

Il se faisait, à cette heure, une magie dans la forêt. Des brumes de verdure se levaient doucement des massifs où s'éteignait la molle clarté des écorces, où les formes à demi flottantes des arbres paraissaient se déraidir et se pencher avec les paresses nocturnes de la végétation. Dans le haut des cimes, entre les interstices des feuilles, le couchant de soleil en fusion remuait et faisait scintiller les feux de pierreries d'un lustre de cristal de roche. Le bleuissement, l'estompage vaporeux du soir montait insensiblement ; des lueurs d'eau mouillaient les fonds ; des raies de lumière, d'une pâleur électrique et d'une légèreté de rayon de lune, jouaient entre les fourrés. Des allées, du sable envolé sous les voitures, il se levait peu à peu un petit brouillard aérien, une fumée de rêve suspendue dans l'air, et que perçait le soleil rond, tout blanc de chaleur, dardant sur les arbres toutes les flammes d'un écrin céleste... La fenêtre de Rembrandt, où il y a un prisme, et où jouerait la Titania de Shakespeare dans une toile d'araignée d'argent, — c'était ce paysage du soir.

LXXV

Depuis quelques années, les hôtelleries campagnardes de l'art ont changé d'aspect, de physionomie, de caractère. Elles ne sont plus hantées seulement par le peintre ; elles sont visitées et habitées par le bourgeois, le demi-homme du monde, les affamés de villégiature à bon marché, les curieux désireux d'approcher cette bête curieuse : l'artiste, de le voir prendre sa nourriture, de surprendre sur place ses mœurs, ses habitudes, son débraillé intime et familier, ses charges, un peu de cette vie de

déclassés amusants, que les légendes entourent
d'une auréole de licence, de gaieté et d'immoralité.
Peu à peu, on a vu venir loger dans ces cham-
brettes, manger à cette gamelle de la jeunesse, de
la bonne enfance et de l'étude d'après nature, toutes
sortes d'intrus, des professeurs, des officiers en
congé, des magistrats, des mères de famille, des
touristes, de vieilles demoiselles, des passants, le
monde composite d'une table d'hôte.

Ce mélange existait dans l'auberge de Barbison.
Autour de la table, à côté de sept ou huit jeunes
gens, travaillant et prenant là leurs quartiers d'été
et d'automne, à côté de deux paysagistes américains, amenés à Barbison par la réputation de cette
forêt de Fontainebleau populaire jusque dans la
patrie des forêts vierges, il venait s'asseoir une
vieille demoiselle tenant toujours en laisse un écureuil, et qu'on ne connaissait que sous le nom de
« la demoiselle de Versailles » ; un professeur de
septième d'un collége de Paris, flanqué de son
épouse et de deux grandes asperges de fils ; un
vieillard maniaque passant sa vie à rectifier les
cartes de Dennecourt ; un jeune sourd, à sourde
vocation de peinture, sorti de la grande école des
Batignolles.

Cette immixtion de gens avait éteint, effarouché
l'entrain de la société : devant l'inconnu des convives, l'imposante présence de la famille et de la
virginité bourgeoise, les jeunes peintres avec la

timidité de gens sans éducation, craignant de laisser
échapper une inconvenance, et se mettant à viser
à une sorte de comme il faut, s'étaient congelés dans
une de ces tenues de froideur et de bon ton qui
glacent dans l'artiste *poseur* le rire naturel de l'art.
Ils respectaient le comique du professeur, une espèce de M. Pet-de-Loup, homme sévère, mais juste,
qui passait la moitié de son temps à morigéner ses
deux fils, et l'autre à sculpter des têtes de cannes.
Ils n'abusaient pas de la crédulité sans fond de la
demoiselle de Versailles. Ils étaient à peu près polis
avec l'infirmité du jeune sourd qui les *sciait* avec
ces petits gloussements qu'ont les sourds-muets
dans les cours, essayant d'attirer l'attention sur
l'écriteau de leur infirmité pendu sur leur poitrine.

Avec Anatole, tout changea. Il déchaîna les
charges. Il criait dans l'oreille du sourd des choses
qui le faisaient rougir. Il rendait à tout moment
des visites au vieux monsieur si peureux de l'invasion de quelqu'un dans sa chambre, d'un dérangement de ses papiers, de ses notes, de ses cartes,
qu'il faisait lui-même son lit. Il abondait avec des
intonations de Prudhomme dans les anathèmes du
professeur contre les débordements de la jeunesse
actuelle; et il prenait ses fils à part pour leur incul-
quer les plus sataniques principes d'insoumission.
Quant à la vieille fille de Versailles, il en fit sa victime d'adoption. Il commença par lui persuader
très-sérieusement, avec des textes de livres de mé-

cecine a l'appui, que la cohabitation avec un écureuil donnait à la longue la danse de saint Guy. Il
lui fit mettre des bottes d'homme contre la morsure des vipères pour aller se promener dans la
forêt. Il lui fit croire qu'un des deux Américains de
la table était un sauvage défroqué qui avait été
élevé à manger de la chair humaine. — N'est-ce
pas? — disait-il; et l'Américain, dressé à la charge,
répondait, avec des sourires voraces et inquiétants,
que c'était bon, que cela avait un goût entre le
bœuf et le turbot. Un soir, après une répétition secrète dans la journée, Anatole fit danser au Yankee
une danse effroyable d'anthropophagie : les gros
yeux bleus écarquillés du danseur, son nez crochu,
ses cheveux et ses moustaches jaunes, son air de
Polichinelle vampire, la « figure » où il faisait sauter
comme un morceau délicat l'œil de sa victime, mi-
rent l'horreur de leur cauchemar dans les nuits de
la pauvre demoiselle. Mais la plus belle charge que
lui monta Anatole fut la charge de la lionne, qui
l'enferma quinze jours chez elle dans sa chambre.
Elle avait lu dans un journal qu'une lionne s'était
échappée d'une ménagerie de Melun : on lui dit que
la lionne s'était sauvée dans la forêt, qu'elle avait
mis bas onze lionceaux déjà très-gros; et pour la
bien convaincre du péril, Anatole, tous les soirs,
faisait son entrée dans la salle à manger avec le
fusil de l'aubergiste, comme s'il n'osait s'aventurer
dehors qu'avec une arme.

LXXVI

Manette se trouvait parfaitement heureuse entre ces deux vieilles femmes, au milieu de cette réunion d'hommes. Les attentions, les prévenances, les égards allaient à sa jeunesse, à sa beauté. Elle se sentait trôner à cette table : elle y était comme une petite reine.

Elle trouvait encore dans cette société une satisfaction nouvelle pour elle, et qui la flattait dans la fausse position où elle était. L'épouse du professeur, bonne créature ingénue, s'était laissé prendre à son excellente tenue, au nom dont on l'appelait, à des « Madame Coriolis » qu'elle avait entendus dans l'escalier. Elle croyait que le couple était un ménage, que Manette était la femme du peintre. Aussi avait-elle répondu à ses amabilités.

Dans ses rapports avec elle, ses bonjours, les rapprochements du voisinage, les menues relations de la communauté des repas, elle avait mis ce liant qui établit comme une politesse de plain-pied entre femmes du même monde et de pareille situation sociale. De temps en temps, sur le banc de pierre où l'on attendait le dîner, elle honorait Manette de petits bouts de conversation familière.

Manette était excessivement touchée d'être ainsi traitée; et elle s'appliquait à se maintenir dans cette estime, en continuant à la tromper, en jouant avec un art admirable cette comédie de la femme honnête qu'aime tant à jouer la femme qui ne l'est pas, et d'où monte souvent à la tête d'une maîtresse la tentation de devenir ce qu'elle essaye de paraître.

Chaque matin, elle avait un petit moment d'anxiété, de peur d'une découverte, d'une indiscrétion, en interrogeant la figure de l'épouse légitime. Elle se surveillait elle-même dans ses gestes, ses paroles, ses expressions, s'enveloppait de robes simples, de petits fichus modestes, faisait des raccommodages de ménage, travaillait, avec tous les airs de sa personne, au mensonge qui devait entretenir l'illusion et continuer la méprise de la respectable femme du professeur. Et une joie intérieure la remplissait, qui se gonflait et se pavanait en une espèce de petit orgueil exubérant. Cette considération de l'honnêteté qu'elle rencontrait pour la première fois lui procurait l'enivrement, l'étourdissement qu'elle donne aux créatures qui n'y sont pas nées, et qui n'ont pas toujours respiré, naturellement, comme l'air autour d'elle, l'atmosphère de l'estime.

Aussi adorait-elle Barbison, et elle ne tarissait pas de rires et de plaisanteries pour moquer, comme elle disait, ce « *geignard* » de Coriolis qui commençait à se plaindre du séjour.

LXXVII

L'homme du monde, le Parisien gâté par son intérieur, s'était réveillé chez Coriolis. Il était blessé physiquement de riens qui ne semblaient atteindre personne autour de lui, ni Anatole ni même Manette. La rusticité de l'auberge lui devenait dure, presque attristante. Il souffrait du bon fauteuil qui lui manquait, de toutes les petites insuffisances de l'installation, de cette misère d'eau et de linge faite à sa toilette, des serviettes de huit jours, de l'égueulement du pot à l'eau, de la cuvette de faïence si vilainement rosée sur le bord.

La nourriture l'ennuyait par la monotonie des omelettes, les taches de la nappe, la fourchette d'étain qui salit les doigts, les assiettes de Creil avec les mêmes rébus. Le petit *jinglet* du cru lui irritait l'estomac. Il se faisait un peu lui-même l'effet d'un homme ruiné, tombé à la table d'hôte d'une ferme. En vivant dans sa chambre, il y avait découvert tous les dessous de la chambre garnie des champs : le fané des siéges, la pauvreté sale du papier, le rapiéçage du couvre-pied, la couleur mangée des rideaux, la corde de la descente de lit, le déplaquage de la commode d'occasion. Et il lui venait là

les instinctives inquiétudes qui prennent les délicats
et les souffreteux, jetés hors de chez eux dans ces
logis de hasard et de pauvreté, entre ces quatre
murs où gondolent de mauvaises lithographies
dans des cadres de bois noir.

Il avait usé ce premier moment de contentement
qu'a le Parisien à sortir de son chez lui, à changer
ses aises contre l'imprévu et les privations de l'auberge. Il ne se trouvait plus d'indulgence pour un
manque de tous les bien-êtres qu'il eût bien encore
supportés en Orient, mais qu'il trouvait dur et
exorbitant de subir à dix lieues de Paris : sa patience d'un mauvais lit, d'un dîner sans lampe, du
carreau sans tapis, avait fini avec sa distraction,
avec le plaisir de la nouveauté. Il ne pouvait s'empêcher, par instants, de s'indigner intérieurement
de l'*arriéré* du pays, de ce reste de sauvagerie en-
têtée et de paysannerie inculte qui reste aux bords
des forêts, s'y défend si longtemps contre la civilisation et le confortable moderne, et garde toujours
un peu de cette France d'il y a cent ans, voisine
des bois, qui couchait les caravanes d'artistes sur
des oreillers de coquilles d'œufs.

Puis il avait une habitude d'être servi qui était
comme toute dépaysée par le service de l'endroit,
une sorte de service bénévole dont on semblait faire
la gracieuseté aux gens, et où se trahissait l'indépendance du forestier, mêlée à la supériorité du
paysan qui a du bien. On sentait une auberge ha-

bituée à des gens de vie presque ouvrière, au ménage à peine soigné par une femme de ménage, tout prêts, au besoin, à remplir l'ordre qu'ils donnaient, à aller chercher une assiette au buffet et l'eau de leur pot à l'eau au puits. Les hôtes, hébergés par la maison, y semblaient reçus comme des amis avec lesquels on ne se gêne pas; et l'aubergiste, qui leur donnait la main, paraissait les traiter, quoiqu'ils payassent, uniquement pour les obliger, et continuer à mériter le surnom de « *Bienfaiteur des artistes* », inscrit en grandes lettres sur la tombe de son prédécesseur.

LXXVIII

Coriolis en était à ce moment de désenchantement, quand un soir, à l'heure du dîner, il aperçut au bout de la rue de Barbison une silhouette de sa connaissance, la silhouette de Chassagnol ayant pour tout bagage une canne qu'il avait coupée en chemin dans la forêt.

— Bah! c'est toi?... Ah! c'est gentil...

— Oui, j'éprouvais le besoin de repasser mon Primatice... voilà. Je suis parti pour Fontainebleau... deux jours que j'y suis... On m'a dit que vous étiez ici... Et je viens casser une croûte...

— Oh! tu resteras bien quelques jours avec nous... Nous te ferons voir la forêt.

— Moi... Oh! tu sais la forêt... j'ai horreur de ça, moi... A Fontainebleau, tout le temps que je ne pouvais pas étudier mon bonhomme... j'ai été dans un cabinet de lecture pas mal monté pour la province... Ils ont une collection de romantiques de 1830... C'est bête, mais ça exalte... Je n'ai pas même été voir les carpes... Tu sais, moi, je suis un vrai pourri... je n'aime que ce qu'a fait l'homme... Il n'y a que cela qui m'intéresse... les villes, les bibliothèques, les musées... et puis après, le reste... cette grande étendue jaune et verte, cette machine qu'on est convenu d'appeler la nature, c'est un grand rien du tout pour moi... du vide mal colorié qui me rend les yeux tristes... Sais-tu le grand charme de Venise? C'est que c'est le coin du monde où il y a le moins de terre végétale... Ah ça! Manette va bien? Et Anatole?

— Oui, oui, tu vas la voir... Anatole est encore en forêt, il va revenir.

Après le dîner, quand les dîneurs eurent quitté la table, ceux-ci pour aller faire un piquet chez des amis, ceux-là pour se promener, d'autres pour se coucher :

— Mais il me semble que vous n'êtes pas mal ici, — fit Chassagnol qui venait de dire, sans se déranger : C'est bon! à l'aubergiste qui voulait lui montrer sa chambre.

— Pas mal!... Heu! heu!

Et Coriolis raconta à Chassagnol tous ses petits déboires de confortable.

— Ah! ah! — jeta tout à coup au milieu de ces doléances Chassagnol, avec l'explosion de son éloquence du soir allumée par l'imprudence des confidences de Coriolis. — Ah! ah!... bien fait!... Grand seigneur! toi, grand seigneur! gentilhomme!... toi seul, par exemple! Et tu viens ici pour être bien? Dans un endroit où il vient des peintres! Les peintres! un tas de rats, vivant mal... Tous des pingres!... Tous, laisse donc!

— Allons, mon cher, — essaya de dire Coriolis, — parce qu'il y a quelques crasseux parmi nous, ce n'est pas une raison pour envelopper toute notre classe...

— Moi, les peintres, je les adore... j'ai passé toute ma vie avec eux... Mais, précisément parce que je les adore, je les vois et je les juge... tous des pingres... sauf toi, avec une douzaine d'autres... — reprit Chassagnol se lançant à fond dans son paradoxe. — Oh! les préjugés! les préjugés du bourgeois! Penses-tu à cela? Tous ces braves gens de bourgeois qui ont, sous la calotte du crâne, l'idée, l'idée enfoncée, solide, indéracinable, chevillée, qu'un artiste est un homme rempli de vices coûteux, un mangeur, un dépensier, un luxueux!... un bourreau d'argent qui le jette comme il le gagne, qui se paye tout ce qu'il y a de meilleur et de plus

cher à boire, à manger, à aimer ! Mais ils sont or-
donnés, rangés, serrés... ce sont des papiers de
musique, que les artistes !... Ah ! la calomnie, mon
ami, la calomnie !... Ils dépensent... ils dépensent
quand ils sont jeunes pour faire comme les camarades ; ils gaspillent un peu d'argent envoyé par la
famille, carotté aux parents, prêté par leur bottier,
de l'argent aux autres... Mais quand c'est de l'argent à eux, quand c'est cet argent sacré et solennel,
de l'argent gagné, de l'argent de leur talent et de
leur travail ; quand il leur descend dans la case du
cerveau où se font les comptes que des pièces mises
sur des pièces ça fait des piles, et que des piles
qu'on pose sur des piles, ça fait ces choses vénérées
et considérables : des rentes, des maisons, des propriétés, des propriétés !... Oh ! alors, il entre dans
l'artiste une économie... mais une économie !... la
magnifique avarice bourgeoise de l'art !... Enfin,
dans toutes les autres professions, il y a, n'est-ce
pas ? un certain degré de fortune, de bénéfices,
d'enrichissement, qui pousse l'homme à la largeur,
le parvenu à la dépense, le joueur heureux à la
profusion... Un boursier, je prends un boursier, un
boursier qui fait un coup de bourse, est capable
d'envoyer deux douzaines de chemises garnies de
Malines à sa maîtresse... Mais dans l'art ? Cherche !
On dirait une industrie de luxe où les riches restent
pauvres diables... L'argent qui leur pleut dessus
avec le succès, ça garde dans leurs mains la vilenie

et la crasse de ces argents de peine qu'on gagne avec de la sueur... Il y en a beaucoup qui font des années de chirurgiens, des recettes de cent mille francs; il y a dans ce monde-là des signatures de cinquante mille francs le mètre carré... Eh bien! sois tranquille, jamais ça ne leur donnera la folie de la dépense, et le mépris d'un homme né riche pour une pièce de cent sous... Un race plate... avec des goûts plats, des sens plats, des appétits plats... Oui, des gens capables de faire des fortunes de ténors, sans avoir un certain jour l'idée de fumer un cigare de trente sous ou de boire une bouteille de bordeaux de dix-huit francs... Au fond, des natures *peuple,* presque tous... Une pauvreté de goûts d'origine, de première éducation qui va très-bien avec leur vie, qui simplifie tout dans leurs arrangements d'existence, l'amour, le ménage, la famille, l'intérieur. Des garçons nés avec le peu de raffinement qui permet le bon marché des deux choses les plus chères de la vie : le Plaisir et le Bonheur... La femme, je prends la femme, parce que c'est l'étiage de la distinction, du luxe et de la dépense de l'homme, est-ce qu'elle est, dans ce monde-là, la grande dépense qu'elle est ailleurs dans d'autres couches sociales ? Un peintre, quand il gagne quarante, cinquante mille francs par an, se donne-t-il cet animal de luxe et de paresse, broutant des billets de banque, qui passe chez un jeune homme de vingt-cinq mille livres de rentes? Pour l'artiste, la

3.

maîtresse, presque toujours, qu'est-ce que c'est?
Hein? qu'est-ce que c'est? Une utilité, une raccom-
mo... ise, une personne de compagnie, une femme
entre... gouvernante et la femme de ménage, bonne
fille qui porte des bijoux d'argent doré, et qu'on
entretient, en se rattrapant sur ses vertus domestiques... de domestique, son ordre, sa couture, son
économie... La femme légitime? mon Dieu, c'est
ça... avec un vernis... Le ménage? un ménage
d'ouvrier... Des enfants habillés de mises bas,
qu'on endimanch aux fêtes... morveux, avec
des chandelles sous le nez... voilà! Connais-tu un
peintre qui ait eu seulement voiture, toi?... Pas un,
n'est-ce pas?... Enfin, dans tous les états, dans
tous les métiers, dans les corporations de tanneurs
comme dans les confréries d'huissiers, jusque dans
le monde des lettres où l'on gagne moins d'argent
qu'à élever des couchers de soleil, et où l'on paye
trois sous, une fois payée, une idée dont un peintre
se ferait trois mille francs tous les ans... dans les
lettres même, on entend dire quelquefois à des
gens : J'ai dîné hier chez Chose... Et il y a eu chez
Chose un dîner qui avait tout ce qui constitue un
dîner... Chez les peintres, jamais! Je demande
quelqu'un qui ait fait un vrai dîner chez un
peintre... Qu'il le dise et qu'il le prouve! Mais
non, la cuisinière d'un peintre, c'est mythique, c'est
une abstraction... Depuis le commencement du
monde, on n'a jamais parlé de la cuisinière d'un

peintre!.. Les peintres, on sait comment ça reçoit :
ça vous invite à des soirées où, comm   rafraîchis-
sements, c'est Gozlan qui a déno   celle-là, on
passe des eaux-fortes et des dessins!... Et quand il
y a des circonstances impossibles qui les forcent à
vous offrir leur pot-au-feu, je les connais, leurs
phrases sur le « pas de cérémonie », la table avec
une toile cirée, le bon petit fricot de portier, et le
petit vin du pays, si bon pour la santé! le petit
vin simple et naturel, qui se boit dans de petits
verres ordinaires, sans prétention!... Je les connais,
leurs pipes en terre! Je les connais, leurs collections
de deux sous, leur bric-à-brac de faïence de Rouen!
Je les connais, leurs habitudes, les bouchons rustiques, les gargots pittoresques, les cuisines d'empoisonnement où ils vous mènent dans les campagnes, et dont vous sortez avec l'idée qu'ils ne se
sont jamais assis dans un restaurant, avec des glaces
dans le dos et des trois francs devant les plats de
la carte! Les peintres?... Les peintres! Ah! oui, les
peintres!... Mais si Solimène... Oui, si Solimène
revenait...

Et s'interrompant brusquement, en voyant la
tête de Coriolis qui s'inclinait :

— Tu dors?

— Pardon, mon cher... il est deux heures du matin... Et ici, on prend un peu les habitudes des
poules... A neuf heures, tout le monde est *en paille*,
comme on dit dans le pays...

— Deux heures?... — répéta tranquillement Chassagnol, — deux heures... La voiture part à six heures... Ça ne vaut guère la peine de se coucher... Je vais un peu flâner dehors jusque-là... Tiens! au fait, si je réveillais Anatole?... Oui, c'est ça, je vais réveiller Anatole... Nous ferons un tour ensemble.

LXXIX

Anatole, las de flâner et tourmenté du remords de son art, avait commencé une étude dans la forêt. Il était parti dans une de ces grandes tenues d'artiste qui donnent aux peintres, sous la feuillée, l'air terrible de bandits du paysage, avec une vareuse bleue, un chapeau de chauffeur, une ceinture rouge, des braies de toile, des jambards de cuir, son parapluie gris en sautoir sur son sac. Et il avait été ainsi bravement *piger le motif.*

Cependant, au bout de deux jours, il commença à trouver que ce qu'il faisait ne marchait pas, que la nature l'enfonçait, et que le bon Dieu était décidément plus fort que la peinture. Il se coucha sur un rocher, regarda le ciel, les lointains, les cimes ondulantes des arbres, les huit lieues de la forêt jusqu'à l'horizon; puis son regard tomba et s'arrêta

sur le rocher. Il en étudia les petites mousses vert-
de-grisées, le tigré noir de gouttes de pluie, les
suintements luisants, les éclaboussures de blanc,
les petits creux mouillés où pourrit le roux tombé
des pins. Puis il crut voir remuer, épia, chercha de
tous ses yeux une vipère, et finit par s'endormir
avec du soleil sous les paupières.

Les autres jours, il recommença. Il appelait cela
« dormir d'après nature ».

Puis il s'en allait faire quelque protestation en
faveur du pittoresque à l'instar du paysagiste Na-
zon : il s'armait de gros souliers contre les planta-
tions déshonorant la forêt, et piétinait pendant
deux heures les petites pousses des pins en ligne.
Il passait des journées avec l'homme aux vipères,
le vieux aux deux bâtons et aux deux boîtes de
reptiles. Il allait causer avec le vendeur d'orangine
de la Cave aux Brigands. Il était familier dans les
huttes de gardeurs de biches. Il jouait aux boules
à l'entrée de la forêt avec des gens quelconques qui
connaissaient des peintres ; il sonnait du cor avec
des messieurs qui mettaient le soir au bout de Barbison l'écho des entre-sols de marchands de vin au
mardi-gras.

La nuit, il se glissait, vêtu de sombre, au bout
des futaies, et restait sans bouger, sans fumer, sans
souffler, attendant un bramement, espérant voir
un de ces fantastiques combats de cerfs qui sont la
légende du pays.

Jamais il ne s'était trouvé une si douce et si pleine existence. La forêt le nourrissait de spectacles, d'émotions, de distractions. Il se fit un grand plaisir de chercher tout ce qu'on trouve là, ce que la main ramasse par terre, sous le bois, avec une joie étonnée. De la chasse aux vipères, il passa à la récolte des champignons.

Une nuit de pluie en faisait l'herbe pleine, en gonflait d'énormes aux pieds des chênes : Anatole ne revenait plus qu'avec sa vareuse nouée aux quatre coins, toute pesante et bourrée de ces *giroles* d'or que le pas écrase, tant elles se pressent. Il les accommodait lui-même, à l'huile, à la provençale : car il était assez cuisinier de goût et de vocation, et il n'y avait pas besoin que la table le priât beaucoup pour qu'il se fît un tablier d'une serviette et remuât dans une casserole son fameux gigot à la juive.

Le temps remis au sec, les champignons finis, Anatole revint à son étude, travailla encore un jour ou deux. Puis tout à coup, en plein Bas-Bréau, les chênes qui le regardaient virent l'incorrigible maître aux Pierrots accrocher à l'arbre qu'il avait peint un Pierrot pendu.

Anatole donna cette toile à son nouvel ami, l'aubergiste. Et ce cadeau resserra l'intimité qui le mêlait à toute la famille; car il était pour la maison un camarade. Il vivait un peu à la cuisine; il prenait part, le dimanche, aux soirées du ménage et des connaissances en blouse de la ferme, aux parties de cartes à la chandelle des petites bonnes en madras, avec des cartes grasses et des châtaignes sèches pour enjeu.

Quand l'aubergiste allait faire son marché de la semaine, le samedi, à Melun, il emmenait Anatole dans sa carriole, et lui faisait manger dans un cabaret cet extra qui est un rêve pour un estomac de Barbison : un homard. Et tous deux ne revenaient qu'à la nuit, un peu gais, fraternellement liés par le bras de l'un passé sur l'épaule de l'autre.

LXXX

— Dis donc, — fit un matin Anatole, en frappant à la porte de Coriolis, — tu ne viens pas à Marlotte?... une partie que nous venons d'arrêter devant le beau temps qu'il fait... On va à pied, nous allons nous payer la *Mare aux Fées*, le *Long Rocher*, les *Ventes à la Reine*, l'affaire de deux jours; viens donc, hein?

— Non... Ce serait trop dur pour Manette... Mais vois un peu ça, si l'on est mieux là-bas qu'ici.

. . . .

Anatole revenu :

— Eh bien? — lui dit Coriolis.

— Ah! mon cher, superbe! Le Long Rocher...
nous avons été voir ça la nuit, une lune magnifique! Ah! voilà un décor pour la Porte-Saint-
Martin, avec un beau crime là-dedans...

— Et les auberges?

— Les auberges, délicieux! un monde!... Pas
des bonnets de nuit comme ici... d'un jeune!... et
un train! Ah! des vrais, ceux-là... On les entend
à une demi-lieue sur la route, jusqu'à deux heures
du matin.

— Et la nourriture?

— Oh! la nourriture... Je leur ai pêché un fameux plat de grenouilles, va!... La nourriture? Tu
sais, moi, je n'ai pas trop fait attention... Par
exemple, le vin est meilleur qu'ici... Un vrai père
Lajoie, mon cher, l'aubergiste là-bas... pas de façons... les pieds nus dans ses chaussons... Oh! une
bonne tête!... Très-animé, le pays... il tombe des
convois du quartier Latin, des baladeuses qui vous
arrivent en cheveux, en pantoufles et avec une chemise au dos pour la semaine. Ça met des courants
d'air de *Closerie des lilas* dans la forêt... Enfin je
te dis, c'est tout ce qu'il y a de plus gai.

— Bon, je suis fixé, — dit Coriolis.

— Pas moyen de s'embêter une minute — continua sans l'entendre Anatole, — des histoires de
femmes toute la journée; la maîtresse de Chose qui
a accusé la maîtresse de Machin de lui avoir dé-
marqué ses bas... ça a fait une scène à table!...

Les lits? je n'y ai rien senti... Ma foi! nous n'y serions pas mal, — dit en finissant Anatole tourmenté du besoin de mouvement qu'ont les enfants,
et toujours prêt à changer de place.

— Merci, — fit Coriolis, — que j'emmène Manette là?

— Ah! c'est vrai, oui, Manette... Je n'y pensais
pas, — fit Anatole en homme subitement éclairé
par Coriolis, et n'ayant guère des convenances de
la vie une perception nette, immédiate et personnelle.

LXXXI

Manette, la vieille demoiselle, le vieux monsieur,
le professeur et sa famille s'étaient retirés de la
salle à manger. Et Anatole déployait ses talents de
brûleur d'eau-de-vie, en promenant la poche de
Ruolz pleine de sucre sur la flamme d'un bol de
punch parié et perdu par Coriolis.

Les récits, les souvenirs, ce qui dans une société
d'hommes, dans l'effusion bavarde de la digestion,
se lève de la mémoire de chacun et s'en répand,
après la première pipe, des histoires de tous les
pays et de toutes les couleurs, se croisaient autour
du bol de punch.

Un des Américains, dans un français impossible,

racontait que par amour pour une gitana, il s'était
engagé dans une troupe de bohémiens courant
l'Amérique. Et il entrait dans les plus curieux détails sur cette vie de trois mois, mélangée de vol,
d'aventures et de bonne aventure, interrompue par
un singulier incident. La femme du chef vint à
mourir : la religion de la bande exigeait qu'elle fût
enterrée dans du sable, et il n'y avait de sable qu'à
quinze jours de marche de là, au Potomac : dans
le voyage, son amour pour la gitana diminuant à
mesure que l'odeur de la morte augmentait, il avait
fini par se sauver à mi-chemin des bohémiens et de
son amante.

Un cosmopolite, un observateur spirituel et
charmant, un garçon connaissant les coins et recoins des capitales de l'Europe, parlait de deux as-
sassins de grand chemin, qu'il avait vu pendre à
Florence. Ces industriels assassinaient, sans se salir
ni se compromettre. Ils avaient chacun une espèce
de fourreau de parapluie qu'ils remplissaient de
terre tassée, et avec lequel ils frappaient à très-
petits coups, tout doucement, sur l'épigastre de
leur victime, de manière à ne jamais déterminer
d'ecchymose ni d'extravasement de sang. Vingt
minutes, en moyenne, suffisaient à leur petite opération. Après quoi, ils rentraient chez eux, comme
d'honnêtes paysans, avec leurs gaînes de parapluie
vides. Puis venaient des descriptions d'autres pen-
daisons, merveilleusement observées, contées avec

tout le détail impressionnant et scientifique de la
chose vue, finissant par un tableau sinistre d'un
lancement dans l'éternité à Londres, avec le bourreau splénétique, le paletot de caoutchouc sur le
condamné, et l'éternelle petite pluie désolée des
exécutions de là-bas.

Un autre exposait les origines de Barbison, remontait au plus lointain des légendes du pays, at-
tribuait l'immigration des peintres à une espèce de
précurseur mythique, un peintre d'histoire inconnu
du temps de l'empire, un élève de David sans nom,
qui vint habiter le pays, dans des époques anté-
historiques, et demanda un sabre à un certain père
Ordet pour aller dans la forêt. Il avait, d'après la
tradition, un petit domestique qu'il faisait poser nu
dans les bois et les rochers; et c'était tout ce qu'on
savait de son histoire. Ses successeurs avaient été
Jacob Petit, le porcelainier, puis un M. Ledieu,
puis un M. Dauvin. Puis venaient Rousseau, Brascassat, Corot, Diaz, arrivant vers 1832, deux ans
après que l'auberge, fondée en 1823, avait exhaussé
son rez-de-chaussée d'une chambre à trois lits, où
l'on montait par une échelle, et où l'on accrochait
le soir son étude du jour au-dessus de son lit. C'est
à cette époque, ajoutait l'historiographe, qu'on
peut fixer le commencement de sûreté du pays pour
les artistes, non à cause des brigands, mais à cause
des gendarmes qui, jusque-là, arrêtaient pour trop
de pittoresque « les hommes à pique », que le

père de l'aubergiste actuel était obligé de réclamer.

Anatole avait rempli les verres.

— Tiens! sourd, voilà le tien, — dit-il au Batignollais.

— Mais dis donc, farceur! tu as reçu une lettre
chargée ce matin... Tu vas payer quelque chose...
Viens un peu par ici que nous reprenions notre conversation...

Le sourd des Batignolles avait une corde comique, l'avarice, une avarice qu'on eût dite amassée
par plusieurs générations paysannes de la banlieue
de Paris. Il avait une défiance terrible de ce monde
où il s'était aventuré, et qu'une tante, dont il rabâ-
chait en neveu respectueux et en héritier affectionné,
lui avait peint sans doute comme une caverne. Rien
n'était plus amusant que sa grossière peur d'être
carotté, et la continuelle préoccupation avec laquelle
il se défendait d'avoir de l'argent dans sa poche.
Il parlait toujours de sa misère, des sept cents pauvres malheureux francs de la pension de sa tante,
de ses créanciers des Batignolles. Il montrait,
comme des contraintes, des en-têtes de contribu-
tions, grommelait, mâchonnait des chiffres, des
comptes de pauvre, demandait le prix de tout.
Quand on voulait le faire jouer, il demandait à ne
jouer que des centimes; et quand il avait perdu
cinq sous, il disait qu'il allait mettre en gage sa redingote de velours.

La plaisanterie habituelle d'Anatole consistait à

lui persuader qu'il voulait épouser sa tante, une charge qui, malgré sa monstruosité, ne laissait pas que d'inquiéter vaguement, par son retour quotidien et l'air sérieux d'Anatole, les espérances du neveu.

Quand le sourd fut assis à côté de lui, Anatole lui empoignant le cou à lui dévisser la tête, approcha sa bouche de la meilleure de ses deux oreilles, et lui cria dedans de toute sa force :

— Quel âge m'as-tu déjà dit qu'avait ta tante?...

— Trente-cinq.

— Mettons quarante... Est-elle ragoûtante?

— Qui ça?

— Ta tante.

— Ma tante?... Elle est belle femme.

— Aurait-elle des enfants, si je l'épousais?

— Hein?

— Je te demande : aurait-elle des enfants si je l'épousais? Parce que moi, je ne veux me marier qu'avec la certitude d'avoir des enfants...

— Ah! dame... je ne sais pas, moi...

— Ça me suffit... tu es mon ami... il faut que tu me fasses épouser ta tante...

Le sourd remua la tête balourdement, et balança un : — Non, — à demi formulé dans un sourire d'idiot.

Anatole lui ressaisit la tête :

— Tu ne me trouves pas bien?

Le sourd le regarda, et continua à rire d'un rire indéfinissable.

— Où demeures-tu?

— Rue Cardinet... 14.

— Il y a des omnibus?

— Oui.

— J'irai te voir.

Le sourd riait toujours.

Anatole reprit :

— Nous irons tous te voir... Ça fera plaisir à ta tante, à ta brave femme de tante... un cœur d'or... je la vois d'ici... Elle nous fera un petit dîner...

— Plus la cuisine est grasse, plus le testament est maigre... — murmura le sourd avec une espèce de finesse malicieuse.

— Ah! très-fort! Est-il roublard! Un proverbe!... La sagesse des nations!... Amour de sourd, va!... Quelle canaille, hein! — ajouta Anatole en se tournant vers les autres qui, arrivant l'un après l'autre, prenaient la tête du Batignollais, et lui criaient dans sa bonne oreille :

— Nous irons tous chez votre bonne tante, tous!

— Tenez, — dit quelqu'un, — voulez-vous que je vous dise? Il n'est pas sourd du tout... Il nous fait poser... c'est un truc que lui a montré sa tante pour qu'on ne lui emprunte pas cent sous.

Anatole l'avait repris par le cou et lui jetait dans le tympan avec une voix caverneuse, fatale et méphistophélique :

— Tu m'as dit que tu voudrais être un homme
de génie... Si, tu me l'as dit... C'est une ambition
honnête... Il n'y a qu'un moyen... c'est de commencer par manger ta fortune...

— Toucher à mon *tapital!* — s'écria, dans un
premier soubresaut d'effroi, le sourd avec une
inarticulation d'enfant. Puis, se remettant, et re-
prenant sa sérénité à la fois bête et sournoise, il se
mit à dire, comme s'il parlait avec lui-même à ses
idées : — Moi... je ne veux pas me marier... J'aime
les gens connus, moi... Je les inviterai... un jour...
Et puis, je voudrais fonder quelque chose après
ma mort...

— C'est cela! — lui beugla Anatole, — une fondation, bravo! Tiens! la fondation d'un punch
perpétuel à Barbison! Trois cent soixante-cinq bols
par an!... Superbe idée! Tu seras la flamme de ton
siècle! Dans nos bras!

Et tous, imitant Anatole, se jetèrent dans les
bras du sourd, ahuri et se débattant.

LXXXII

Voyant son monde heureux, Coriolis s'était résigné à patienter. Le trio restait à l'auberge, continuant sa vie de promenade et de paresse, jouissant

de l'air, de la forêt, de la campagne, quand un soir il apparut à la table deux nouveaux visages : un gros gaillard épanoui, de large encolure, les mains énormes; et une petite femme, sa femme, une petite brune, toute sèche et nerveuse, aux grands yeux noirs, aux traits fins, découpés, presque pointus, à l'amabilité aigrelette, à l'œil dédaigneux, à la parole coupante, à l'élégance correcte et pincée du haut commerce parisien; un type de cette femme légitime de l'artiste chez laquelle une sorte de puritanisme grinchu, une dignité hérissée, une susceptibilité agressive, toujours en garde contre un manque de respect, une honnêteté nette, aiguë, reiche, presque amère, dessinent dans la petite bourgeoise une pe- tite madame Roland manquée.

Du premier coup, elle vit ce qu'était Manette; et, pendant le dîner, elle laissa tomber sur elle deux ou trois de ces regards avec lesquels les femmes hon- nêtes savent jeter leur mépris et leur haine à la figure des autres.

En sortant de table, Manette demanda à la femme de l'aubergiste ce que c'était que ces gens-là, et s'ils restaient longtemps. Elle apprit qu'ils s'appelaient M. et madame Riberolles; qu'ils venaient passer tous les ans une partie de la saison. Le mari, le gros homme, par un contraste fréquent dans tous les arts entre la tournure de l'individu et le genre de son talent, avait la spécialité de peindre des branches de groseillier ou de cerisier sur de petits panneaux, dont il laissait le fond et les veines de bois. Sa femme passait toute la journée avec lui, ne le quittait pas : elle en était très-jalouse.

Le lendemain, à déjeuner, Manette retrouva le dédain de madame Riberolles se reculant de son voisinage, se garant d'elle, affectant de ne pas la voir, de ne pas l'entendre ; et elle remarqua la gêne, l'embarras, l'espèce de honte troublée, qu'avait vis-à-vis d'elle la femme du professeur, évitant son regard et se levant, la première, au dessert, pour ne pas la rencontrer.

A partir de ce jour, Coriolis fut tout étonné de trouver chez Manette un écho, une voix qui se mêla peu à peu à ses plaintes. Les choses en étaient là, quand un soir, à dîner, un des Américains se mit à dire que dans son pays, le métier de modèle était considéré comme honteux ; et, comme exemple du préjugé, il conta qu'un jour où il avait dessiné un modèle de femme dans une académie de New-York, pas une jeune personne, à un petit bal où il était allé le soir, n'avait voulu danser avec lui. L'honnête Américain avait raconté cela fort innocemment, et en toute ignorance du passé de Manette. Son histoire, malgré tout, blessa Manette à fond : elle y trouva un outrage direct ; elle voulut absolument y voir une intention d'allusion et d'offense. En dépit de tout ce que Coriolis put lui dire, elle resta attachée à cette idée, avec l'entêtement bête et enragé, enfoncé pour toujours dans la cer-

velle d'une femme du peuple, et que rien n'en ar-
rache, ni le raisonnement, ni l'évidence. Elle dé-
clara à Coriolis qu'elle ne reparaîtrait plus à une
table où on l'outrageait.

Anatole ne disait rien. Au fond, il n'eût pas été
trop fâché qu'on quittât l'auberge : l'endroit lui
reprochait un crime. En grisant d'eau-de-vie le corbeau favori de la maison, il l'avait foudroyé. Le
croyant échappé, on le cherchait partout.

Coriolis promit à Manette qu'elle ne dînerait
plus à la table des peintres. Ils se feraient servir à
part, tous les trois. Il n'était guère plus content
qu'elle de l'auberge; mais, quoiqu'il fût tout prêt
à s'en aller, il lui demandait de rester encore quelques jours. On lui avait parlé de Chailly : il irait
voir par là s'il ne pourraient pas s'établir un peu
mieux.

Et l'on s'était arrêté à cet arrangement, lorsqu'à
la suite d'un pannotage pour la destruction des
grands animaux dont se plaignaient les paysans,
un peintre de l'endroit, une des popularités du
pays, le fameux paysagiste Crescent, ayant reçu
un chevreuil du garde général, invita à venir le
manger chez lui tous les artistes faisant séjour à
Barbison, Coriolis, « sa dame » et Anatole.

LXXXIII

Crescent était un des grands représentants du paysage moderne.

Dans le grand mouvement du retour de l'art et de l'homme du dix-neuvième siècle à la nature *naturelle*, dans cette étude sympathique des choses à laquelle vont pour se retremper et se rafraîchir les civilisations vieilles, dans cette poursuite passionnée des beautés simples, humbles, ingénues de la terre, qui restera le charme et la gloire de notre école présente, Crescent s'était fait un nom et une place à part. Un des premiers il avait bravement rompu avec le paysage historique, le site composé et traditionnel, le persil héroïque du feuillage, l'arbre monumental, cèdre ou hêtre, trois fois séculaire, abritant inévitablement un crime ou un amour mythologique. Il avait été au premier champ, à la première herbe, à la première eau ; et là, toute la nature lui était apparue et lui avait parlé. En regardant naïvement et religieusement en l'air et à ses pieds, à quelques pas d'un faubourg et d'une barrière, il avait trouvé sa vocation et son talent. Dans la campagne commune, vulgaire, méprisée du rayon de la grande ville, il avait décou-

vert la campagne. Le verger mêlé aux champs, les
assemblages de toits de chaume dans un bouquet
de sureaux, les maigres coteaux de vigne, les ondulations de collines basses, les légers rideaux de peupliers, les minces bois clairs de la grande banlieue
lui avaient suffi pour trouver ces chefs-d'œuvre
« qu'on peut faire, — disait un de ses grands camarades, — sans quitter les environs de Paris. »

Pour lui, la terre n'avait point de lieux com-
muns : le plus petit coin, le moindre sujet lui donnait l'inspiration. Une ferme, un clos, un ruisseau
sous bois clapotant sous le sabot d'un cheval de
charrette, une tranche de blé vert plein de coque-
licots et de bluets froissée par l'âne d'une paysanne,
une lisière de pommiers en fleurs, blancs et roses
comme des arbres de paradis : c'étaient ses tableaux. Une ligne d'horizon, une mare, une silhouette de femme perdue, il ne lui fallait que
cela pour faire voir et toucher à l'œil la plaine de
Barbison.

Sa peinture faisait respirer le bois, l'herbe
mouillée, la terre des champs crevassée à grosses
mottes, la chaleur et, comme dit le paysan, le
touffe d'une belle journée, la fraîcheur d'une rivière,
l'ombre d'un chemin creux : elle avait des parfums,
des fragrances, des haleines. De l'été, de l'automne, du matin, du midi, du soir, Crescent donnait le sentiment, presque l'émotion, en peintre
admirable de la sensation. Ce qu'il cherchait, ce

qu'il rendait avant tout, c'était l'impression, l'impression vive et profonde du lieu, du moment, de la saison, de l'heure. D'un paysage, il exprimait la vie latente, l'effet pénétrant, la gaieté, le recueillement, le mystère, l'allégresse ou le soupir. Et de ses souvenirs, de ses études, il semblait emporter dans ses toiles l'espèce d'âme variable, circulant autour de la sèche immobilité du motif, animant l'arbre et le terrain, — l'atmosphère.

L'atmosphère, la possession, le remaniement continu, l'embrassement universel, la pénétration des choses par le ciel, avaient été la grande étude de ces yeux et de cet esprit, toujours occupés à contempler et à saisir les féeries du soleil, de la pluie, du brouillard, de la brume, les métamorphoses et l'infinie variété des tonalités célestes, les vaporisations changeantes, le flottement des rayons, les décompositions des nuages, l'admirable richesse et le divin caprice des colorations prismatiques de nos ciels du Nord. Aussi, le ciel pour lui n'était-il jamais *un fait isolé*, le dessus et le plafond d'un tableau ; il était l'enveloppement du paysage, donnant à l'ensemble et aux détails tous les rapports de ton, le bain où tout trempait, de la feuille à l'insecte, le milieu ambiant et diffus d'où se levaient tous les mirages de la nature et toutes les transfigurations de la terre.

Et tantôt, dans ses toiles, qui étaient le poëme rustique des Heures retrouvé au bout de la brosse,

4.

il répandait le matin, l'aube poudroyante, les dernières balayures de la nuit, le jour timide dans un brouillard de rosée, la lumière argentée, virginale, comme tramée de fils de la Vierge, sous laquelle la verdure frissonne, l'eau fume, le village s'éveille : on eût dit que sa palette était la palette de l'*Angelus*. Tantôt il peignait le midi ardent et poussiéreux, gris de chaleur orageuse, avec ses tons neutres et brûlants, ses soleils sourds faisant peser la fadeur écœurante de l'été sur la sieste des moissonneurs. Et toute une série admirable de ses tableaux déroulait le soir, ses incendies, ses roulées de nuages de rubis sur un horizon d'or, les lentes défaillances, les pâlissements de jour, la descente de la mélancolie sereine des heures noires dans la campagne éteinte et presque effacée.

Là-dedans, souvent Crescent jetait une scène, quelque scène champêtre, les semailles, la moisson, la récolte, — un de ces travaux nourriciers de l'homme dont il essayait d'indiquer la grandeur et l'antique sainteté avec l'austère simplicité des poses, avec la rondeur d'une ligne rudimentaire, l'espèce de style fruste d'une humanité primitive, faisant de la paysanne, de la femme de labour, courbée sur la glèbe, de ce corps où le labeur du champ a tué la femme, la silhouette plate et rigide habillée comme de la déteinte des deux éléments où elle vit : — du brun de la terre, du bleu du ciel.

LXXXIV

Le dîner donné par Crescent eut lieu à une heure, l'heure du dîner de la campagne, sous une tente faite avec des draps, dressée dans le jardin.

On mangea gaiement le chevreuil servi à toutes les sauces. Et bientôt, dans l'expansion de ce repas en plein air, Crescent et Coriolis, qui avaient d'avance, sans se connaître, une mutuelle estime de leurs talents, devinrent presque des amis, se parlant dans l'intimité de l'aparté, et l'isolement de la causerie à deux.

Avec son rire, sa gaieté gamine, ce mélange de familiarité bouffonne et de galanterie attentionnée, qui était son charme auprès des femmes, Anatole avait fait tout de suite la conquête de madame Crescent.

Seule, Manette, un peu dépaysée dans ce dîner d'hommes, où il n'y avait d'autre femme avec elle que madame Crescent, laissait voir une espèce de gêne.

La femme du paysagiste s'en aperçut ; et à peine le dessert fut-il sur la table qu'elle lui dit :
— Ma belle, venez voir ma poulaille... ça vous amusera plus que de rester avec toutes ces horreurs

d'hommes... Et vous? — fit-elle en se tournant vers
Anatole, — vous, le *bétier*...

Madame Crescent avait pour la volaille le goût,
la passion, répandus et vulgarisés dans tout Barbison par la *poulomanie* de Jacques, le peintre
graveur. Au bout du jardin, dans le champ, elle
avait créé un petit parc divisé en quatre comparti-
ments, et dont un émondage de peupliers relié par
des perchettes nouées avec de l'osier faisait le palis
garni en bas de paille de seigle. Elle mena là
Manette et Anatole, tira le gros loquet de la porte,
et leur fit voir les poulaillers aux murs de pierrailles,
traversés de lattes, couverts de chaume; les petits
hangars reliés aux poulaillers par une rallonge de
refuge contre la pluie; les juchoirs mobiles, les
pondoirs en osier attachés au mur par une tringle
de bois, les boîtes à élevage. Elle leur expliquait
ceci et cela, leur disait qu'il fallait un terrain ne
prenant pas l'eau, ne *gâchant* pas, que les poul-
laillers étaient exposés au levant, parce que l'exposition au midi faisait de la vermine; que l'hiver,
il fallait mettre une bonne couche de fumier sous
les hangars, pour empêcher les poules d'avoir froid.
Elle les arrêtait à la petite place, au milieu du
gazon, où elle déposait du sable fin qui servait aux
poules à se poudrer. Elle leur faisait remarquer
une augette recouverte qu'elle avait inventée pour
mettre le grain à l'abri de la pluie et des piétine-
ments.

Et toute contente des petits étonnements de
Manette, enchantée d'Anatole, de son air et de ses
assentiments de connaisseur, des cris imitatifs dont
il inquiétait la basse-cour, des *cocoricos* avec lesquels il faisait se piéter et se créter batailleusement
les coqs, elle montrait et remontrait ses Houdan,
ses Crèvecœur, ses Cochinchine, ses Brahma, ses
Bentham, ses espèces indigènes, exotiques, ses petites poules naines, des boules de soie.

Elle appelait toutes ces bêtes, les petites, les
grandes, leur parlait, les caressait avec une sorte
d'attendrissement grisé mêlé à un sentiment de famille.

LXXXV

Madame Crescent était une petite femme grasse
et courte, avec une tournure boulotte où il y avait
quelque chose de fallot, de cocasse, de comique.
Deux *couêttes* de cheveux en désordre, couleur de
chanvre, s'échappaient sur son front de la ruche de
son bonnet. Ses yeux bleus tout clairs montraient
un grand blanc quand elle les levait. Elle avait un
petit nez étonné, un teint tout frais avec des pommettes du rose d'une pomme d'apis. Il restait de
l'enfant dans ce visage d'une femme de quarante
ans, où l'on croyait voir par moments comme la

figure et la peau d'une petite fille sous un bonnet
de grand'mère.

Paysanne, elle était restée paysanne en tout, de
corps, d'habitudes, de langue et d'âme. Ses robes,
faites à Paris, rappelaient, sur son dos, les paquets
et les plis du village. Elle portait des souliers qui
faisaient le bruit d'un pas d'homme. Elle racontait
que son premier chapeau l'avait rendue sourde, et
qu'elle avait manqué deux fois d'être écrasée dans
la journée. Ses idées étaient les idées têtues de
l'ignorance du peuple; elle en avait d'excentriques
sur la médecine, de républicaines sur le gouvernement, sur une façon de gouverner à elle, de fran-
çaises contre les étrangers, d'économiques pour
empêcher les Anglais d'acheter ce qu'on mange en
France. Contre les Anglais particulièrement, elle
nourrissait toutes sortes de préjugés : elle était per-
suadée qu'on faisait de Paris une pension de cent
mille francs à la fille de la reine d'Angleterre. Tout
cela jaillissait d'elle pêle-mêle, avec des observations fines de paysan, en saillies drôlatiques, dans
une langue colorée des mots de son pays et des expressions faubouriennes de Paris, une langue moitié entendue, moitié créée, moitié inventée, moitié
estropiée, une langue de raccroc et de chance
brouillée avec la grammaire, et qui avait un fond
d'arrière-goût des champs, l'originalité native et
brute de cette nature restée champêtre.

Elle riait toujours et bougonnait toujours. C'était

un mélange de bonne humeur et d'impatience, de grogneries sans amertume lui montant de la vivacité de son sang, et d'accès d'hilarité pouffante, de vraies cascades de rire, qui faisaient dans son gosier un bruit d'écroulement de piles de cent sous, et l'étranglaient presque.

Mais le plus curieux de cette créature, c'est qu'elle ne pouvait rien retenir de sa pensée. Elle ne pouvait la garder, intime, secrète, enfermée, cachée, comme tout le monde. Une sensation, une impression, était immédiatement chez elle sur ses lèvres. Son cerveau pensait tout haut avec des paroles. Tout ce qui le traversait, les idées les plus baroques, les plus saugrenues, les plus « endiablées », comme elle disait, lui venaient au même moment au bout de la langue. Les mots de choses qui lui passaient dans la tête s'échappaient d'elle par un phénomène étrange, dans l'espèce de bouillonnement d'un pot sans couvercle. Et cela était chez elle aussi involontaire qu'instantané. Souvent, aussitôt après un mauvais compliment lâché à la première vue de quelqu'un, elle devenait rouge comme une cerise, et malheureuse comme les pierres.

Cette singulière organisation faisait qu'elle parlait du matin jusqu'au soir, et qu'elle parlait à tout, aux murs, à la pièce où elle se trouvait. Dans un éternel monologue de confession, elle disait innocemment toute seule ce qu'elle faisait, ce qu'elle allait faire, ce qui l'occupait, ce qu'elle regardait, tous les riens de son imagination, l'annonce de ses moindres intentions. En travaillant, en faisant la cuisine, elle causait avec son travail; elle dialoguait avec tout ce que touchaient ses mains : elle prévenait une pomme de terre qu'elle allait la faire cuire. Elle interpellait le charbon, la cheminée, les casseroles, grondait toutes sortes d'objets qui la mettaient en colère, et qu'elle appelait sérieusement « *horreurs* », un mot universel qu'elle appliquait à tout.

Un amour, une passion remplissait la vie de madame Crescent : l'adoration des animaux. Les bêtes faisaient son bonheur et comme ses enfants. Il semblait qu'il y eût de la maternité dans sa charité et sa tendresse pour eux.

Elle avait été nourrie par une chèvre, qui ne la quittait pas, qu'elle menait avec elle aux champs, dans les bois. A douze ans, elle avait vu tuer et manger sa nourrice par ses parents. Depuis ce temps, la révolte, l'horreur de son estomac pour la viande avait été telle, qu'elle avait passé toute sa jeunesse sans pouvoir toucher à un *creton* de lard; et encore maintenant, elle ne mangeait pas volontiers de ce qui était de la chair, refusant de goûter au gibier, à ce qui lui rappelait un oiseau, vivant de légumes et de verdure, comme de la seule nourriture innocente et sans crime. Son instinct avait naturellement de la religieuse répugnance du brahme pour la bête qui a vécu et qu'on a tuée : pour elle, la boucherie ressemblait à de l'anthropophagie.

Les animaux lui tenaient comme physiquement au cœur. Il y avait d'elle à eux des liens secrets, une espèce de chaîne, des rapports comme d'une autre vie commune. Son allaitement par une chèvre, ce premier sang que fait une nourrice animale, ces mystérieuses attaches naturelles qu'elle met dans un être humain, lui avaient presque donné une solidarité de parenté, une communion de souffrances avec les bêtes. Leurs maux, leurs joies lui remuaient un peu dans les entrailles. Elle sentait vivre de sa vie en elles. Quand elle en voyait maltraiter une, il se levait de son petit corps, de sa timidité, des audaces, des colères, des apostrophes en pleine rue à se faire assommer. Contre les bouchers menant leurs bestiaux à l'abattoir, contre les charretiers abîmant de coups leurs attelages, elle entrait dans des fureurs qui la faisaient revenir au logis toute en feu, son bonnet de travers, avec des indignations terribles. Elle rêvait la nuit de tous les chevaux battus qu'elle avait vus dans la journée.

Elle ne pensait guère qu'à cela : les animaux. Sa grande joie était de voir un chien, un chat, n'importe quoi de vivant, de volant, de jouant, d'heureux d'un bonheur de bête sur la terre ou dans le ciel. Les oiseaux surtout lui prenaient ses pensées. Elle avait peur pour eux du froid, de l'hiver, de la neige, de la faim, de l'orage qui les éparpille piaillants.

Un oiseau qui chantait sur un toit lui faisait passer une heure, à demi cachée derrière une persienne,
distraite, intéressée, absorbée, sans bouger, perdue
dans une att... tion amoureuse, charmée, avec une
immobilité de ravissement dans les plis de sa robe.
Et quand, par un joli soleil de printemps, gaie de
tout le corps, elle trottinait allègrement, il lui sortait, avec une voix qui avait l'air de remercier le
beau temps et les premières pousses de verdure
comme la charité du bon Dieu pour ces petits pauvres : « Les oiseaux sont riches cette année, il y a
du mouron; ils vont se faire de bonnes petites
panses. »

LXXXVI

— Ah! on est dans la *boutique*, — dit madame
Crescent en se servant du mot dont son mari appelait son atelier, et elle rentra du jardin avec Manette et Anatole.

Ils trouvèrent dans l'atelier Coriolis et Crescent
qui causaient familièrement : Coriolis enchanté de
trouver enfin un peintre qui parlât un peu de
son art; Crescent, le sauvage, vivant à l'écart des
habitants du pays, tout heureux de rencontrer
un causeur intelligent qui l'entretenait de sa peinture, lui rappelait des tableaux vus à des vitrines de

marchands, les analysait en homme qui les avait étudiés, flairés, sentis. De la peinture, la conversation alla au pays, au manque de confortable des auberges, singulier auprès d'une si belle forêt, à côté d'un si grand rendez-vous de promeneurs et de curieux. Coriolis exprima à Crescent ses regrets d'avoir fait sa connaissance juste au moment de s'en aller, de retourner à Paris. Le pays lui plaisait; il aurait voulu y passer encore un mois ou deux, mais il s'y trouvait matériellement trop mal, et ne voyait pas moyen d'y être mieux.

— Un moyen? — dit vivement madame Crescent qui trouvait Manette charmante. — Mais il y en a un... Il faut devenir nos voisins, voilà tout.... Si au lieu de rester à l'auberge... La maison, tu sais Crescent, qui est là, de l'autre côté de notre mur?

— Tiens, c'est vrai, — dit Crescent. — Ils m'ont écrit... la famille anglaise qui l'habite tous les ans. Ils ne viennent pas cette année... Je suis chargé de la louer... Ainsi, si ça vous va... Il y a un petit atelier ou le mari faisait de l'aquarelle d'amateur... Mais venez la voir, ce sera plus simple.

Et, se levant, il alla leur montrer la maison voisine, une petite maison gaie, construite avec de la pierraille encastrée dans du ciment rouge, aux volets, aux persiennes, peints en acajou, au toit de tuile caché dans l'ombre de deux grands bouleaux, plaisante d'aspect par la confortable rusticité d'une installation anglaise.

— Signons le papier, — dit Coriolis au bout de la visite.

Et, dès le lendemain, il s'établissait dans la maison, où la cuisinière, rappelée de Paris, faisait le dîner.

LXXXVII

Le voisinage porte à porte, les instructions que madame Crescent était obligée de donner pour l'approvisionnement fait à Barbison par des fournisseurs en voiture, les visites à toute minute pour se demander, s'emprunter, se rendre quelque chose, mettaient au bout de quelques jours la plus grande intimité entre les deux femmes.

Manette était enchantée de la connaissance. Au fond, elle éprouvait un certain soulagement à n'avoir plus besoin de « se tenir » comme avec la femme du professeur, à se sentir affranchie de la réserve, de la surveillance sur elle-même, de toute cette manière d'être cérémonieuse qu'elle avait eu tant de peine à soutenir. Elle se trouvait à l'aise avec cette femme toute ronde, ses manières à la bonne franquette, sa langue de peuple. Cette rude, grossière et cordiale compagnie de la campagnarde la remettait dans son milieu, en lui laissant

sa supériorité de jeunesse, de beauté, de distinction
parisienne.

Puis Manette était encore flattée de trouver dans
cette relation l'espèce de chaperonnage d'une femme
mariée, d'une femme honnête, estimée, aimée par
tout le pays. Car madame Crescent était sans préjugés : elle avait cette singulière indulgence de la
femme pour la maîtresse, assez ordinaire dans le
monde des arts, et qu'apprend peut-être là aux
femmes légitimes l'exemple de toutes les maîtresses
qui finissent par y être épousées.

De son côté, la brave femme trouvait un vif agrément dans la société de Manette, dans une espèce
d'autorité d'expérience et d'âge sur cette jeune et
jolie femme qui aurait pu être sa fille. Son cœur
chaud et aimant de paysanne sans enfant allait, de
lui-même, à cette compagne sympathique qui lui
faisait une société, un auditoire, prêtait ses deux
oreilles au bavardage que n'entendait même pas
Crescent.

Aussi avait-elle à la voir un épanouissement.
Quand Manette arrivait dans l'après-midi, une
sorte de gros bonheur fou la prenait, la mettait sens
dessus dessous, lui faisait bousculer tout, et crier
comme la plus belle surprise : — Ma belle, nous
allons nous faire une bonne salade à la crème.

Et puis, au jardin, au milieu des fleurs, dans
l'ombre chaude, les yeux heureux de regarder
Manette, de sa voix criarde qui se faisait toute

douce, elle laissait échapper cette phrase comme une musique :

— Est-on bien ici!... c'est comme si l'on était sur du gazon en paradis...

LXXXVIII

Coriolis passait des heures dans l'atelier de Crescent.

Il ne pouvait s'empêcher d'envier cette facilité, ce don de cet homme né peintre, et qui semblait mis au monde uniquement pour faire cela : de la peinture. Il admirait ce tempérament d'artiste plongé si profondément dans son art, toujours heureux, et réjoui en lui-même chaque jour de poser des tons fins sur la toile, sans que jamais il se glissât dans le bonheur et l'application de son opération matérielle, une idée de réputation, de gloire, d'argent, une préoccupation du public, du succès, de l'opinion. Qu'il y eût toujours des motifs, des effets de soir et de matin dans la campagne et des couleurs chez Desforges, c'était tout ce que Crescent demandait. A le voir travailler sans inquiétude, sans tâtonnement, sans fatigue, sans effort de volonté, on eût dit que le tableau lui coulait de la main. Sa production avait l'abondance et la régularité d'une fonction. Sa fécondité ressemblait au courant d'un travail ouvrier.

Et véritablement, de la vie ouvrière, de l'ouvrier, l'homme et l'atelier à première vue montraient le caractère.

L'atelier était une grange avec une planche portant à sept ou huit pieds de haut des toiles retournées, trois chevalets en bois blanc, et quelques faïences de village écornées.

L'homme était un homme trapu, à la forte tête encadrée dans une barbe rousse, avec de gros yeux bleus, des yeux *voraces*, comme les avait appelés un de ses amis. Il portait le pantalon de toile et les sabots du paysan

LXXXIX

Cependant, à bien regarder Crescent, on apercevait dans l'homme inculte et rustique comme un Jean Journet des bois et des champs. Il y avait encore en lui de la figure de ce Martin, le visionnaire laboureur de la Restauration, qui avait entendu des voix et Dieu lui parler dans un pré. Sa tenue, son air, ses lourds gestes, l'espèce de bouillonnement de son front, ses silences, les sourires passant sur ses grosses lèvres, ses regards, dégageaient le vague, le pénétrant, le troublant qu'on sentirait auprès d'un paysan apôtre.

Sans instruction, sans éducation, ne lisant rien, pas même un journal, ignorant de tout et du gouvernement qu'il faisait, replié sur lui, ne se mêlant point aux autres, ne voyant personne, se dérobant aux visites, retiré, muré dans sa « barbisonnière », étranger au monde, n'ayant pas mis le pied depuis une douzaine d'années au Luxembourg, ni dans les Expositions, sourd au bruit de sa femme, Crescent était arrivé, par l'excès de la solitude et de la contemplation, à l'espèce de mysticisme auquel l'art agreste élève les âmes simples.

Une griserie d'un panthéisme inconscient lui était venue de ces études errantes qu'il faisait hors de son atelier, sans peindre, sans dessiner, plongé dans l'infini des ciels et des horizons, enfoncé du matin au soir dans l'herbe et dans le jour, s'éblouissant de la lumière, buvant des yeux l'aurore, le coucher de soleil, le crépuscule, aspirant les chaudes odeurs du blé mûr, l'âcre volupté des senteurs de forêt, les grands souffles qui ébranlent la tête, le Vent, la Tempête, l'Orage.

Cette absorption, cette communion, cet embrassement des visions, des couleurs, des fantasmagories de la campagne, avaient à la longue développé dans Crescent l'espèce d'illumination d'un voyant de la nature, la religiosité inspirée d'un prêtre de la terre en sabots. Le ruminement des songeries d'un berger, l'exaltation des perceptions d'un artiste, la ténacité paysanne de la méditation, le travail surexcitant de l'isolement, l'immense enivrement sacré de la création, tout cela, mêlé en lui, lui donnait un peu de l'extatisme des anciens Solitaires. Comme chez quelques grands paysagistes à existence sauvage, à idées congestionnées, on eût dit que la séve des choses lui était montée au cerveau.

XC

Les Coriolis et les Crescent prenaient l'habitude de se réunir le soir, en passant alternativement la soirée les uns chez les autres. Les hommes causaient, fumaient; les deux femmes jouaient aux cartes. Au jeu, madame Crescent apportait ses vivacités, la passion la plus comique, montrant des désespoirs d'enfant quand elle perdait, prenant les cartes à partie, les injuriant, leur donnant des coups de poing sur la figure en disant : — A-t-on idée de ces pierrots-là, de ces Machabées! Voyez-vous ça! une giboulée de piques, le roi de pique! C'est ce monstre-là qui m'a fait perdre! Ah! par exemple, la première fois que j'attraperai un *moricaud...* Eh bien! oui, un chat noir... ça porte chance...

Les hommes riaient, et dans l'hilarité le gros

rire de Crescent éclatait, sonore et large, pareil à
ce rire de Luther qu'on entend dans les *Propos de
table*.

— Voyons, madame Crescent, calmez-vous, —
disait Anatole, — nous allons faire une partie ensemble, vous serez plus heureuse.

— Ne jouez pas avec ma femme, — criait Crescent en continuant à rire, — elle triche !

— Je triche. Ah ! bon sang ! — s'écriait là-dessus
madame Crescent avec l'exclamation barbisonnaise
dont elle usait à tout propos : — Si l'on peut dire !
— Elle étouffait d'indignation et de colère. — Je
triche, moi ? Dis donc encore un peu que je triche ?
Mais tu sais, toi, un jour je te lâcherai de la ficelle,
et tu courras après la pelote, tu verras !

Elle remuait, se levait, allait, revenait, s'agitait,
ne pouvait se taire ni rester en place. Des trépida-
tions de nerfs la traversaient ; elle était tourmentée
par des influences atmosphériques, prise et secouée
d'inquiétudes animales qui la faisaient se jeter à la
fenêtre et regarder avec peur.

— Tenez, voyez-vous, là dans le coin, ce qui est
jaune dans le ciel, je suis sûr, vous allez voir, il va
encore en avoir un... Ah ! oui, riez ! il va en faire
un, je vous dis... Oh ! le bon Dieu, que je suis malheureuse ! Vous ne me croyez pas, monsieur Anatole ? venez donc voir.

— Mais non, madame Crescent, ce n'est rien, il
n'y aura pas d'orage... Tenez ! la revanche...

— Voyez-vous, je l'ai dans le corps, voilà le chiendent... je suis comme un damné, ça me soulève sous la plante des pieds... et puis dans les bras... J'ai, vous savez... j'ai comme des fourmis dans les ongles... Ah! tant pis! le roi, je le marque.

Elle oubliait l'orage, revenait à sa préoccupation, à la monomanie de ses tendresses. —Figurez-vous, — commençait-elle à dire, — les gens d'ici, c'est si canaille, c'est si... je ne sais pas quoi, oh! les ren-doublés! s'ils avaient les moyens, ils feraient un carnage de toutes les pauvres bêtes de la forêt. Tenez! il y a Boichu... Il sort tous les soirs à la tom-bée de la nuit, je ne sais pas ce qu'il va faire, mais Dieu de Dieu, si j'étais le garde! C'est mon cho-léra, cet homme-là... avec ça qu'il est laid comme la bête. Moi, d'abord, tous les gens qui font du mal aux animaux, je les sens... Dans le temps, à Paris, dans une maison où nous habitions, j'ai dit un jour en rentrant à mon mari : Il y a un garçon boucher emménagé ici... Mais non... Mais si... Et c'était vrai : je le savais bien, je l'avais senti dans l'esca-lier! Moi! un homme que je saurais faire souffrir une bête, je ne suis pas traître, n'est-ce pas?... eh bien! je lui ferais rouler la tête avec mon pied! Ça ne me ferait pas plus que ça!... Et ici, c'est un malheur. Les enfants, des tout petits qu'on les moucherait, il leur sortirait du lait, ils ne savent que manigancer pour faire du mal : c'est toujours après les fusils, les pistolets... de la mauvaise herbe de braconnier. Et les petites filles, donc! C'est encore plus enragé que les garçons... il y a des chasses... ça les rend mauvaises... Voilà-t-il pas qu'aujourd'hui la petite à Prudent, cette moucheronne, elle était en train de tirer avec du sable dans son petit fusil sur la biche que nous avons! Vous ne l'avez pas vue, ma biche, quand elle me suit si gentiment derrière la carriole? Ah! je lui ai flanqué une *touille*, à cette petite coquine-là... qu'elle n'aura pas *bouffeté* de la journée, je vous en réponds! Monstres d'enfants! vouloir abîmer des bêtes!...

Crescent essayait de l'interrompre. — Allons, laisse-nous un peu Anatole, tu es à l'ennuyer depuis une heure...

— Ah! monsieur Anatole, dites donc, — faisait encore madame Crescent en le retenant par le bras, — je suis sûre que pour cela vous serez de mon avis... Vous savez, cet orgue dans la journée qui est venu jouer devant chez nous?... Ça vous a-t-il rendu tout crin comme moi?... Eh bien! n'est-ce pas que le gouvernement devrait défendre les orgues?... parce que, voyez-vous, on le voit bien par soi, ça doit avoir une influence sur les chiens enragés, hein, n'est-ce pas?

XCI

— Oh! madame! madame! des peintres avec un groom! — criait à madame Crescent la petite bonne qui l'aidait dans son ménage.

— Un groom, pour *groomer* quoi? — dit madame Crescent, et elle passa par la fenêtre une tête tout ébourifée : elle vit devant la porte des Coriolis un breack attelé en poste.

C'était Garnotelle qui, emmené par quelques-uns de ses jeunes élèves aux courses de Fontainebleau, et sachant que Coriolis était à Barbison, venait lui dire un petit bonjour.

— Je tombe chez toi pour une heure, — lui dit-il.

Et comme Coriolis voulait qu'ils revinssent dîner, lui et son monde : — Impossible, nous dînons à... — Et Garnotelle jeta le nom d'un des grands châteaux des environs. — Ah ça! fais-tu quelque chose ici?

— Rien du tout... Je pense à faire quelque chose... Et toi?

— Moi, je travaille tout bonnement à m'arranger un petit séjour à Rome pour la fin de l'automne, parce que Rome, vois-tu... c'est le seul endroit au

monde pour vous donner le dégoût des choses trop
vivantes... du succès facile, du coin de bouche re-
troussé... Ici on y va, on y glisse, on a beau se
roidir... tandis que là-bas, le style, le style... ça
vous entre, ça vous pénètre... c'est l'air!... Rien
que cette grande ligne horizontale... — et de la
main il dessina la sévérité d'une campagne plane.
—La grande ligne horizontale!... Et puis ces grands
fonds d'art, le dessin haut et concis de Michel-
Ange!... Raphaël!... Mais, dis donc, ces messieurs
et moi, nous serions curieux de voir les peintures
de l'auberge d'ici...

— Nous allons vous y mener avec Anatole...

On partit. En chemin, Anatole s'empara des
élèves de Garnotelle, qui étaient des Russes de grande
famille s'amusant à apprendre l'art; et arrivé dans
la grande pièce de l'auberge, il commença :

— Il n'y a pas de catalogue, messieurs... je vais
vous en servir... Je vous dirai qu'ici c'est un vrai
petit musée du Luxembourg... tous les noms,
toutes les tendances, l'école moderne au complet...
tous les genres... Ça, la mort d'un hanneton sous
Périclès... le néo-grec... Un pifferare italien... la
queue de Léopold Robert! une femme Louis XV...
chic Schlesinger et compagnie! le Breton qui fume
sa pipe... la Bretagne à Leleux!... un café dans la
Forêt Noire... école de la bière de Strasbourg!...
la Vérité sortant d'un moss... le grand mouvement
des brasseries!... Le temple du Réalisme, au fond

du jardin, avec une porte où il y a : « *C'est ici...* »
l'école de l'allégorie !... Et des noms ! Tenez ! cette
vue de Venise, peinte au *jaune de soleil...* Boning-
ton ! Ces moutons... Brascassat ! Un Tatar dans la
neige... Horace Vernet *fecit en diligence!* Cette
danse de nymphe au clair de la lune... Gleyre ! Ce
duel moyen âge... Delacroix ! Vous voyez qu'il se
servait du *vert cadavre* pour les sujets drama-
tiques... Ces deux gendarmes... Meissonier ! Ce
sabot et cette lanterne d'écurie... là... un Decamps !... un pur Decamps !... Ce qu'il y a de
plus curieux, c'est que tous ces farceurs-là ont
signé avec des pseudonymes...

Il montra une tête à grand chapeau fusinée sur
le mur :

— Le portrait de notre hôte, par Flandrin, *ipse*
Flandrin !

Les charges d'Anatole aux inconnus, aux étrangers, causaient presque toujours un insupportable
agacement de nerfs à Coriolis. Il trouvait cela, selon
une expression à lui, horriblement « perruquier »,
et s'il ne s'était retenu, il aurait cédé à une envie
de le battre. Entraînant Garnotelle dans la chambre
à côté, il essaya d'appeler son attention sur un
panneau encadré dans le mur.

Anatole continuait : — Ça ?

Et il montrait devant la cheminée un paravent
représentant la fin d'un dîner à Barbison, où l'on
voyait des femmes fumant des cigarettes, des baisers

de maîtresse, des artistes pâles et rêveurs, et des buveurs sanguins, aux bras nus, au madras rouge.

— C'est de M. Ingres!... Il a fait ça, quand il est venu, huit jours ici, pour sa lune de miel, lorsqu'il a épousé sa seconde femme, l'Idéal... pour remplacer sa première, la Ligne, qui était morte... Une débauche dans son œuvre... très-curieux... Un monsieur en a déjà offert vingt-cinq mille francs et une pipe en écume qui lui venait de sa mère...

En revenant chez Coriolis, Garnotelle prit à part Anatole, et lui dit : — Mon cher... que tu me fasses des charges à moi, c'est très-bien... mais que tu fasses poser ces messieurs, je trouve ça bête...

— Tiens, Garnotelle, tu me fais de la peine... les gens du monde t'ont perdu... tu désertes les grands principes de 89... l'Égalité devant la Blague!

XCII

Des causeries de leur art, des confessions de leur métier, Crescent et Coriolis étaient arrivés à se parler de leur vie, à se raconter leur passé l'un à l'autre.

— Moi, — disait Crescent, — je suis un paysan, fils de paysan. Quand je suis arrivé dans le pays, un jour, dans un champ, des faucheurs se fichaient

de moi : ils m'appelaient « le Parisien ». J'ai été à
un de ceux qui m'appelaient comme ça, je lui ai
pris sa faux des mains, en faisant la bête, en lui
demandant si c'était bien difficile, si ça coupait...
Et puis, v'lan! j'ai donné un coup de faux à la
volée... Ah! il a vu que je connaissais ça mieux
que lui, et que je n'avais pas du poil aux mains
pour cet ouvrage-là!... Depuis ça, ils me tirent
tous des coups de chapeau...

Une histoire simple que la sienne. Il était tombé
à la conscription. Enfant, en revenant de la ville,
il crayonnait dans son village les images qu'il avait
vues aux boutiques de Nancy. Au régiment, il avait
continué à dessinailler, et faisant un assez mauvais
soldat, il avait eu la chance de tomber sur un capitaine qui se pâmait à ses charges. Presque tous
les jours, c'était la même scène : — Eh bien! n... de
D... f...! disait le capitaine, qui l'avait fait appeler,
— qu'est-ce que c'est, Crescent? Encore un manque
de service... Je devrais vous faire fusiller, s... n...
de D...! Est-ce que vous vous f... de moi! f...!
Tenez! fichez-vous là, et faites-moi la charge de la
femme de l'adjudant... — La charge faite : —
Étonnant, ce b...-là! C'est n... de D... n... de D...
bien l'adjudante... — Et par la fenêtre : — Lieu-
tenant! venez voir la charge de ce b... de Crescent!

En sortant du régiment, Crescent avait épousé
sa femme, une *payse*, pauvre comme lui, qu'il avait
retrouvée sur le pavé de Paris. Avec l'admirable

instinct d'un dévouement de femme du peuple, elle lui avait laissé faire « ses petites machines » auxquelles elle ne comprenait rien, en apportant au ménage tous ses pauvres gains d'ouvrière.

— De la rude misère! — disait Crescent, en parlant de ce temps-là, — et des bricoles!... il n'y avait pas à dire... Ah! je faisais de tout, des petites femmes nues dans le genre Diaz qui me font sauter à présent quand je les revois... une honte! — Et sa voix avait l'indignation d'un rigorisme sincère, le remords d'une nature d'artiste austère et sévère. — De tout! — reprenait-il. — Et puis de la gravure à l'eau-forte d'ornements... A-t-elle trotté, ma pauvre bonne femme, par tous les temps, la pluie, la neige, à courir les étalagistes, les marchands sous les portes cochères, trempée, crottée, avec un petit carton et son bonnet de linge, pour attraper quelques sous par-ci, par-là!... Non, ma femme, voyez-vous, il n'y a que moi qui sache ce qu'elle vaut!... Enfin, un peu d'argent nous tomba... Il me vint l'idée de devenir propriétaire... oui, propriétaire...

Et il partit d'un de ces gros éclats de rire qui faisaient trembler la baie vitrée de son atelier.

— J'achetai pour trente francs un wagon de marchandise mis à la réforme par le chemin de fer d'Orléans... et avec ça, cinquante mètres de terrain à cinq francs au petit Gentilly... Je mis mon wagon sur mon terrain, une maison comme une autre, très-commode, je vous assure... Quelquefois un gendarme qui voyait là-dedans de la lumière la nuit me criait : Qui est là? Je répondais : Propriétaire!... Tenez! je la loue encore maintenant soixante-dix francs à un marchand de copeaux, et les réparations à sa charge... Eh bien! c'est cette maison-là qui a fait de moi un paysagiste... Elle m'a fait découvrir la Bièvre... Et je sors de là... Moi, un homme de la campagne, je n'avais pas du tout vu la campagne... C'est ma source, je vous dis... Oui, cette salope de petite rivière, c'est elle qui m'a baptisé... J'ai commencé à pêcher dedans ce que je suis, ce que je sens, ce que je peins... Oui, la Bièvre, c'est ça qui m'a ouvert la grande fenêtre...

Et tirant d'une huche à pain un tas de panneaux d'études qu'il essuya avec sa manche :

— Tenez! voilà...

XCIII

Et l'étrange coin de faubourg et de campagne dans lequel Crescent avait ouvert ses yeux et trouvé son génie, se développa devant Coriolis.

C'étaient les tanneries à côté du théâtre Saint-Marcel : une eau brune, rousse, mousseuse, une

eau de purin, encaissée entre des revêtements de
pierre, une espèce de quai plein de cuves de bois
plâtreuses, salies de blancheurs verdâtres de glaise,
à côté desquels le blanc et le noir de monceaux de
toisons étaient triés par des femmes en camisole
lilas, coiffées de chapeaux de paille. L'eau lourde
et sale, trouble et sans reflet, coulait entre de
hautes masures d'industrie, des tanneries aux tons
de vieux plâtres, replâtrées de chaux vive criarde ;
les fenêtres sans persiennes étaient percées comme
des trous ; les couronnements surhaussés de sé-
choirs découpaient en l'air, au-dessus du toit et
des lucarnes, des silhouettes de tonnelles ; des
peaux blanches pendaient recroquevillées tout en
haut à de grandes perches ; et l'eau allait se perdant dans un fond coupé de barrières de vieux bois
noir, dans un encombrement de constructions rapiécées, d'architectures grises, de cheminées droites
et noires d'usine, de grandes cages à jours barrant,
dans le ciel, le dôme du Val-de-Grâce.

De là, les études de Crescent avaient remonté la
Bièvre. Elles avaient été par les boues où marchent
les garçons pieds nus et les petites filles dans les
grandes savates de leurs mères, par tout ce quartier Mouffetard, par ces rues où ne s'aperçoivent,
à travers la baie des portes, que des montagnes de
tan et des étages de maisons blafardes à toits de
tuile ; et elles avaient trouvé cette espèce de malheureuse nature, la nature de Paris, la nature qui

vient après les rues baptisées *Campagne-Première*.
Les esquisses de Crescent rendaient le style de
misère, la pauvreté, le rachitisme mélancolique de
ces champs, de ces prés râpés et jaunis par places,
serrés dans de grands murs, arrosés par la Bièvre
étroite, sèchement ombragée de peupliers et de
petits bouquets de saules. Elles mettaient devant
les yeux ces chemins noirs de houille qui vont le
long de ces carrés marécageux où pâturent des
rosses; ces lignes d'horizon et de collines bossues
où éclate un blanc brutal de maison neuve; ces
sentiers à côté de champs de blé blanchissant au
soleil, où finissent les réverbères à poteaux verts;
ces bouts de paysage plâtreux où le rouge d'une
cerise sur un cerisier étonne comme un fruit de
corail inattendu; ces endroits vagues, verts d'or-
ties, où le bleu d'un bourgeron qui dort, un dos
d'homme tapi montre une sieste suspecte de pochard ou de crime.

Au-dessus des ciels de banlieue d'un jour aigu,
des nuages aux rondeurs solides et concrétionnées,
des ciels bas, pesant sur les coteaux, étaient coupés
par des bâtons de blanchisserie. Puis on retrouvait encore la Bièvre charriant des morceaux de
mousse pareils à des champignons pourris, la
Bièvre roulant, comme un ruisseau de mégisserie,
une eau ouvrière et la salissure d'une rivière qui
travaille. Dans ces peintures de Crescent, elle ser-
pentait et courait, encaissée, sous les saules à demi

morts, les sureaux aux bouquets de fleurs frissonnants, entre les usines, les blanchisseries, les ca-
huttes à contre-forts semblables à des bâtiments
brûlés, dont la flamme aurait noirci la porte et la
fenêtre ; contre les tonneaux à laveuses, les grandes
pierres plates à battre le linge, le bas des auvents à
grands toits moussus et moisis, sous lesquels deux
mains d'ouvriers laminent des peaux sur des morceaux de bois rond.

De cette pauvre rivière opprimée, de ce ruisseau
infect, de cette nature maigre, malsaine, Crescent
avait su dégager l'expression, le sentiment, presque
la souffrance.

XCIV

Avec la prompte adaptation de sa nature aux
lieux où il se trouvait, sa facilité à entrer dans le
moule de la vie environnante et des habitudes
d'une localité, Anatole, un peu fatigué de la forêt,
était en train de devenir un vrai Barbisonnais, et
ses journées s'écoulaient dans des passe-temps de
petit bourgeois de village.

Après déjeuner, passant en se baissant sous la
porte basse dont l'avarice du paysan avait écono-
misé la hauteur, il entrait chez la rustique débi-

tante de tabac de l'endroit, et y achetait régulière-
ment ses cinq sous de tabac; puis, se juchant en
face de la débitante sur la cheminée peinte en bois
noir, il se donnait le plaisir, en fumant des cigarettes, de voir les consommateurs qui venaient,
causait champs, céréales, mercuriales de Melun,
attrapait au passage les nouvelles du pays, apprenait par cœur l'ameublement de la pièce blanchie
à la chaux, le comptoir, l'almanach, le tableau du
prix de la vente des tabacs, la balance, les deux
pots blancs à bordure bleue, portant : *Tabac*, les
verres où était coulée la tête de Louis-Napoléon,
président de la république, et d'où sortaient des
pipes de terre, l'horloge dans sa gaîne de noyer,
avec son heure arrêtée, et son cadran immobile
orné du cuivre estampé de Jésus et de la Samaritaine. Et son regard trouvait toujours le même
amusement sur le mur du fond, à contempler
l'image coloriée de la rue Zacharie, représentant le
*Catafalque de l'empereur Napoléon aux Inva-
lides*, un catafalque jaune à guirlandes vertes, à
renommées roses, éclairé par quatre brûle-par-
fums, avec, au premier plan, une femme en chapeau vert pois, un boa au cou, un châle bleu de
ciel à franges oranges sur une robe vermillon,
donnant la main à un jeune enfant en collant et
en bottes à la hussarde.

De temps en temps, il disait des paroles à la
débitante, et la vieille femme au madras, sortant

alors d'entre ses épaules sa tête enfoncée, lentement et de côté, avec le mouvement pénible et
soupçonneux d'une tortue, lui répondait : — S'il
vous plaît ?

Après une heure ou deux usées ainsi, quand il
avait assez du bureau et de la marchande, il raccro-
chait un indigène ou un artiste, et l'emmenait près
de l'auberge à un petit billard où les coqs sautaient
de la cour dans la salle, et où le garçon était un
petit paysan en chaussons.

Pour ses soirées, il avait trouvé une distraction.
Il existait dans l'endroit un charcutier retiré qui,
pour se créer des relations, une popularité, attirer
chez lui le monde de Barbison, et s'ouvrir, disait-
on, le chemin de la mairie, s'était avisé de donner
des séances de lanterne magique. Anatole devint
naturellement le démonstrateur des verres du charcutier, un démonstrateur étonnant, le délirant cicé-
rone de lanterne magique qu'il était fait pour être.

XCV

La grande amitié de madame Crescent pour la
maîtresse de Coriolis recevait un coup soudain et
mortel d'une révélation du hasard : madame Crescent apprenait que Manette était juive.

Il y avait dans la brave femme toutes les superstitions du peuple, et d'un peuple de vieille province.

Au fond d'elle dormaient et revivaient sourdement les crédulités du passé contre les juifs, la tradition de leur hostilité contre les chrétiens, les fables populaires absurdement dérivées de l'article du Talmud qui permet qu'on vole les biens des étrangers, qu'on les regarde comme des brutes, qu'on les tue. Elle avait dans l'imagination le vague flottement des sacrifices d'enfants, des blessures saignantes aux hosties, des cruautés impies, des histoires de Croquemitaine enfoncées dans le *credo* de barbarie et d'ignorance des légendes de village.

De son pays, il lui était resté les préjugés envenimés, la suspicion, la haine, le mépris contre cette race d'ensorceleurs parasites, ne produisant rien, n'ensemençant pas, ne cultivant pas, et surgissant toujours, sortant toujours du sillon, partout où il y a une vache à vendre, la part d'un marché à prendre. De son enfance, il lui revenait ce qui l'avait bercée, les malédictions de la France de l'Est, des paysans de l'Alsace et de la Lorraine, les deux pays de sa mère et de son père, les deux provinces où l'usure a livré une partie du sol aux juifs. Et de ces souvenirs, de ces impressions, de ces instincts, il avait fini par se lever en elle l'idée obstinée, irréfléchie, que tout ce qui était juif, homme ou femme, était mauvais et marqué du signe de nuire, apportait aux autres de la fatalité, faisait inévitablement le malheur et la ruine de ceux qui s'en laissaient approcher.

Tout en ne voyant rien dans Manette qui pût justifier ses préventions, tout en cherchant à se raisonner, à revenir de son injustice, à se faire entrer dans la tête, en se le répétant, qu'il y a de bonnes gens partout, madame Crescent ne pouvait vaincre ses leçons d'enfance, les antipathies de son vieux sang de Lorraine. Et son observation s'éveillant, dans un sentiment soupçonneux, avec ce sens pénétrant de jugement que donne aux natures de bonnes bêtes la simple comparaison d'elles-mêmes avec les autres, elle commença à découvrir chez Manette une espèce d'arrière-âme, cachée, enveloppée, profonde, suspecte, presque menaçante pour l'avenir de Coriolis.

Madame Crescent avait une nature trop en dehors, elle était trop peu maîtresse de ses impressions et de sa physionomie pour rester la même personne avec Manette. Manette s'aperçut immédiatement du changement. Sa réserve amenait la contrainte chez madame Crescent; et, en quelques jours, il se faisait un grand refroidissement instinctif entre les deux femmes.

XCVI

Septembre amenait les derniers beaux jours. La forêt, sous les chaleurs de l'été, avait pris des rayonnements plus doux. Des touches de jaune et de roux couraient sur le bout des feuillages, rompant les crudités du vert. Le ciel faisait de grands trous dans les masses plus légères. Autour des branches dégagées et d'un dessin plus net, les feuilles plus rares ne mettaient plus que des nuances. Au-dessus des houx métalliques, des genévriers à verdure dense, tout se fondait en montant dans des harmonies suprêmes et pâlissantes, qui mêlaient les teintes du Midi aux brumes du Nord. On eût cru voir les adieux de la forêt. L'arcade de ses grands chemins baignait dans une tendresse verte et rose ; elle trempait dans des effacements de pastel et des limpidités de brouillard éclairé. Un instant, cela tremblait comme un décor qui va s'éteindre ; et les chênes avec leurs grands bras, la route avec son mystère, le bois avec sa mourante lumière, sa transparence d'enchantement, semblait montrer aux pensées de Coriolis le chemin d'un Conte de fées, l'avenue d'une Belle au bois dormant. Par moment, à ces heures, la forêt n'avait pour lui presque plus rien de réel; elle enlevait son imagination de terre : un Chevalier noir de roman, un Paladin de la Table-Ronde eût débouché à un détour du Bas-Bréau qu'il n'en aurait pas été trop surpris.

Cependant, peu à peu, avec l'automne, la mélancolie qui tombe des grands bois pénétrait Coriolis : il était atteint par cette lente et sourde tristesse qui enlace les habitués, les amoureux de Fontainebleau, et profile des dos d'artistes si désolés dans les allées sans fin.

Il commençait à trouver à la forêt le recueillement, la grandeur muette, l'aridité taciturne, l'espèce de sommeil maudit d'une forêt sans eau et sans oiseau, sans joie qui coule, sans joie qui chante; d'une forêt n'ayant que la pluie dans la boue de ses mares, et que le coassement du corbeau dans le ciel amoureux. Sous l'arbre sans bonheur et sans cri, la terre lui semblait sans écho; et son pas s'ennuyait de ce sol de sable qui efface le bruit avec la trace du promeneur, et où toutes les sonorités de la vie des bois viennent goutte à goutte tomber, s'enfoncer et se perdre.

Les paysages de rochers lui apparaissaient maintenant avec leur dureté rude, et leur rigueur nue. Même les magnificences de la végétation, les arbres énormes, les chênes superbes ne lui donnaient point cette heureuse impression du bonheur des choses qu'on ressent devant l'épanouissement facile et béni de ce qui jaillit sans effort, et de ce qui monte au ciel sans souffrir. A voir la torsion de leurs branches noires sur le ciel, la convulsion de leurs forces, le désespoir de leurs bras, le tourment qui les sillonne du haut en bas, l'air de colère titanesque qui a fait donner à l'un. de ces géants furieux du bois le nom qu'ils méritent tous : le *Rageur*, Coriolis éprouvait comme un peu de la fatigue et de l'effort qui avait arraché à la cendre ou à la maigre terre toutes ces douloureuses grandeurs d'arbres. Et bientôt tout, jusqu'au bruit de l'homme, lui devenait poignant dans cette forêt qui parlait tout bas à ses idées solitaires. Si, à quelque horizon, à quelque coin de bois du côté de Belle-Croix ou de la Reine-Blanche, il entendait un coup de pic régulier et résigné sur la pierre, il pensait malgré lui à la courte vie que fait aux carriers cette mortelle poussière de grès filtrant dans les ressorts de leurs montres, filtrant dans leurs poumons.

Arrivaient les jours gris, les temps de pluie, les grands vents frissonnants jetant leurs gémissements qui se lamentent dans le haut des arbres. Sur la lisière du Bornage, déjà les petits peupliers faisaient trembler au bout de leurs branches de petits paquets de feuilles d'un or malade. Dans le bois, les feuilles tombaient en tournoyant lentement, et voletaient un instant, balayées, ainsi que des papillons desséchés; toutes rouillées, elles laissaient à peine paraître le velours de la mousse au pied des arbres, et, dans les clairières au loin, amassées en tas, elles faisaient en jaunissant des apparences de grève, pendant que le vent à l'horizon soulevait, dans le creux de la forêt, le mugissement de la mer. Des branches se plaignaient et poussaient, sous des rafales, le cri d'un mât qui fatigue sous la tempête.

Partout c'était le dépouillement et l'ensevelissement de l'automne, le commencement de la saison sombre et du soir de l'année. Il ne faisait plus qu'un jour éteint, comme tamisé par un crêpe, qui dès midi semblait vouloir finir et menaçait de tomber. Une espèce de crépuscule enveloppait toute cette verdure d'une lumière voilée, assoupie et sans flamme. Au lieu d'une porte de soleil, les avenues n'avaient plus à leur bout qu'une éclaircie où défaillait le vert; et les grandes futaies hautes, maintenant abandonnées de tous les rayons qui les éclaboussaient, de tous les feux qu'elles faisaient ricocher à perte de vue, les grandes futaies, endormies avec l'infinie monotonie de leurs grands arbres inexorablement droits, n'ouvraient plus que des profondeurs d'ombre bâtonnées éternellement par des lignes de troncs noirs. Un vague petit brouillard poussiéreux, couleur de toile d'araignée, s'apercevait sous les bois de sapins qui, avec leurs troncs moisis et suintants, leurs dessous de détritus pourris, leurs jaunissements d'immortelles, mettaient des deux côtés du chemin l'apparence de jardins mortuaires abandonnés.

Aux gorges d'Apremont, dans les landes de bruyères aux fleurs en poussière, dans les champs de fougères brûlées et roussies, les routes serpentant à travers les rochers, tout à l'heure étincelantes du blanc du sable, mouillées à présent, avaient les tons de la cendre. Au-dessus pesait le ciel d'un froid ardoisé, pendaient des nuages arrêtés, plombés et lourds d'avance des neiges de l'hiver; et sur les rochers, répétant avec leur solidité de pierre le gris cendreux du chemin, le gris ardoisé du ciel, çà et là, le feuillage grêle et décoloré d'un bouleau frissonnait avec la maigreur d'un arbre en cheveux. Morne paysage de froideur sauvage, où l'âpre intensité d'une désolation monochrome montrait tous les deuils de nature du Nord!

Mais la plus grande mort de tout était le silence, un de ces silences que la terre fait pour dormir, un silence plat qui avait enterré tous les bruits des silences de l'été. Il n'y avait plus le bourdonnement, le voltigement, le sifflement, le stridulant murmure d'atomes ailés, la vie invisible et présente qui fait vivre la touffe d'herbe, la feuille, le grain de sable : le froid et l'eau avaient tué l'insecte. Le cœur de la forêt avait cessé de battre; et le vide et la peur d'un désert, d'un sol inanimé et sourd, se levaient de cette grande paix d'anéantissement.

De bonne heure le jour s'en allait; l'ombre déjà guettait et rampait, tapie au bord des chemins, sous les arbres. Le soir s'amassait lentement dans

le lointain effacé des fonds. Et puis un' moment,
comme un agonisant sourire, une dernière lueur
de la maussade journée passait dans le bas du ciel
et semblait y mettre la nacre d'une perle noire. Une
faible sérénité d'argent se levait, dans une bande
longue, sur l'horizon : alors une fausse clarté de
lune passait sur la route, un poteau détachait sa
tache de blancheur du sombre d'une allée, un éclair
mordoré courait sur le fouillis rouillé des fougères,
un oiseau perdu jetait son bonsoir dans un petit
cri frileux au ciel déjà refermé. Et presque aussitôt,
derrière les gros chênes, les rochers gris avaient
l'air de se répandre et de couler dans un brouillard
bleuâtre. Puis les ornières devant Coriolis se
brouillaient et s'emmêlaient en s'éloignant.

A la pleine nuit, toutes ces sévérités de l'automne
se perdant dans la grandeur du noir, devenaient
redoutables et d'un mystère sinistre. Quand il avait
marché sous ces voûtes, où rien ne guide que la
petite fissure du ciel entre les têtes des arbres,
quand il avait descendu l'*Allée aux Vaches*, en
enfonçant dans le sable, dans le vague et l'inconnu
du terrain mou, entre ces murs d'obscurité, à travers ce sommeil de l'avenue, réveillé seulement par
le rire du hibou, Coriolis revenait avec un peu de
cette nuit de la forêt dans la tête, rêvant, avec une
certaine sensation troublée, à cette solennité terrible de l'immense silence et de la vaste immobilité.

XCVII

Au milieu des journées que Coriolis passait à paresser dans l'atelier du paysagiste, regardant par-dessus l'épaule du travailleur absorbé ce qui naissait magiquement sur sa toile, — c'était souvent un effet qu'ils avaient vu ensemble la veille, — Crescent, de temps en temps, appuyant sa palette sur sa cuisse, se retournait vers le regardeur, et, lentement, avec l'accent traînant du paysan, il disait : « J'ai toujours les brosses et la palette du tableau que je peins... Changer de palette et de brosses c'est changer d'harmonie... Ma palette, vous le voyez, c'est comme une montagne... J'ai de la peine à la porter... La brosse sèche mord comme un burin, cela devient un outil résistant. »

Il se taisait, revenait au mutisme du travail; puis, au bout d'une heure, il laissait tomber, mot par mot, comme du fond de lui-même et du creux de ses réflexions : « Il faut poser le ton sans le remuer, arriver à modeler sans remuer la couleur... chercher à avoir les veines de la palette. » Il s'arrêtait, repeignait; et après d'autres heures, l'échauffement lui venant de son travail, une espèce de luisant blanc montant à son front, il recommençait

à parler comme s'il se parlait à lui-même. Il disait
alors : « La palette est la décomposition à l'infini
du rayon solaire, l'art est sa recomposition. »

Des secrets de la pratique, des recettes raffinées
de l'exécution, des superstitions du procédé, il passait avec un ton de révélation à des axiomes qui
lui tombaient des lèvres, heurtés, saccadés, scan-
dés comme des versets d'un évangile à lui. Il répé-
tait : « Il faut faire rentrer la variété dans l'infini. »

De loin en loin, il jetait dans le silence des phrases
énigmatiques, enveloppées, mystérieuses, sur le
summum et la conscience de l'art. Des fragments
de théories lui échappaient, qui montaient à une
certaine philosophie de la peinture, allaient à l'*au
delà* du tableau, au but moral de la conception, à
la spiritualité supérieure dominant l'habileté, le
talent de la main. Il parlait des vertus de caractère
de la peinture, de la sincérité qu'il disait la vraie
vocation pour peindre. A des bribes d'esthétique,
à un fond de Montaigne, le bréviaire du paysagiste
et sa seule lecture, il mêlait toutes sortes de con-
victions ardemment personnelles, de croyances
couvées, fermentées dans le recueillement de son
travail et le croupissement de sa vie. Peu à peu,
s'entraînant, s'exaltant, mais parlant toujours avec
de grands arrêts, de longues suspensions, des
phrases coupées, des espèces de longs ruminements
muets, il dogmatisait sans suite, s'élevait par de
courts jaillissements de paroles à une suspecte et

nuageuse formulation d'idéalité d'art ; et ce qu'il disait finissait par devenir insaisissable et inquiétant, comme le commencement de l'entraînement et de l'envolée d'une cervelle vers l'absurde, l'irrationnel, le fou.

Coriolis, qui avait l'esprit carré, droit et solide, qui aimait en toutes choses la simplicité, la clarté et la logique, éprouvait une sorte de malaise à côté de ces idées, de ces paroles, de cette esthétique. Les fièvres d'imagination, les griseries de cervelle, les théories qui perdent terre lui avaient toujours inspiré une répulsion native et insurmontable, presque un premier mouvement physique d'horreur et de recul.

Il avait peur instinctivement de leur contact comme d'une approche dangereuse, de quelque chose de malsain et de contagieux qu'il craignait de laisser toucher à la santé de sa tête, à l'équilibre de sa pensée. Et il arrivait qu'au même moment où madame Crescent se refroidissait pour Manette, Coriolis sentait pour la société du paysagiste, tout en restant l'ami de l'homme et de son talent, une espèce d'involontaire éloignement.

XVCIII

Au milieu d'octobre, Coriolis rentrait d'une longue promenade par une de ces nuits humides qui font apparaître dans un brouillard la lampe des petites salles à manger du village. En l'apercevant, Manette lui cria du coin du feu auprès duquel elle causait avec Anatole :

— Arrive donc; si tu savais les bêtises qu'il me dit! Crois-tu qu'il a l'idée de passer l'hiver ici?

— Bah! L'hiver, comment ça? Veux-tu m'expliquer un peu?

— Parfaitement, — dit Anatole surmontant l'espèce de petite honte d'un enfant surpris dans ces tentations chimériques auxquelles la lecture des voyages entraîne les premières imaginations de l'homme. Et il se mit à raconter d'un ton moitié sérieux, moitié plaisant, comme s'il se moquait de lui-même, un de ces projets qui passaient de temps en temps dans sa cervelle d'oiseau, et lui donnaient deux ou trois bonnes soirées de rêvasserie dans son lit avant de s'endormir. — Tu connais bien la cave des Barbissonnières? Elle a une cheminée naturelle... Il n'y a qu'à boucher quelques petites fissures, l'affaire d'une poignée de bruyère... Avec ça

une porte d'occasion... je serai chez moi... Il y a
bien un Américain qui y a déjà demeuré... Je ferai
ma cuisine... Qu'est-ce que ça me coûtera? Pas de
bois à acheter, tu comprends... L'hiver, on dit que
c'est si beau... Il paraît qu'il y a des jours de givre
dans la forêt... un vrai décor en cristal! Et puis,
après l'hiver, j'attrape le printemps... et c'est là
que moi, malin, je me livre à ma petite industrie...
Ici, ils n'ont pas d'idées, ils ne ramassent pas les
champignons, ils les laissent perdre... J'aurai une
petite voiture à bras... Eh bien! quoi? Qu'est-ce
qu'il y a de drôle à ça?... C'est que je connais les
espèces à présent... et bien... Ce n'est pas à moi
qu'on repasserait une fausse oronge... Tu vois l'affaire, une affaire énorme!... Je me mettrai en rap-
port avec un grand marchand de la Halle... je lui
fournirai des *ceps*, des *têtes de nègre*, des *ombelles*...
je ne te parle pas des girolles... Un vrai commerce...
Car enfin à Paris, un petit panier de morilles
comme la main, ça vaut deux francs... et c'en est
plein ici... Calcule... La forêt... ah! on ne sait pas
tout ce qu'elle peut rapporter!...

Et se mettant à faire peu à peu la caricature de
ses projets comme pour n'en pas laisser la moquerie
aux autres :

— Non, on ne le sait pas... La forêt de Fontainebleau! Mais je parie qu'on peut s'en faire, comme
des lapins, cinq mille livres de rente, et plus!...
Tiens! une idée... une idée magnifique qui me vient

à l'instant... Tu sais bien? ces familles d'étrangers
qui ont des petits bras et qui se collent huit contre
l'écorce pour mesurer le tour d'un arbre... Eh
bien, mon cher, voilà un revenu... Je mets sur un
morceau de papier : le *Chêne de l'empereur...*
Élévation : tant... Circonférence à hauteur
d'homme : tant... Tous les chênes célèbres comme
ça... Je fais imprimer à Melun... format d'une
carte de visite... et un sou! je leur vends un sou,
pas plus... Des gens qui sont avec des femmes, ils
n'y regardent pas... ils m'achètent... Il y a six
milliards d'étrangers dans le monde... Ce sont les
patards qui font les millions... Je gagne un argent
à devenir fou... et je fais bâtir un château où je
t'inviterai à passer quinze jours : on dînera en
habit!

— C'est à ce moment-là que tu feras ton grand
tableau pour l'Exposition, n'est-ce pas? Tu seras
donc toujours aussi bête, vieil imbécile?... Eh bien!
est-ce qu'on va dîner?... Moi, c'est bizarre, je ne
suis pas comme Anatole : à mesure que je me pro-
mène dans la forêt, je trouve que ça manque de
gaieté...

— As-tu vu ce temps d'aujourd'hui? — dit
Manette.

— C'est affreux d'humidité... Et puis, ces maisons en grès, c'est comme une cave...

— Allons! — fit Coriolis, — il me semble que
voilà un bien joli moment pour revenir à Paris?...

Le temps d'installer Anatole dans son terrier... —
et Coriolis se tourna vers lui en riant, — et nous
partons, n'est-ce pas, Manette?

— Ah! flûte! — dit Anatole dégrisé de ses projets en les parlant et tourné tout à coup au vent de
Paris, — les champignons n'auraient qu'à avoir la
maladie l'année prochaine!... Et puis, mon avenir!...
La Postérité remarquerait mon absence... Rentrons
dans l'Art!

— Alors, le départ pour après-demain, par la
voiture de Melun, à deux heures? Nous serons
pour dîner à Paris...

XCIX

Revenu à Paris, le trio eut le plaisir du retour,
la joie de retrouver les meubles, les objets de souvenir, les choses qui paraissent nouvelles quand
on revient.

En arrivant, Coriolis se mit à retourner, à regarder de vieilles esquisses. Anatole alla à Vermillon qui ne venait pas à lui, et qui, sommeillant
dans un coin de l'atelier, sous une couverture, s'était
contenté, à l'entrée de son ami, d'ouvrir ses deux
grands yeux et de le fixer avec un regard de reconnaissance.

— Eh bien! Vermillon, qu'est-ce que c'est? —
fit Anatole. — Voilà tout? Pas plus de fête que ça?
Voyons, voyons...

Et il se pencha sur la bête couchée.

Vermillon grimpa après lui avec des gestes en-
gourdis et pénibles, et lui passant les bras autour
du cou, il laissa paresseusement aller sa tête sur
son épaule, dans un mouvement incliné qui semblait chercher à y dormir.

— Eh bien! quoi? mon pauvre bibi? ça ne va
pas?... des chagrins? C'est vrai qu'il y a longtemps
que tu n'as eu un camarade... je t'ai joliment manqué, hein? mais attends...

Et, se mettant devant Vermillon qu'il reposa sur
sa couverture, Anatole commença à lui faire ses
anciennes grimaces. Tout à coup le singe se mit à
tousser, et une quinte, coupée de petits cris d'impatience et de colère, secoua d'un tremblement
convulsif tout son corps jusqu'au bout de sa queue.

— Ta rosse de portier! — lança Anatole à
Coriolis. — Je te l'avais bien dit, avant de partir...
Il l'aura laissé avoir froid... Pauvre chou! n'est-ce
pas que tu as eu froid?

Et prenant le malheureux animal qui s'était pelotonné et ramassé sur sa souffrance, l'emmaillot-
tant doucement dans la couverture, il l'apporta
devant la chaleur du poêle. Le singe était entre ses
jambes : Anatole le câlinait, lui adressait des mots,
des douceurs de nourrice, et, de temps en temps,

lui donnait à boire une cuillerée de l'eau sucrée qu'il avait mise tiédir sur la plaque.

Les jours suivants, Vermillon fut à peu près de même. Il eut des hauts, des bas, de bons moments, suivis de mauvais, des réveils de vie, des heures de gaieté, puis des tousseries, des quintes déchirées et entêtées lui laissant des abattements qu'Anatole essayait vainement de distraire et d'égayer.

Anatole l'avait monté dans sa chambre et lui avait fait un petit lit par terre à côté du sien. Quand il l'entendait tousser la nuit, il sautait pieds nus par terre, et lui donnait du lait qu'il tenait chaud sur une veilleuse.

Le matin, lorsqu'il se levait, l'œil doux et clair de l'animal suivait le moindre de ses mouvements. Sa tête se soulevait peu à peu, et montait tout doucement pour voir. Au moment où Anatole allait sortir, le singe était presque sur son séant, tout le corps tendu, les yeux attachés sur le dos d'Anatole, sur la porte qu'il fermait, avec l'expression des yeux d'une personne qui regarde la tristesse de voir s'en aller quelqu'un et venir la solitude. Un jour, Anatole eut la curiosité de rouvrir la porte quelques minutes après l'avoir fermée : Vermillon était toujours dans la même position, le regard d'une pensée fixe tournée vers la porte, tetant mélancoliquement un doigt de sa petite main entré dans sa bouche : on eût cru voir un enfant malheureux qu'on a laissé le matin en pénitence.

Anatole trouva horrible de laisser s'ennuyer ainsi cette pauvre bête. Il descendit à l'atelier, établit un petit plancher sur le poêle de fonte, organisa une espèce de matelas avec des couvertures, remonta :

— Viens, Vermillon, — fit-il.

Vermillon le regarda.

— Saute donc, vieux ! — lui dit-il en baissant sa poitrine vers lui.

Le pauvre animal s'élança des deux bras, mais ce fut tout ce qu'il put faire : le bas de son corps ne se souleva pas. Quelque chose semblait le clouer par les pattes au lit. Il resta, jeté en avant, poussant de petits cris, essayant vainement de bondir.

— Ah ! nom d'un chien ! — dit Anatole en le découvrant, — il a le train de derrière paralysé !

C

Coriolis sortait avec Chassagnol d'une exposition de tableaux et de dessins modernes qui avait attiré aux Commissaires-priseurs, dans une des grandes salles de l'hôtel Drouot, tout le Paris faisant de l'art sa vie, son commerce, son goût ou son genre.

Ils marchaient sur le trottoir à côté l'un de l'autre, Chassagnol absorbé, avec l'air mal éveillé ; Coriolis silencieux et laissant échapper des gestes.

Tout à coup Coriolis s'arrêta :

— Oui, une feuille, une tuile sur un toit... deux choses comme ça dans le ciel... — et il dessina du doigt l'accolade d'un vol d'oiseau dans l'air, — c'est signé, c'est de lui... Une personnalité du diable ce mâtin-là !

Et il se remit à marcher auprès de Chassagnol, qui ne paraissait pas l'avoir entendu.

Au bout de vingt pas, il s'arrêta une seconde fois tout net, et faisant faire halte à Chassagnol :

— As-tu remarqué, mon cher, comme tout fiche le camp à côté de lui ? Tous les autres, ça paraît ce que c'est : des modernes... Lui, ses tableaux... ça recule, ça s'enfonce, ça se dore, ça se culotte en chef-d'œuvre...

— Ah ça ! de qui parles-tu ?

— De Decamps, parbleu ! — fit sourdement Coriolis.

Chassagnol le regarda, étonné d'entendre sortir de sa bouche ce nom que Coriolis n'aimait pas dans la bouche des autres.

— Eh bien, oui, de lui, — reprit Coriolis. — Je l'ai assez discuté et chicané pour lui rendre justice.

Et son admiration jaillissant de sa rivalité, de sa jalousie vaincue, il se mit à vanter ce grand talent avec cette langue qu'ont les peintres, ces mots qui redoublent l'expression, ces paroles qui ressemblent à une succession de touches, à de petits coups de pinceau avec lesquels ils semblent vouloir se montrer à eux-mêmes les choses dont ils parlent.

Il parlait du tempérament, de l'originalité, de la puissance pittoresque de ce dessinateur s'avouant incapable de « flanquer sur ses pattes » une figure de prix de Rome, et mettant pourtant, à tout ce qu'il touche, cette griffe, cette marque, ce DC qui, sur sa peinture, ses toiles, ses dessins, ses fusins, font l'effet des lettres du maître imprimées aux flancs brûlés d'une meute. Il parlait du coloriste, qu'il avait nié lui-même autrefois, du coloriste écrasant, tuant tout autour de lui. Il trouvait dans sa peinture la vie, la vie intime et pénétrante des choses, une intensité de vitalité, une étonnante âpreté de sentiment.

— Des ficelles! allons donc! — s'écriait-il. — Est-ce qu'on est Decamps avec des ficelles? Qu'est-ce que ça fait le procédé? Pourquoi alors ne re-proche-t-on pas à Delacroix ses pinceaux à l'aqua-relle, pour avoir les pleins et les déliés qu'il n'at-trape pas à la brosse, et la manière dont il a pré-paré son char du Soleil dans la galerie d'Apollon? Et puis on vous dit : Verdier! qu'il a volé, Verdier! un faux Lebrun!... Ils me font mal!

Et il remettait sous les yeux de Chassagnol ce paysage vu à la vente, les gardes-chasse, ruisse-lants d'eau, tout le désolé de la pluie, une trombe dans le buisson de Ruysdaël, la crevée de l'ondée au bout d'un champ, et sur le fond qu'il indiquait devant lui d'un mouvement de main, sur le liséré de blanc blafard, ce tape-cul presque fantastique, d'un bourgeois presque effrayant, ayant l'air de mener le diable chez un notaire de campagne.

Il disait le paysagiste saisissant qu'est Decamps, comme il fait frissonner la nature, comme il dramatise le bois et l'horizon, quel grand décor mystérieux et sourd il bâtit avec les bois de cyprès autour des lacs, quels arbres sacrés il tire de terre pour y accrocher le carquois de Diane, quels ciels il construit, terribles, puissants, cyclopéens, roulant des colonnades, des architectures, des bases de temple, pareils à des assises, à de grands escaliers, à des gradins de Cirque autour d'une arène d'Histoire, tassés, plissés souvent sur l'horizon comme le bas de la robe des tempêtes, rayés parfois de barres d'or, de sang et de feu comme une échelle de Jacob.

Il disait cette grande et sauvage poésie qu'exhalent ces sentiers perdus, ces routes abandonnées, suspectes, aventureuses, où le peintre de la mélancolie du grand chemin jette ses silhouettes bohémiennes : le Pâtre, le Mendiant, le Braconnier, les derniers nomades et les derniers sauvages, vus plus grands que nature, élevés par le caractère, l'aspect, la sculpture du haillon à une espèce de style héroïque moderne.

Le style, c'était là la grande supériorité, le signe de force suprême que Coriolis reconnaissait à Decamps. Et toutes les pages de style de Decamps lui

7.

repassant dans la tête, il citait, en s'animant, en
devenant éloquent sous une espèce d'amertume,
ces batailles bitumineuses, fumantes de massacres,
ces mêlées furieuses, ces chocs barbares où de petits chevaux blancs galopent entre des peuples qui
se broient. Il citait les dessins du Samson ; il les
proclamait bibliques avec quelque chose de fauve
dans l'épique, il criait : « C'est de l'homérique
juif ! »

En revenant au souvenir de ce café turc dont il
s'était empli les yeux à l'Exposition pendant une
demi-heure, il rappela à Chassagnol cette bande de
ciel ouaté de blanc, martelé d'azur, sur lequel semblait trembler un tulle rose ; ces petits arbres buis-
sonneux, pareils à des massifs de rosiers sauvages,
le cône des ifs, des cyprès noirs percés de jours,
cette rondeur d'une coupole, la ligne des terrasses,
ce rayon vibrant sur des plâtres tachés du velours
des mousses, ces murs ayant des tons de peau de
serpent séchée et comme des écailles de reptile, ce
craquelé de la muraille chatoyant sous les traînées
du pinceau, l'égrenage du ton, l'émail de la pâte,
les gouttelettes de couleur huileuse, les tons coulant
en larmes de bougie, jusqu'à ce petit réduit de fraîcheur, où le coup de soleil pailletait d'or les nattes,
allumait le fourneau vermillonné d'une pipe, le
blanc ou le rouge d'un turban, une veste couleur
d'or vert, une fleur au fond dans un jardin de
fleurs. Il évoquait, ressuscitait, semblait repeindre

tout le tableau, sa lumière, son ombre, la grande
ombre chaude, vaporisée de chaleur, et au bas des
colonnes porphyrisées et marbrées de bleu d'étain,
la mare sourde et fumante aux eaux de sombre
transparence, piquées çà et là d'un feu d'escarbou-
cle, d'un reflet de ces palets de pierre précieuse
avec lesquels jouent les gamins des *Mille et une
nuits.* Au bout de cela, Coriolis dit rêveusement :

— Ah! mon cher, l'Orient... l'Orient!... Moi je
n'ai fait que de la cochonnerie...

— Laisse donc, — fit Chassagnol, — tu as tes
qualités à toi... de très-grandes...

— De la cochonnerie, je te dis!... Une turquerie
intelligente, spirituelle, coloriée, avec des qualités
comme tu dis... oh! beaucoup de qualités! Mais
jamais la note extrême... Et sans cette note-là,
vois-tu en art... Ce qu'il fait, lui, ce n'est peut-être
pas si vrai que moi... Mais c'est mieux, c'est..,
tiens, je ne sais pas quelque chose au-dessus...
Vois-tu, c'est un Orient... un Orient...

— L'Orient de la poésie de *Child-Harold* et de
don Juan, dans du soleil à Rembrandt, c'est ça,
hein?... Du Chil-Harold rembranisé... — répéta
deux ou trois fois Chassagnol.

Coriolis ne répondit pas, prit le bras de Chassagnol, et l'emmena, sans lui parler, dîner chez
lui.

CI

— Eh bien! comment est-il aujourd'hui? — demanda Coriolis à Anatole qui apportait Vermillon pour l'installer sur le poêle.

Anatole, pour toute réponse, remua tristement la tête. Et il se mit à arranger la couverture, la bourrant en traversin sous la tête du singe.

— Oh! qu'il pue! — dit Manette en regardant Vermillon par-dessus l'épaule de Coriolis qui était venu le caresser, et elle alla se rasseoir, à distance, au fond de l'atelier.

Le triste abattement de la mobilité, de la souplesse, de l'élasticité animale, faisait peine à voir chez Vermillon. La paresse dolente, la peine de ses mouvements, la paralysie de ses gamineries et de sa diablerie, ce qu'il y avait de la douleur d'un visage sur sa mine, en faisaient comme un petit malade approché tout près de l'homme et de sa pitié par cet air de souffrance humaine qu'a la souffrance des animaux. A tout moment, le pauvre petit malheureux soulevait sa tête, se retournait, changeait de pose et de place, donnant le déchirant spectacle de l'agitation continue dans l'incessant malaise et l'angoisse de toujours souffrir. Il se lamentait, se plaignait, poussait en grognant de petits : *hun, hun*. Une respiration visible et pénible courait sous la maigreur de ses côtes. Des frémissements nerveux lui fronçaient le front, relevant au-dessus de ses sourcils sa houpe de poils, et des crispations plissaient la chair de poule de son petit mufle aux coins de la bouche. Au haut de leurs orbites caves, ses yeux fermés laissaient voir une tache rouge, une meurtrissure de sang extravasé, qui faisait paraître plus bleu le bleuissement de ses paupières. Il restait longtemps avec un seul œil ouvert et veillant; puis, il s'enfonçait dans ce sommeil des malades, accablé, assommé, qui ne dort pas; il rouvrait soudain ses paupières, jetait de côté ses yeux agrandis de souffrance, où passait du désespoir et de la prière de bête. D'autres fois, il avait des regards circulaires qui faisaient le tour de la pièce, et s'arrêtaient avant de finir sur Anatole, des regards pleins de toutes sortes d'expressions, où se voyait comme la stupéfaction de sa souffrance, de son immobilité, de la corde qui pendait du plafond sans qu'il s'y balançât. On eût cru que par moments, dans la lente douceur de ses grands yeux orange, aux grandes pupilles noires, il y avait l'étonnement de voir le soleil jouer sans lui à la fenêtre.

De petites secousses de douleur faisaient donner à ses mains des coups nerveux dans l'air. Des frissons lui passaient qui remuaient ses poils et en ouvraient les épis comme un souffle. Ses jambes

avaient des allongements de cuisse de lièvre blessé
à mort. Sa tête se mettait à branler d'un horrible
tremblement, au milieu d'efforts pour se dresser et
se soutenir sur son séant, à l'aide de ses petites
mains faibles qui se soulevaient de temps en temps
et mettaient leurs deux petits poings crispés contre
ses tempes, — un mouvement que les deux amis
avaient vu dire, dans des agonies d'hommes : *Mon
Dieu! que je souffre!*

Coriolis qui regardait cela, sa palette à la main,
s'en retourna à son chevalet. Anatole resta près de
Vermillon, lui relevant de son mieux la tête sous
des bourrelets de couverture, le retenant doucement des deux mains dans les crises convulsives
qui l'agitaient. Vermillon se jetait en avant comme
s'il voulait se précipiter en bas du poêle. Puis, il
restait agenouillé et aplati dans la pose d'un animal
qui boit, avec son petit bras pendant; ou bien encore, il se tenait, de grands moments, appuyé sur
le dos de ses mains rebroussées et montrant leur
paume jaunâtre, les coudes élevés de chaque côté
de son dos comme les pattes d'une sauterelle prête
à sauter, la tête toute en dehors de la plaque du
poêle, immobile, en arrêt sur une feuille de par-
quet.

La vie, comme il arrive chez ces petits êtres délicats, vivaces et nerveux, se débattait cruellement
dans ce malheureux petit corps. C'étaient des secousses, des tressautements, des étirements, des

tortillements inapaisables, des élancements, tout pareils à ces dernières révoltes qui jettent de travers, brusquement, les membres d'un malade, les pieds hors du lit, la tête dans le mur. Il essayait de s'arc-bouter, de se cramponner tout autour de lui; et sa main, sortie de sa couverture, se nouait à l'anse d'un gobelet de fer-blanc avec l'étreinte d'un griffe d'oiseau serrant une branche.

Avec les heures, presque avec les minutes, une sorte de vieillesse descendait dans le creux et l'amaigrissement de ses petits traits. Des tons malsains de corruption se mêlaient peu à peu sur sa face à un jaunissement de vieille cire. Son petit nez froncé prenait un brun de nèfle. Un peu de mousse bavait à son mufle. Des commencements d'immobilité et de refroidissement faisaient déjà monter de la mort dans le petit corps où la vie n'était plus guère que le mouvement du globe de l'œil sous les paupières toutes bleues, le battement et la fièvre d'un regard fermé. Tout à coup, il roula sur le côté; sa tête eut un renversement suprême : elle bascula toute en arrière, avec un subit renfoncement dans les épaules, en découvrant le dessous blanc de son menton. Au bout de ses deux bras, allongés et roidis, ses deux mains serrèrent leur pouce sous leurs doigts; des ondulations affreuses coururent, en serpentant, tout le bas de son corps. Un mouvement furieux, semblable à la détente d'un ressort qui casse, agita une de ses jambes qui battit désespérément dans le vide... Puis ce fut une immobilité où rien ne bougea plus qu'un petit tremblement de la plante des pieds.

— Tiens! il pleure!... Anatole qui pleure vraiment! — fit Manette.

Une larme venait de tomber de la joue d'Anatole sur le cadavre du singe, et le jour la faisait briller au bout d'un poil.

— Moi, je pleure?... — fit Anatole honteux, et se dépêchant de sécher sa larme avec du cynisme : — Ah! sacristi, j'ai oublié de lui demander s'il voulait un prêtre...

— Allons, c'est fini, dit Coriolis, en voyant le regard d'Anatole revenir au singe; et il jeta la couverture sur le singe.

— Alors je vais sonner pour qu'on nous débarrasse de ça? — fit Manette.

— Pas la peine, ma petite, — lui dit Anatole en lui arrêtant le bras d'un geste dramatique. — C'est papa que ça regarde!

CII

Anatole attrapa une serge verte jetée sur un plâtre dans un coin de l'atelier. Il coucha dedans, avec des mains presque pieuses, le cadavre de Vermillon, ramena la serge, la noua aux quatre coins, passa un paletot sur sa vareuse, mit son chapeau.

— Où vas-tu? — lui demanda Coriolis.

— Loin. Je vais où les concessions à perpétuité ne coûtent rien.

Quand il fut dans la rue de Rivoli, il monta sur l'impériale d'un de ces grands omnibus qui jettent les Parisiens dans la campagne. Il tenait son paquet sur ses genoux, et regardait dedans, de temps en temps, en écartant un petit peu de la toile.

A la porte Maillot, il descendit, entra dans le bois de Boulogne, prit une allée à droite, marcha, cherchant une place, un petit morceau de solitude où l'on pût faire une fosse en creusant un trou. Il y avait du monde partout, et pas un bout de désert.

Ce n'était pas l'heure. Il sortit du bois, s'en alla dans l'avenue de Neuilly, s'attabla dans un cabaret, et se mit à attendre l'heure du dîner en se faisant verser une absinthe.

Après le premier verre, il en redemanda un; après le second, un autre. Il suffisait d'un chagrin tombant dans un verre de n'importe quoi pour griser Anatole : au troisième verre d'absinthe, il était « raide comme la justice. »

Il mit sa tête contre le mur du cabaret, creusé, dans le plâtre, de trous de queues de billards qui y avaient fouillé du blanc. Il regarda le paquet de serge verte posé sur la paille d'un tabouret à côté de lui, et l'attendrissement de ses pensées lui échap-

pant dans un monologue de pochard : — Mort!
toi, mort! Pauvre bibi! hein, c'est vilain?... Penser
que tu es là! ratatiné, tout froid... C'est ça, toi!
ça!... plus que ça, rien que ça!... On me prend,
vois-tu, pour un garçon bottier qui reporte de l'ouvrage en ville... Des imbéciles, laisse donc... Qu'est-
ce que ça me fait? Pauvre vieux, te voilà donc lancé
dans l'éternité, dans cette grande canaille d'éternité!... Te laisser ramasser par un chiffonnier, par
exemple... comme elle voulait, elle... pour que je te
trouve empaillé sur le boulevard Montmartre, chez
le naturaliste, dans une scène à personnages!...
Ah! bien oui, plus souvent!... C'est moi qui vais
te mettre à l'ombre quelque part où tu ne seras pas
embêté... dans un joli endroit où tu n'auras pas des
bottes de sergent de ville sur la tête... As pas peur!...
Petit gredin! tu m'as pourtant mordu une fois...
C'est vrai que tu m'as mordu, te rappelles-tu?

Des maçons mangeaient un morceau à une table
à côté de la sienne. Il demanda à manger à la fille
qui servait. Mais quand il eut devant lui le *rata* du
jour, il ne put y goûter. Il avait comme un malheur
qui lui barrait l'estomac et lui bouchait l'appétit : il
souffrait d'une impression d'avoir perdu quelqu'un,
qu'il n'avait jamais eue.

Il demanda un litre, après le litre de l'eau-de-vie,
et en buvant : — Hein? Vermillon, — fit-il en se penchant, — plus de petits verres, c'est fini... Nous ne
mettrons plus notre petite langue rose là-dedans...

Et il se leva, dit à ce qui était dans le paquet : — Viens ! — et alla payer au comptoir.

Dehors, c'était la nuit. Sur le ciel violet et froid, roulait et moutonnait le caprice d'un grand nuage blanc, une immense nuée flottante et transparente, traversée, pénétrée, rayonnante de la lumière diffuse de la lune qu'elle voilait.

Anatole se trouvait au milieu de l'avenue de l'Impératrice, quand un morceau de la lune jaillit du nuage déchiré.

— Bravo l'effet ! — fit Anatole. — Le tableau de Girodet... l'enterrement d'Atala, gravé par monsieur... monsieur... Tiens, voilà que je ne sais plus le nom de la gravure d'Atala... Mais, regarde donc, Vermillon, vois-tu ? Le soleil avec un crêpe... un enterrement nature, et soigné ! Tu as le ciel à ton convoi... la lune, rien que ça ! Première classe, franges d'argent, tenture et tout, les nuages dans des voitures...

La lune pleine, rayonnante, victorieuse, s'était tout à fait levée dans le ciel irradié d'une lumière de nacre et de neige, inondé d'une sérénité argentée, irrisé, plein de nuages d'écume qui faisaient comme une mer profonde et claire d'eau de perles ; et sur cette splendeur laiteuse, suspendue partout, les mille aiguilles des arbres dépouillés mettaient comme des arborisations d'agate sur un fond d'opale.

Les massifs serrés et maigres du bois commençaient à s'étendre. Le ruban blanchissant des allées s'enfonçait très-loin dans des taches de noir. Une voiture qui riait passa ; puis un pas.

Anatole prit à gauche, entra dans un fourré, marcha cinq minutes, s'arrêta comme un homme qui a trouvé : il était dans une petite clairière. L'éclaircie était mélancolique, douce, hospitalière. La lune y tombait en plein. Il y avait dans ce coin le jour caressant, enseveli, presque angélique de la nuit. Des écorces de bouleaux pâlissaient çà et là, des clartés molles coulaient par terre ; des cimes, des couronnes de ramures fines et poussiéreuses, paraissaient des bouquets de marabouts. Une légèreté vaporeuse, le sommeil sacré de la paix nocturne des arbres, ce qui dort de blanc, ce qui semble passer de la robe d'une ombre sous la lune, entre les branches, un peu de cette âme antique qu'a un bois de Corot, faisaient songer devant cela à des Champs-Élysées d'âmes d'enfants.

Rien ne déchirait le silence qu'un appel de canards, de loin en loin, et le bruissement de la nappe d'eau du lac, frissonnante, à l'horizon.

Une rochée de trois bouleaux se levait sur un côté de la clairière, se détachant du massif ; la lune écaillait un peu le bas de leur écorce. Anatole défit, tout auprès, le nœud de son paquet : les paupières entr'ouvertes de Vermillon laissaient voir ses yeux, ces yeux horriblement doux de singe mort qui avaient encore un regard ; ses dents blanches, serrées, avançaient un peu sur son museau contracté et retiré.

Anatole s'agenouilla, tira son couteau et se mit à creuser. Et tandis qu'il travaillait, un chantonnement nègre lui vint aux lèvres, une espèce de bercement funèbre, comme si, avec le gazouillis des chansons que Saïd chantait à l'atelier, il espérait s'approcher de l'oreille de Vermillon.

Il marmottait : — Dansez, Canada! fougoum, fougoum! Vermillon mouru, moi lui faire petit trou, petit nid, petit, petit... bien gentil! Paradis là-dessous... Bienheureux, Vermillon... paradis! Dansez, Canada! Plus souffrir, Vermillon! bon petit singe s'en aller, s'envoler... dans le bleu! Asie, Afrique, Amérique, à lui! Dansez, Canada! dansez, Cocoli, Bengali, Colibri! Des Mississipi, des forêts vierges à Vermillon... boire aux rivières, boire au soleil, boire aux fruits des arbres! des noix de coco, tout plein! Dansez, Canada! Pays où il n'y a pas d'hommes... Le bon Dieu pour les singes, tous les jours, toute la vie... Vermillon courir, Vermillon dans des branches, Vermillon avoir bien chaud dans le dos... Vermillon retrouver ses amis... Vermillon là-haut! Vermillon, amour! oiseau! étoile!... petite fleur bleue! pervenche! Psitt!... plus rien! Dansez, Canada!

Le trou était creusé : posant au fond le dos de sa main, Anatole tâta :

— Ah! mon pauvre frileux, — dit-il sérieuse-

ment et tristement, avec un son de voix dégrisé, —
tu vas trouver la terre bien froide...

Et le prenant dans ses bras, il lui ferma les paupières comme à une personne. Il lui déroidit les
membres, plia sa queue sous lui, le mit dans la petite
fosse, ramena avec les mains la terre sur le trou.
Et, quand il eut marché et piétiné dessus, il se mit,
assis à la turque, à fumer une longue cigarette si-
lencieuse.

Il était plein d'idées qui ne pensaient à rien. Cependant quelque chose de lui lui paraissait mort et
fini : il y avait de sa gaminerie sous terre.

Il se leva. Il était ému et barbouillé. Il avait le
cœur ivre, étourdi et remué. Il tomba sur le premier banc dans une grande allée, s'allongea tout de
son long, un bras, une jambe pendants, et là s'endormit.

Au bout de quelques heures, il se réveilla. Il n'y
avait plus de lune, et il pleuvait. Il se tâta : il était
trempé.

Il sauta sur ses jambes, courut devant lui jusqu'à
une porte du bois, vit de la lumière à un poste de
douaniers, entra là, demanda à se chauffer, envoya
chercher une bouteille d'eau-de-vie, but cette bou-
teille-là et une autre avec les douaniers; et quand il
rentra le matin, Coriolis lui demandant ce qu'il était
devenu, ne put rien tirer de ses souvenirs abrutis
que cette phrase : — Les gabelous, très-gentils!...
très-gentils, les gabelous...

CIII

Les amis de Coriolis s'étaient étonnés de ne pas le voir commencer quelque grand morceau, une œuvre importante à son retour de Fontainebleau, après un si long repos. Des mois se passaient : Coriolis continuait à ne rien jeter sur la toile. Il sortait toute la journée, et s'en allait errer dans Paris.

Il battait les quartiers les plus éloignés et les plus opposés ; il coudoyait les populations les plus diverses. Il allait, marchant devant lui, fouillant, d'un œil chercheur, dans les multitudes grises, dans les mêlées des foules effacées ; tout à coup, s'arrêtant et comme frappé d'immobilité devant un aspect, une attitude, un geste, l'apparition d'un dessin sortant d'un groupe. Puis, accroché par un individu bizarre, il se mettait à suivre, pendant des heures, l'originalité d'une silhouette excentrique. Les passants se troublaient, s'inquiétaient presque de l'inquisition ardente, de la fixité pénétrante de ce regard qui les gênait, se promenait sur eux, leur faisait l'effet de les creuser et de les pénétrer à fond.

Quelquefois, tirant de sa poche un petit carnet grand comme la moitié de la main, il jetait dessus deux ou trois de ces coups de crayon qui attrapent l'instantanéité d'un mouvement. Il fixait d'un trait l'effort d'une attelée de maçons, la paresse d'un accoudement sur un banc de jardin public, l'accablement d'un sommeil dans des démolitions, le hanchement d'une blanchisseuse au panier lourd, le renversement d'un enfant qui boit au mufle de bronze d'une fontaine, la caresse enveloppante avec laquelle un ouvrier herculéen porte son enfant dans des bras de nourrice, ce qu'il y a des cariatides du Puget dans un fort de la Halle, un morceau quelconque du sculptural naturel, superbe, ému, qu'indique et montre le spectacle de la rue. Journées de fatigue, souvent stériles, mais qui souvent aussi donnaient à l'artiste, en quelque coin obscur, sous quelque porte cochère, une de ces rencontres soudaines de la réalité pareilles à une illumination de son art.

Une fois, par exemple, il avait passé des heures à se graver dans la mémoire une tête de mendiante aveugle, le plus beau des visages douloureux que la peinture ait jamais rêvés : un profil de vieille femme octogénaire, dans la ligne rigide du dessin de Guido Reni du Louvre, une tête décharnée, fondue, ciselée par la maigreur, sculptée par toutes les misères, les joues remuées et tremblantes du souffle d'une petite toux, le masque de marbre de la Vie sans yeux et sans pain, avec, sur la peau d'un blanc de vélin, des polissures comme d'une chose usée ; une tête de Niobé aux Petits-Ménages et de Reine en madras, dont les cheveux gris, le cou tendu et plein de cordes, la majesté du désespoir, la paralysie de statue, faisaient retourner jusqu'à l'étonnement des gens du peuple qui passaient.

D'un bout à l'autre de Paris, il vaguait, étudiant les types saillants, essayant de saisir au passage, dans ce monde d'allants et de venants, la physionomie moderne, observant ce signe nouveau de la beauté d'un temps, d'une époque, d'une humanité : — le caractère, qui passe comme un coup de pouce artiste sur ces figures fiévreuses, agitées ; le caractère qui marque et désigne pour l'art la face des pensées, des passions, des intérêts, des vices, des maladies, des énergies d'une capitale. Sa curiosité scrutait ces visages de civilisés, qui reportent le regard si loin du vague sourire dormant des Eginètes et de la divine placidité grecque ; ces visages travaillés d'idées, de sensations, de toutes les acquisitions d'activité morale de l'homme, éreintés par la complexité des préoccupations, tourmentés par la dureté de la carrière, le labeur enragé, la peine de vivre. Il interrogeait ces faces de gens qui courent dans les rues, comme la fourmi dans la fourmilière, avec un paquet sous le bras, ou une affaire dans la poche, les hommes de misère qui traînent leur faim devant des changeurs, ces physiques de voyou, cachant la méchanceté des instincts sous la féminilité d'une tête de Faustine, ces tournures d'in-

venteurs, portés par leurs jambes qui vont, mono-
loguant sur le trottoir, avec de grands gestes d'ac-
teurs.

Il étudiait cette beauté singulière, spirituelle,
l'indéfinissable beauté de la femme de Paris. Il suivait ces apparitions imprévues, ces mines chiffon-
nées et rayonnantes, ces petites personnes étranges,
fleuries entre deux pavés, ce qui s'enfonce à Paris,
comme la lumière d'une grisette et l'aube d'une
courtisane, dans le noir d'un escalier à rampe de
bois. Il essayait d'analyser le charme de ces jeunes
filles maigres ayant aux tempes le reflet des lampes
de l'atelier, pâles de veilles, et comme vaguement
torturées d'une nostalgie de paresse et de luxe. Parfois, sous un mauvais bonnet, il apercevait une ex-
quisité de grâce, une rareté d'expression, un air de
cette suavité souffrante, de cette mélancolie virginale que la vie des grands centres, le raffinement
des civilisations, la fin des sangs pauvres, semblent
faire tomber sur le visage des petites ouvrières. Un
jour, il emporta dans son souvenir, pour une étude
qu'il commença le lendemain, le visage de la fille
d'une portière, une pauvre petite lymphatique, si
douce, si souffreteuse, si blanche, les yeux si pleins
de ciel dans leur grande ombre, qu'elle faisait rêver
à un ange malade.

Au fond de lui, dans cette agitation de ses pro-
menades, il y avait un grand malaise, l'inquiétude
qui prend un homme quitté par une religion

de jeunesse. Il était à ce moment critique, à cette heure de la vie d'un artiste où l'artiste sent mourir en lui comme la première conscience de son art : instant de doute, de tiraillement, d'anxiété où, tâtonnant son avenir, tiraillé entre les habitudes de son talent et la vocation de sa personnalité, il sent tressaillir et s'agiter en lui le pressentiment d'autres formes, d'autres visions, le commencement de nouvelles façons de voir, de sentir, de vouloir la peinture.

CIV

— Vrai, la terre tourne?

Manette posait pour une répétition du *Bain turc*, commandée par un banquier de Rotterdam à Coriolis qui faisait effort dans ce travail pour se rattacher à sa peinture passée.

Un hasard de parole l'avait amené à dire à sa maîtresse que la terre tournait.

— La terre tourne ? Ça sur quoi je suis ? — reprit Manette en regardant en bas : elle avait l'air d'avoir peur de tomber. — Ça tourne?

Elle releva les yeux sur Coriolis comme pour lui demander s'il ne se moquait pas d'elle.

Coriolis se mit à vouloir lui expliquer ce qu'elle

ne savait pas, et comme il le lui expliquait aussi mal qu'il le savait :

— Ne continue pas, — lui dit-elle tout à coup, — il me semble que j'ai mal au cœur, avec tout ce que tu me dis qui tourne...

Coriolis se tut, et se remit à peindre d'après Manette. Mais il n'était pas en train. Il grondait, tout en brossant, contre la hâte singulière que Manette avait de le voir finir cette toile.

— Ton corps, — finit-il par lui dire, — eh! mon Dieu, ton corps, il ne va pas changer d'ici à huit jours...

— Tu crois? — fit Manette. Et elle laissa tomber de la pointe rose de sa gorge jusqu'au bout de ses pieds, sur la virginité de ses formes, le dessin de sa jeunesse, la pureté de son ventre, un regard où semblait se mêler l'amour d'une femme qui se regrette à la douleur d'une statue qui se pleure.

— Ah! — fit Coriolis.

Il avait compris.

— Oui... — dit Manette en baissant la tête, avec le ton d'une femme qui va pleurer.

Coriolis se sentit une secousse au cœur. Mais aussitôt, honteux de cette émotion, l'artiste fit taire l'homme avec une ironie :

— Eh bien! ma pauvre Manette, qu'est-ce que tu veux? nous sommes dans des siècles chipies et prudhommesques... Autrefois, dans un pays d'antiques, un pays dont tu as vu les statues au Musée, il y avait un modèle, un modèle comme toi, aussi bien, à ce que je me suis laissé dire... On l'appelait Laïs... Il lui arriva... ce qui t'arrive... Cela fit une révolution dans le pays... L'Institut de l'endroit où il y avait des peintres aussi coloristes que M. Picot, et des marbriers un peu plus forts que M. Duret, l'Institut de l'endroit poussa des cris de désolation... Les dessinateurs en masse déclarèrent qu'ils ne trouveraient jamais la correction de M. Ingres, si on laissait la nature abîmer leur modèle... Il y eut des rassemblements, des articles de petits journaux, des commissions, des sous-commissions, tout ce qui constitue un mouvement national... Et l'on finit par mener Laïs à Cos, chez un fameux médecin que tu as peut-être vu dans une gravure, le nommé Hippocrate...

Et comme il allait continuer, Coriolis s'arrêta dans sa plaisanterie, devant l'expression de Manette, la fixité de la pensée de ses yeux.

Allant à elle, il lui prit la tête, la lui renversa sur ses genoux, et appuyant sur elle le sérieux de son regard, il fouilla jusqu'au fond de sa tentation.

Manette se cacha dans son cou, pour qu'il ne la vît pas rougir.

CV

L'intérieur de Coriolis était toujours heureux. Anatole continuait à y jeter sa gaieté, ses folies gamines. Manette y mettait l'enchantement de sa personne.

Quand elle était là, dans l'atelier, vêtue d'une robe blanche, sur laquelle tranchait un petit châle d'enfant d'un rouge sang de bœuf, la taille dénouée et toute alanguie des paresses de la femme grosse, belle d'une beauté nonchalante, épanouie, rayonnante, — Coriolis oubliait tout.

Une tendresse reconnaissante s'était peu à peu glissée dans son amour pour cette femme qui remplissait et animait sa maison, lui faisait la vie coulante et facile, lui épargnait les tracas du ménage, mettait chez lui un de ces gouvernements légers qu'on ne voit pas et qu'on ne sent pas.

Entre Manette et lui, il y avait tous les rapprochements qui font du modèle la maîtresse naturelle de l'artiste. Au milieu de cette ignorance de peuple qui ne lui déplaisait pas, Coriolis lui trouvait le charme de ces connaissances qu'ont les femmes grandies dans les ateliers. Manette avait vu peindre et savait comment se fait de la peinture. Les

choses du métier de l'art lui étaient familières : elle
en connaissait le nom et l'usage. Elle ne disait pas
de bêtises bourgeoises de femme devant une toile.
Elle respectait le silence d'un homme à son chevalet. Elle s'entendait à laver des brosses, et elle
reconnaissait vaguement des tons distingués dans
une toile. En un mot, elle était « *du bâtiment* ».

Coriolis lui savait encore gré d'autres agréments.
Elle lui plaisait en se suffisant à elle-même, en se
tenant compagnie, en se passant des sociétés de
femmes, en ne voyant point d'amies. Elle lui plaisait par sa froideur au plaisir, sa paresseuse sérénité, son air content dans cette existence paisible et
monotone. Elle avait un ensemble de qualités sou-
mises, une docilité gracieuse à ce qu'il disait, à ce
qu'il voulait, une obéissance à ses idées, une sorte
d'aimable effacement de caractère : elle ne laissait
guère échapper que de petites susceptibilités sur
des mots, des phrases qu'elle ne comprenait pas et
qui, tout à coup lui mettant un coup de rouge aux
pommettes, la rendaient un moment boudeuse ou
colère avec de petits gestes de sauvagerie méchante.

Aussi un attachement de gratitude et de confiance venait-il à Coriolis pour cette maîtresse si
peu absorbante, d'apparence si détachée de tout
désir de domination, et qu'il voyait, repliée sur
elle-même, ennuyée d'en sortir, fatiguée d'allonger
sa pensée aux choses à côté d'elle. Elle était pour

lui dans sa vie du calme et du repos, une compagnie bonne pour ses nerfs d'artiste. Dans sa société tranquille, sa douce présence, les demi-pa-
roles de sa bouche, les demi-caresses de ses mains,
il y avait comme un mol apaisement qui berçait
les fatigues du peintre, endormait ses contrariétés,
ses prévisions mauvaises, ses tourments d'imagination...

Et il lui semblait que cette jolie créature apathique dégageait autour d'elle la paix, la santé, la
matérialité d'un bonheur hygiénique.

CVI

Coriolis devenait casanier, presque sauvage. Il
avait l'horreur de s'habiller, refusait les invitations,
n'allait plus nulle part. L'homme de travail, d'in-
cubation, ne se plaisait plus que dans le recueillement de l'intérieur, la tranquillité du coin du feu,
le négligé de la vareuse et des pantoufles.

Le soir après dîner, dans son atelier, il fumait
de longues pipes de paresse et de réflexion, des
pipes méditatives ; puis, au milieu de la causerie
de deux ou trois amis qui étaient venus manger
sa soupe, il se mettait à dessiner et crayonnait jusqu'à minuit.

Un soir qu'il dessinait ainsi, seul avec Chassagnol et Anatole :

— Eh bien ! — lui dit Chassagnol en regardant ce qu'il jetait sur le papier, un souvenir de la rue, — toi qui me blaguais quand je te disais qu'il y avait quelque chose là... Il me semble que tu y viens...

— Eh bien ! oui, j'y viens... Je me débattais contre moi-même en te combattant... Je me gendarmais, je ne voulais pas... J'étais dans autre chose... C'est le diable... On ne veut pas reconnaître qu'on se blouse... Tiens ! ç'a été fini à ma dernière maladie... La turquerie, bonsoir ! Je lui ai fait mes adieux en croyant mourir... Maintenant, c'est mort... Et tu me vois depuis ce temps-là... désorienté... Tiens ! c'est le mot... un homme qui cherche... qui essaye de se raccrocher... Enfin, ce qu'il y a de sûr, c'est que je vais passer à d'autres exercices... Tu verras ce que je veux faire...

— Bravo ! Le moderne... vois-tu... le moderne, il n'y a que cela... Une bonne idée que tu as là... Eh bien! vrai, ça me fait plaisir, beaucoup de plaisir... parce que... écoute... Je me disais : Coriolis qui a ça, un tempérament, qui est doué, lui qui est quelqu'un, un nerveux, un sensitif... une machine à sensations... lui qui a des yeux... Comment ! il a son temps devant lui, et il ne le voit pas ! Non, il ne le voit pas, cet animal-là...

Non, non, non... — répéta Chassagnol avec un rire bête et fou qui ricanait. — Mais, est-ce que tous les peintres, les grands peintres de tous les temps, ce n'est pas de leur temps qu'ils ont dégagé le Beau? Est-ce que tu crois que ça n'est donné qu'à une époque, qu'à un peuple, le Beau? Mais tous les temps portent en eux un Beau, un Beau quelconque, plus ou moins à fleur de terre, saisissable et exploitable... C'est une question de creusage, ça... Il se peut que le Beau d'aujourd'hui soit enveloppé, enterré, concentré... Il faut peut-être, pour le trouver, de l'analyse, une loupe, des yeux de myope, des procédés de physiologie nouveaux... Voyons, tiens, Balzac? Est-ce que Balzac n'a pas trouvé des grandeurs dans l'argent, le ménage, la saleté des choses modernes? dans un tas de choses où les siècles passés n'avaient pas vu pour deux liards d'art? Et il n'y aurait plus rien pour l'artiste dans l'ordre des choses plastiques, plus d'inspiration d'art dans le contemporain!... Je sais bien, le costume, l'habit noir... On vous jette toujours ça au nez, l'habit noir! Mais s'il y avait un Bronzino dans notre école, je réponds qu'il trouverait un fier style dans un Elbeuf. Et si Rembrandt revenait... crois-tu qu'un habit noir peint par lui ne serait pas une belle chose?... Il y a eu des peintres de brocard, de soie, de velours, d'étoffes de luxe, d'habits de nuage... Eh bien! il faut maintenant un peintre du drap : il viendra..

et il fera des choses superbes, toutes neuves, tu verras, avec ce noir d'affaires de notre vie sociale... Ah! cette question-là, la question du moderne, on la croit vidée, parce qu'il y a eu cette caricature du Vrai de notre temps, un épatement de bourgeois : le *réalisme!...* parce qu'un monsieur a fait une religion en chambre avec du laid bête, du vulgaire mal ramassé et sans choix, du moderne... bas, ça me serait égal, mais commun, sans caractère, sans expression, sans ce qui est la beauté et la vie du Laid dans la nature et dans l'art : le *style!* dont tu faisais si justement l'autre jour le génie, la griffe du lion, chez un peintre... Et puis quoi, le Laid? ce n'est qu'une ombre de ce monde-ci, si vilain qu'il soit. A côté de la rue, il y a le salon... à côté de l'homme, il y a la femme... la femme moderne... Je te demande si une Parisienne, en toilette de bal, n'est pas aussi belle pour des pinceaux que ... femme de n'importe quelle civilisation? Un chef-d'œuvre de Paris, la robe, l'allure, le caprice, le chiffonnement de tout, de la jupe et de la mine!... Et dire que cette femme-là, la femme du dix-neuvième siècle, la poupée sublime, tu ne l'as pas encore vue dans un tableau d'une valeur de deux sous... Pourquoi? On n'a jamais pu savoir... Ah! les lisières, les exemples, les traditions, les anciens, la pierre du passé sur l'estomac!... Sais-tu sur quoi me semblent donner les ateliers d'à présent?... tiens! sur le cimetière de l'idéal... Mais vois donc David, David qui a jeté pour trente ans d'Hersilie dans les boîtes à couleur, David n'a fait qu'un morceau de passion, qu'un tableau qui vit : son Marat !... Le moderne, tout est là. La sensation, l'intuition du contemporain, du spectacle qui vous coudoie, du présent dans lequel vous sentez frémir vos passions et quelque chose de vous... tout est là pour l'artiste, depuis l'âge d'Égine jusqu'à l'âge de l'Institut... Ah ! je sais, il y a des articles de rêveurs, des enfileurs de phrases à sang blanc pour vous dire qu'il faut s'abstraire de son époque, remonter au répertoire du *canon* ancien des sujets et de l'intérêt ! L'hiératisme, alors ? Des farces enfoncées par la vapeur et 1789 !... ça rentre dans les individus métempsycosistes et transposés, qui ont besoin que les choses ou les gens aient cinq cents ans sur le dos pour leur trouver de la noblesse, de l'actualité ou du génie... Le dix-neuvième siècle ne pas faire un peintre ! Mais c'est inconcevable... je n'y crois pas... Un siècle qui a tant souffert, le grand siècle de l'inquiétude des sciences et de l'anxiété du vrai... un Prométhée raté, mais un Prométhée... un Titan, si tu veux, avec une maladie de foie... un siècle comme cela, ardent, tourmenté, saignant, avec sa beauté de malade, ses visages de fièvre, comment veux-tu qu'il ne trouve pas une forme pour s'exprimer, qu'il ne jaillisse pas dans un art, dans un génie à trouver, et qui se trouvera... Après

ce grand grisailleur douloureux, Géricault, il y a
eu un homme, tiens ! Delacroix.... c'était peut-être
l'homme à cela... un tempérament tout nerfs, un
malade, un agité, le passionné des passionnés...
Mais il n'a rien vu qu'à travers le romantisme, une
bêtise, un idéalisme de pittoresque... Et pourtant,
que de choses dans ce sacré dix-neuvième siècle !...
C'est que, sacristi ! il y en a pour tous les goûts...
Si c'est trop petit pour vous, les mœurs du temps,
les scènes, la rue qui passe, vous avez aussi du
grand, du gigantesque, de l'épique dans ce temps-
ci... Vous pouvez être un peintre d'histoire du dix-
neuvième siècle... et un fier ! toucher à des émotions humaines qui seront un jour aussi classiques,
aussi consacrées que les plus vieilles ! L'Empire,
tenez ! il y a de quoi se promener, même après
Gros... Homère, toujours Homère ! Et l'Homère
de l'Institut ! Mais nous avons eu, depuis Achille,
un monsieur qui faisait des épopées à la journée,
un certain Napoléon qui ramassait tous les jours
de la gloire à peindre... L'incendie de Moscou,
voyons, ça peut bien tenir à côté de l'embrasement
de Troie... et la retraite des Dix Mille a peut-être
un peu pâli depuis la retraite de Russie... Voilà
des cadres ! voilà des pages ! Il y a tous les soleils
là-dedans, et de l'homérique tant qu'on en veut !
Des grands tableaux, des tableaux d'histoire,
mais le moderne en a donné des programmes
aussi magnifiques que les plus beaux du monde...

Depuis 1789, il en pleut des scènes dans les révolutions de France, qui sont grandes... comme
nous!... La Terreur, ce sont nos Atrides!...
Tiens! prends la Vendée, et dans la Vendée le
passage de la Loire à Saint-Florent-le-Vieux...
Figure-toi l'*Iliade* et le *Dernier des Mohicans !*...
le demi-cercle de la colline... la vaste plage....
quatre-vingt mille personnes entassées... l'eau où
l'on entre... les chevaux qu'on pousse... l'incendie,
la fumée, les *bleus* par derrière... La Loire jaune,
plate et large avec une île au milieu comme un ra-
deau... et le bord, là-bas, noir de gens passés et
plein de leur murmure... Une vingtaine de mauvaises barques pour passer tout cela... les barques
de Michel-Ange dans le *Jugement dernier !*... Là
devant, pêle-mêle, les prisonniers républicains, les
chapeaux avec des sacrés-cœurs, Bonchamps qui
agonise, Lescure mourant sur un matelas porté
par deux piques, les pieds dans des serviettes... et
des femmes, des enfants, des vieillards, des blessés, un peuple, la migration d'une guerre civile en
déroute !... Et là-dedans des déguisements, comme
ces cavaliers avec de vieux jupons, ces officiers avec
des turbans pris au théâtre de la Flèche, la dé-
froque du *Roman comique* tombée sur l'épaule
d'une légion thébaine... Quel tableau! hein! quel
tableau !... C'est grand comme le Passage du Nil !

— Oui, — dit Coriolis, profondément absorbé, et
ne paraissant pas entendre. — Oui, rendre cela

avec un dessin qui ne serait ni antique, ni renaissance...

— Ça ne te satisfait pas, la main de Michel-
Ange? — dit Anatole en levant le nez, dans le fond
de l'atelier, d'un volume de l'*Illustration*.

— La main de Michel-Ange, qui n'en est pas
d'abord, de Michel-Ange... Et puis, non, ce n'est
pas ça... Il faudrait une ligne, une ligne à trouver
qui donnerait juste la vie, serrerait de tout près
l'individu, la particularité, une ligne vivante, humaine, intime, où il y aurait quelque chose d'un
modelage de Houdon, d'une préparation de La-
tour, d'un trait de Gavarni... Un dessin qui n'aurait pas appris à dessiner, qui serait devant la nature comme un enfant, un dessin... je sais bien,
c'est bête ce que je dis... plus vrai que tous les dessins que j'ai vus, un dessin... oui, plus humain, ça
me rend mon idée.

CVII

. Lentement Manette avait pris sa place dans l'intérieur. Elle s'y était peu à peu et de jour en jour
installée, établie. De cette pose dans la maison
qu'a la maîtresse, dont le paquet d'affaires est
tout fait dans la commode, de la pose sur la

branché où la femme, mal à l'aise avec les gens,
effarouchée de ce qui entre, humble, inquiète, fur-
tive, tremble au vent comme une chose aux ordres
d'un caprice, toute prête au balayage du lendemain, elle s'était élevée à l'aisance, à l'équilibre, à
cet air de maîtresse de maison qui laisse voir
dans toute une femme, dans son geste, son ton, sa
voix, dans l'épanouissement de sa robe sur un divan, qu'elle est chez elle chez son amant. Elle avait
passé le temps où les domestiques s'adressent à
l'homme, et consultent du regard Monsieur avant
de faire ce que dit Madame : ses ordres commençaient à être pour le service la volonté de Coriolis. Les camarades qui venaient à l'atelier ne la
traitaient plus avec leur premier sans-façon : il y
avait chez eux comme un accord tacite pour reconnaître en elle la maîtresse officielle, la femme à
demeure, ancrée dans le domicile, dans la vie de
leur ami, montée à l'espèce de dignité d'une liaison
quasi-conjugale. Devant elle, la conversation devenait moin libre, prenait un ton qui la respectait
à peu près comme une personne mariée; et un
jour qu'Anatole avait lancé un mot un peu vif, Coriolis lui dit un : « Où te crois-tu? » si sérieusement, que Manette elle-même ne put s'empêcher
d'en rire.

Manette avait eu à peine besoin de travailler à
ce changement. Il s'était fait presque tout seul, par
le courant naturel des choses, par la lente et pro-

gressive infiltration de l'influence féminine, par
l'habitude, par l'oreiller, par la succession de ces
accroissements, pareils aux alluvions du concubinage, grandissant la position, le pouvoir, l'initiative de la maîtresse avec tout ce qui se détache à la
longue, dans l'amollissement du ménage, de la
force de l'homme pour aller à la faiblesse de la
femme.

Et maintenant, Manette n'était plus seulement
la maîtresse : elle était une mère.

CVIII

En devenant mère, Manette était devenue une
autre femme. Le modèle avait été tué soudainement, il était mort en elle. La maternité, en touchant son corps, en avait enlevé l'orgueil. Et en
même temps une grande révolution intérieure
s'était faite secrètement au fond d'elle. Elle s'était
renouvelée et avait changé de nature, comme
dans un dédoublement de son existence qui aurait
porté en avant d'elle et de son présent tout son
cœur et toutes ses pensées. Elle avait fini d'être la
créature, paresseuse d'esprit et de corps, d'instinct
bohême, satisfaite d'une inertie de bien-être et d'un
bonheur d'Orientale. Des entrailles de la mère, la

juive avait jailli. Et la persévérance froide, l'entêtement résolu, la rapacité originelle de sa race,
s'étaient levés des semences de son sang, dans de
sourdes cupidités passionnées de femme rêvant de
l'argent sur la tête de son enfant.

Pourtant ce fond de son amour de mère restait
enfoncé et caché chez Manette. Elle ne montrait
rien de ces avidités ambitieuses qui s'agitaient en elle.
Elle n'avait point demandé au père de reconnaître
son fils. Même à ces moments d'effusion qui suivent
les couches, dans ces heures où la femme est comme
une malade douce et sacrée, elle n'avait pas laissé
échapper un mot, une allusion au sort de ce fils.
Jamais il ne lui était échappé une de ces paroles
qui cherchent et tâtent, dans la charité ou la géné-
rosité d'un homme, le père d'un enfant naturel.
Elle avait paru vouloir toujours, au contraire, écar-
ter de Coriolis toute idée d'avenir, toute préoccupation d'engagement et de lien. Ce qui couvait en
elle, les nouvelles et hardies convoitises éveillées
par ses sentiments maternels, ne se trahissaient au
dehors que par de longues absorptions dans lesquelles brillait son regard clair.

Elle attendait ; elle n'avait ni hâte, ni précipita-
tion. Le temps était pour elle, le temps qu'elle voyait
tous les jours, autour d'elle, apporter à ses semblables, à d'anciennes camarades, la fortune de
leurs rêves, faire monter des modèles à la société,
au mariage, à la richesse, donner à celle-ci le nom

et l'argent d'un marchand de châles, à celle-là, un château et une couronne de comtesse : elle le laissait agir, patiente et ferme dans l'assurance de ses espérances. Elle se confiait aux circonstances, aux hasards favorables, à la Providence de l'imprévu, à ces pouvoirs mystérieux qui semblent encore, aux héritiers du peuple d'Israël, chargés de mener à bien leurs affaires ; elle se confiait à l'avenir que fait aux Juifs le Dieu des Juifs. Comme toutes ses pareilles, elle avait ce restant de croyances, la foi insolente dans sa chance, la certitude religieuse de son bonheur, de l'arrivée de tout ce qu'elle désirait. « Moi, d'abord, — disait-elle tranquillement, — je suis d'une religion où tout réussit. »

CIX

A peu près vers le temps où Chassagnol avait fait dans l'atelier sa grande tirade sur le moderne, Coriolis s'était mis à attaquer deux grandes toiles. Il y travaillait quinze mois, soutenu dans la fatigue, le courage d'un si long effort, par la perspective de l'Exposition universelle de 1855, qui, en rassemblant l'Art de tous les peuples, allait donner le monde pour public à sa grande et hardie tentative.

A l'Exposition du 15 mai, ces deux toiles montraient, en même temps que le dégagement complet
du coloriste annoncé par le *Bain turc,* un renou-
vellement du peintre, de ses procédés, de ses aspirations, de son genre. Dans ces deux compositions,
intitulées, l'une : *Un Conseil de révision,* et
l'autre : *Un Mariage à l'église,* Coriolis apportait
une pâte de couleur se rapprochant de la belle
pâte espagnole, de larges harmonies solides et
sévères, où ne restait plus rien des tons claquants
de sa première manière, une étude rigoureuse de la
nature, une accusation caractéristique de la réalité.

Le sujet de la première de ces toiles, la *Révision,*
lui avait permis ce mélange de l'habillé et du nu
qu'autorisent si rarement les sujets modernes. Des
parties de corps superbes, un torse, un bras, une
jambe, un fragment d'une forme qui se rhabillait
ou se déshabillait, se détachaient çà et là. Au
centre de la toile, sur l'estrade, devant les personnages du bureau, les uniformes, les habits noirs
officiels, les têtes de fonctionnaires, l'académie d'un
jeune homme examiné par le chirurgien dressait la
figure admirable du nu martial du dix-neuvième
siècle. Et des fonds de foule, dans la grande salle
Saint-Jean, s'agitaient avec les turbulences et les
émotions des loges du *Cirque* de Goya, dans ses
lithographies de Bordeaux.

L'autre tableau de Coriolis, *Un Mariage à
l'église,* représentait une messe de première classe

à Saint-Germain-des-Prés. Le moment choisi par
Coriolis était celui où le prêtre, faisant face au
public, bénissait le poêle levé par deux enfants, deux
petites figures éphébiques ressemblant à des génies
de l'hyménée en collégiens. Derrière les mariés, se
voyaient les deux familles sur les fauteuils rouges
de premier rang. Beaucoup de femmes étaient
complétement retournées ou de profil, regardant les
toilettes avec la vague émotion du mariage et de la
messe sur la figure. Des jeunes filles maigres, des
virginités séchées, pointaient çà et là. Du milieu de
la légèreté des élégances, se levait, dans une couleur puissante et magnifique, un suisse tenant de la
main gauche une hallebarde dont le fer de lance
laissait pendre un ruban de satin blanc : Coriolis
l'avait peint de profil perdu, la bajoue et la barbe
grise rebroussées par son col de chemise, sa grosse
oreille détachée et coupée par le linge roide, son
grand baudrier amarante et or traversant son
habit chamarré et lourd, ses basques se perdant
sur ses mollets bas et farnésiens, enfermés dans un
coton blanc dont ils faisaient crever les mailles. Au
delà de la balustrade, dans les stalles de bois,
au-dessous des peintures, se dessinaient deux spi-
rituelles silhouettes de prêtres, en surplis, dont l'un
se chatouillait les lèvres avec le pompon de sa
barrette; l'autre lisait l'office penché sur un livre dont
la tranche dorée avait une lueur de la flamme des
cierges. Dans le chœur, comme dans une rose de

lumière, se perdaient des enfants de chœur à ccin-
tures bleues, à robes de dentelles, l'officiant en
chasuble d'or, l'autel d'or, avec son petit temple,
les chandeliers, les candélabres allumés et dont les
feux montaient dans le scintillement criard des ver-
rières modernes. Pour repoussoir à toutes ces splen-
deurs, un coin de bas côté près du chœur rassem-
blait, au-dessous d'un tronc d'offrande, une vieille
femme à genoux par terre, un bonnet sale et troué
laissant voir ses cheveux gris; une espèce de petite
brune mystique, en deuil de laine, les yeux au ciel,
appuyée sur un parapluie, avec un geste de Sainte
d'ancien tableau qui pose ses mains sur un instrument de supplice; une mère du peuple portant un
enfant qui dormait tout roide dans ses bras, et un
tout jeune ouvrier, en veste et en pantalon de cotonnade bleue, regardant la messe, les deux mains
dans ses poches, et une miche de pain sous le bras.

CX

Coriolis éprouvait une grande et cruelle déception devant l'indifférence qui accueillait ses deux
toiles à l'Exposition.

Le public, cette année-là, allait aux grands noms
d'Ingres, de Delacroix, de Decamps. Sa curiosité

s'éparpillait sur les Ecoles allemandes, anglaise, sur l'art étranger d'outre-Rhin, d'outre-mer. Son attention avait trop à embrasser pour reconnaître et saluer les efforts nouveaux de l'art français.

Il eut encore contre ses tableaux l'idée générale, l'opinion faite que la question de la représentation du moderne en peinture, soulevée par les essais, hardis jusqu'au scandale, d'un autre artiste, était définitivement jugée. La critique ne voulut pas y revenir; et il se fit entre elle et le public une tacite entente de parti pris pour ne pas tenir compte à Coriolis du réalisme nouveau qu'il apportait, un réalisme cherché en dehors de la bêtise du daguerréotype, de la charlatanerie du laid, et travaillant à tirer, de la forme typique, choisie, expressive des images contemporaines, le style contemporain.

Son exposition n'eut aucun retentissement. On ne parla de lui que pour le plaindre de cette singulière idée. Et, au moment de clôturer son salon, dans un méprisant post-scriptum, le patriarche de l'éreintement classique l'accablait sous ce cliché de sa critique :

« ... Qu'il nous soit permis de parler ici, en finissant, de deux toiles sur lesquelles notre critique nous semble appelée à dire un dernier mot. Quoique le public en ait fait justice, il nous semble de notre devoir d'insister sur le caractère de ces deux malheureuses tentatives, osées par un peintre qui avait donné quelques promesses, et autour duquel la

camaraderie avait essayé de faire quelque bruit...
Quand de tels symptômes se produisent, quand le
trouble de l'art se révèle par de tels signes, il faut
les enregistrer; c'est à ce prix seulement qu'on peut
suivre les déviations et les défaillances de l'école
moderne... Comment l'auteur de ces deux pauvres
et regrettables toiles, un *Conseil de révision* et une
Messe de mariage, n'a-t-il pas compris que la
grande peinture était incompatible avec la vulgarité,
la réalité commune du moderne? Comment n'a-t-il
pas compris qu'il y avait presque un blasphème à
vouloir faire du nu, du nu divin, du nu sacré, avec
le nu d'un conscrit? Comment n'a-t-il pas compris
que la toilette a besoin de perdre son actualité et
sa frivolité dans ce caractère de noblesse éternelle
et permanente que savent seuls lui attribuer les
maîtres?... A Dieu ne plaise que nous voulions
décourager les jeunes talents! Mais il y a là, nous
ne pouvons le cacher, quoi qu'il nous coûte, un
grand abaissement. Peindre de tels sujets, c'est
manquer à la haute et primitive destination de la
peinture, c'est descendre l'art à la photographie de
l'actualité. A quels abîmes de ce qu'on appelle
maintenant « le vrai contemporain » veut-on donc
nous entraîner? Supprimera-t-on dans la peinture
l'intérêt moral, la perspective du passé, et, si nous
osons dire, l'ennoblissement du temps, tout ce qui
force l'esprit à s'élever au-dessus de l'atmosphère
commune? Nous ne pouvons nous défendre d'une

pénible impression, en songeant que c'est devant l'étranger, à l'Exposition des grandes œuvres de l'Europe, en face de l'Allemagne, cette terre de la pensée, qu'un peintre français a eu le triste courage d'exposer de pareils échantillons de la décadence de notre art... Sans doute, il n'y a pas à craindre que de tels exemples prévalent jamais : la France, si fidèle au sentiment et au bon sens de l'art, se rappellera toujours qu'elle est la noble patrie du Poussin et de Le Sueur. Mais les esprits clairvoyants ne peuvent s'empêcher de voir l'art actuel menacé, comme l'École grecque après la mort d'Alexandre, d'une invasion de ces peintres de mœurs vulgaires qu'on appelait alors des *rhyparographes*... Les barbares sont toujours aux portes de l'art, ne l'oublions pas ; et il importe à tous ceux dont c'est la charge, à la critique, dont c'est la mission, au gouvernement, dont c'est le devoir, de redoubler d'encouragements pour les talents purs, honnêtes, se vouant dans l'ombre à la peinture sévère, résistant aux basses sollicitations de la mode, du succès et du public, défendant la tradition, disons-le, la religion de cet art élevé dont l'École de Rome est le sanctuaire, l'asile et le palladium. »

CXI

Depuis quelque temps, Garnotelle venait assez souvent dîner chez Coriolis.

Manette, qui commençait à donner sa petite opinion, le soutenait dans la maison, disant à Coriolis qu'elle ne comprenait pas comment il vivait entouré de gens qui ne lui étaient bons à rien, et pourquoi il repoussait les avances d'un homme de talent, ayant un nom, une position, de relation honorable, et capable plus tard de lui être utile dans le chemin de son avenir.

Coriolis laissait Garnotelle revenir, non sans prendre un secret plaisir aux chamaillades, aux petites disputes taquines, aux asticotages entre Anatole et Garnotelle, chaque fois qu'ils se rencontraient ensemble. Anatole se trouvait blessé du ton de Garnotelle à son égard, et il était bien rare que sous l'excitation du vin, de la causerie, il n'*attrapât* pas son ancien camarade.

Un soir, il ne lui avait encore rien dit.

— Eh bien! mon vieux, — fit-il après dîner, en allant s'asseoir auprès de lui, et en lui frappant amicalement sur la cuisse, — on dit donc que tu te présentes à l'Institut... Comment! nous allons avoir un ami qui a encore des cheveux avec des palmes vertes?... Merci! de la chance!

— Oh! oh! — dit Garnotelle, — je me présente... mais voilà tout... Je sais que je n'ai aucune chance... que je suis tout à fait indigne... Mon Dieu! ce sont mes camarades... On m'a un peu forcé la main... Oh! je ne serai pas nommé... Mais enfin, je l'avoue, je serais très-content, très-flatté, si tu veux, que mon nom fût sur la liste des candidats...

— Tu la fais à la modestie? C'est comme tu voudras... Farceur, va! laisse-moi donc tranquille... Tu as des chances, des chances... Tu ne te figures pas toutes tes chances, tiens!

— Eh bien! veux-tu me faire l'amabilité de me les dire? tu m'obligeras...

— Voici... D'abord, mon cher, tu n'es pas savant... Très-bon... excellent... L'Institut, ça lui va... Rien à craindre... Pas d'articles dans la *Revue des Deux Mondes*, pas même une brochure de cinquante centimes sur la fabrication des couleurs... Tu sais cela aussi bien que moi : un monsieur qui écrit... l'Institut, jamais! Et d'une... Comme orateur, tu ne tires pas des feux d'artifice... tu es tempéré comme métaphores... tu causes même mal... Encore très-bon, ça! Tu serais brillant dans les salons, tu ferais de l'effet, de l'esprit, du bruit, des mots, pour défendre l'Institut... très-mauvais! Tu manquerais à la gravité de sa cause,

tu compromettrais la solennité du corps... Du
sérieux, du silence, voilà ce qu'il faut... et ce que tu
as de naissance... Et de deux!... Tu ne travailles
pas dans la solitude... Encore une très-bonne
note... Ça leur fait toujours peur d'un gaillard
bizarre, indépendant, pas soumis... Le monde où
tu vas, parfait! On n'y a jamais dit un mot contre
l'Institut, c'est connu... Et puis, encore une bonne
chose, ce n'est pas du monde qui tire trop l'œil...
Tu l'as très-bien choisi... Voilà quelque temps que
tu n'as pas trop de Presse; on ne parle pas trop de
toi... une chance de plus... Ah ça! qu'est-ce qui te
manque, je te demande un peu? Tout, tu as tout!...
Voyons, tiens... tu ne montes pas à cheval... Très-
important... Si l'on te voyait cavalcader, tu comprends... Tu n'es pas d'une élégance exagérée...
Enfin, tu n'as pas un chic de gentleman... tu n'es
pas même... je te dis cela entre nous... tu n'es pas
même, et c'est Dieu merci pour toi, d'une propreté
à effrayer, — fit Anatole en lui mettant le doigt sur
des taches de son collet d'habit. — Ah! si tu n'ap-
pelles pas tout cela des chances!... Comment! tu
n'as rien qui te fasse remarquer, rien dans toute
ta personne qui soit voyant... tu ressembles à tout
le monde, des pieds à la tête... tu es arrivé, gros
malin! à n'avoir pas de personnalité du tout... et
tu viens nous dire que l'Institut ne voudra pas
de toi!... Mais tu es l'idéal de l'Institut : ils te
rêvent!

— Tu es très-amusant, — dit Garnotelle d'un air piqué.

— Et, quand à tout cela il vient s'ajouter la protection d'un bonhomme de là, qui voit dans le charmant garçon qui se présente le mari futur de mademoiselle sa fille...

— Oh! il n'y a rien de fait, — dit vivement Garnotelle, tout étonné de ce que savait Anatole, — et je te prierai de ne pas parler d'une personne...

— Charmante!... mais pas jolie, à ce qu'on dit... Oh! je la laisse! oh! je la laisse!... — fit Anatole avec une intonation de Sainville; et il se versa le second verre d'eau-de-vie qui montait la verve de ses charges, les poussait à une sorte d'insistance et de ténacité acharnée.

— Enfin, mon cher, mes compliments. Ce ne serait que la nièce d'un membre de l'Institut que tu serais encore un veinard, et un joli! Il y a des camarades... et qui étaient forts... qui n'ont jamais pu arriver à s'approcher de l'Académie autrement que par des femmes qui connaissaient du monde de la boutique, et qui assistaient aux grandes séances... Mais toi...

Garnotelle fit un geste d'impatience.

— Ah ça! mon cher, est-ce que tu me crois assez bête pour que je ne trouve pas ça tout simple... qu'un beau-père tâche de repasser sa contre-marque à son gendre, et de lui avoir un petit fauteuil à côté de lui, sous la coupole? Mais ça se fait dans les meilleures sociétés.,. C'est même dans les lois de la nature, tu ne trouves pas? Autrefois, on avait des idées bêtes dans ce corps de vieux immortels : ils se figuraient qu'un artiste était fait pour vivre pour l'art... Un jeune artiste qui se mariait dans une famille chouette et posée, c'était pour eux un *habile,* un *monsieur...* Mais aujourd'hui...

— Tiens! moi, je vais te dire ce que tu es, toi... — fit Garnotelle, avec une certaine animation, en lui coupant la parole, — tu es un blagueur! La blague t'a mangé, mon cher, et tu ne feras jamais que cela, des blagues!

— Vous êtes assommant, Anatole, — dit Manette. — Vous êtes toujours à tourmenter Garnotelle, n'est-ce pas, Coriolis? Moi, qui déteste qu'on se dispute... C'est si bon d'être un peu tranquille, après son dîner... à causer gentiment...

— Ah! si l'on ne peut plus rire maintenant! — fit Anatole. — Eh bien! quoi, parce qu'on bave un peu sur ses contemporains?... Et puis ça l'amuse, Garnotelle... N'est-ce pas que ça t'amuse, mon vieux Garnotelle?

CXII

Lorsque Manette était entrée dans la maison, Anatole s'était effacé devant elle, et il avait mis la plus aimable bonne grâce à lui céder la direction de l'intérieur, cette espèce de rôle de gouvernante que peu à peu il s'était laissé aller à remplir auprès de Coriolis. Manette lui en avait su gré. Puis Anatole s'était encore bien fait venir d'elle par des soins, des attentions, une sorte de petite cour.

Sans être taillé pour la passion, Anatole était un garçon de tempérament amoureux et de nature insinuante. Prompt à s'enflammer en dessous, habile à se glisser sans en avoir l'air, il était un soupirant dans les coins, un patito de complaisance infatigable, un de ces séducteurs à petit bruit, sournois et modestes, qui peuvent un jour devenir dangereux. Il se chauffait aux femmes comme au feu des autres, et il s'acoquinait près des maîtresses de ses amis comme il s'acoquinait dans leur atelier. Cela lui semblait sans déloyauté et tout simple. Dans la vie, il ne s'était guère connu la propriété de rien, il avait toujours un peu vécu 'd'une existence à côté, et l'amour auquel il assistait, et qui se passait près de lui, lui semblait une chose à partager aussi bien que la soupe qu'on mange avec un camarade.

Aussi fut-il avec Manette ce qu'il avait été avec toutes les femmes rencontrées ainsi par lui en demi-ménage avec un homme : un *désireur*. Et Manette ne manqua pas d'être flattée de cette adoration humble, muette, contemplative, où elle trouvait et goûtait l'aplatissement d'un domestique. Un jour, comme on revenait de la campagne, où l'on avait été en bande, elle s'amusa beaucoup d'une provocation en duel d'Anatole au beau Massicot. Massicot avait coqueté avec elle toute la soirée d'une façon marquée : Anatole s'en était aperçu, puis s'en était indigné au nom de Coriolis qui n'avait rien vu ; et l'ivresse lui enlevant un instant sa peur naturelle et foncière des coups, il était entré dans une frénésie d'homme qui a le vin mauvais, et qui se croit un peu l'amant de la femme d'un ami. Au reste, cet accès de jalousie et de courage dura peu : dégrisé le lendemain, il ne songea pas à se battre. Mais il avait eu un mouvement dont Manette ne put s'empêcher d'être flattée tout bas, en en riant tout haut.

Cependant, comme elle ne voulait point tromper Coriolis, qu'Anatole d'ailleurs était le dernier homme avec lequel elle l'eût trompé, un homme qu'elle mésestimait pour son peu de talent, et surtout pour son peu de notoriété artistique, elle fut vite lassée et ennuyée de ce pauvre et bas adorateur. Aux premiers jours, elle avait eu pour lui des yeux indulgents, des pardons de camarade. Maintenant, elle voyait tous ses mauvais côtés. Elle lui trouvait des expressions, des mots, des manières abjectes, populacières, qui la dégoûtaient comme les taches de sa blouse blanche. Avec la superbe aristocratie de la femme de basse classe, ses dédains pour tout ce qui ne joue pas le *distingué*, elle finit par le prendre en grippe et en mépris. Elle ne lui pardonna plus rien, pas même de la faire rire. Toutes ses vanités féminines se soulevèrent contre l'idée qu'un homme d'un si mauvais genre pût aspirer à elle, et elle se trouva, au bout de quelque temps, honteuse au fond, humiliée, enragée de la persistance de cet amoureux patient qui continuait à faire le gentil et l'aimable, avec l'air de ne rien demander et d'attendre.

Mais voyant la vive affection de Coriolis pour Anatole, le besoin qu'il avait de sa bonne humeur, elle dissimulait tous ses méchants sentiments. De temps en temps seulement, tout doucement, avec son tact de femme, et sans que Coriolis pût y trouver une intention, elle remettait et faisait redescendre Anatole à l'humble place qu'il avait dans la maison, à l'infériorité et au parasitisme de sa position.

CXIII

A la fin de l'été, Coriolis partait tout à coup seul pour les bains de mer.

Il y restait un mois et en rapportait l'ébauche très-avancée d'un tableau.

C'était la plage de Trouville par un beau jour d'août, vers les six heures du soir, à l'heure où le soleil, s'abaissant sur la mer, fait remonter de chaque vague les feux d'un miroir brisé, et jette dans l'air plein de reflets une réverbération où les couleurs s'allument avec des vivacités de fleurs.

Au premier plan, dans le coin à droite et l'abri d'ombre de deux cabanes de bain posées à angle droit, un baigneur aux formes athlétiques, en chemise de flanelle rouge violacée par la mer et noircie de mouillure à la ceinture, était debout sur ses larges pieds tannés s'enfonçant dans le sable, auprès de Normandes assises, en jupons noirs et en tricots noirs, le bonnet de coton tout blanc sur leurs figures au teint de pomme, aux yeux d'avoués. De là partait le chemin de planches menant les pieds nus à la mer, qui faisait voir au bord du tableau comme des corbeilles d'enfants renversées : des grappes, des tas de jolis bébés, à moitié enterrés dans les trous que creusaient leurs petites bêches et leurs grandes cuillers de bois; un fouillis de chevelures blondes, de chairs roses, d'yeux noirs, de bras ronds, de mollets nus, de jupons aux dents de dentelles, de chapeaux de petit marin, de tabliers pleins de coquillages, de petites mains faisant des gâteaux de sable dans des bols russes, des robes blanches au gros chou de rubans dans le dos, un pêle-mêle d'où se détachaient deux petits garçons voués au Sacré-Cœur, qui, tout en rouge des bottines à la casquette, semblaient montrer là de la pourpre d'église.

Au milieu de ce petit monde éparpillé par terre, se levait un groupe de jeunes gens tout habillés de velours noir, et dont les courtes braies laissaient à découvert des bas à bandes bleues et rouges. Appuyés sur des parasols de soie jaune doublés de vert, ils causaient avec deux jeunes femmes qui laissaient pendre tout épars sur leurs burnous leurs cheveux encore un peu pleurants et moites de la lame du matin; et l'une des deux, tenant de sa main retournée la corde du mât des bains, faisait sécher dessus et chatouiller de soleil sa blonde chevelure annelée, qu'elle frottait, la tête un peu renversée, en se balançant doucement, contre le chanvre vibrant.

Jeté en avant, ce groupe coupait la longue ligne de chaises adossées contre le front des cabanes de bains, et qui allongeaient presque jusqu'au fond de la toile la perspective des toilettes.

Là, sous le rose tendre et doux des ombrelles voltigeant sur les visages, les poitrines, les épaules, étaient assises les baigneuses de Trouville. Le pinceau du peintre y avait fait éclater, comme avec des touches de joie, la gaieté de ces couleurs voyantes qu'harmonise la mer, la fantaisie et le caprice des élégances nouvelles de ces dernières années, cette Mode, prise à toutes les modes, qui semble mettre au bord de l'infini un air de bal masqué dans un coin de Longchamp. Tout se mêlait, se heurtait, les lainages bariolés des Pyrénées, les saute-en-barque aux caracos, les mantelets de dentelle noire à des vestes de jockey, les transparents de mousseline aux vareuses coquelicot, les jupes de gaze de Chambéry aux paletots de cachemire agrémentés de soies du Thibet. Çà et là, s'apercevait quelque joli détail : un bout de pied sur un barreau de chaise montrait un bas écossais, un chignon s'échappait d'un tricorne de paille, des lueurs d'or pâle jouaient dans un creux de jupe maïs, la plume ocellée d'un paon ou l'aile mordorée d'un faisan courait sur un chapeau, un peigne d'or à lentilles de corail mordait la tête d'une brune, de grands pendants d'or remuaient à un bout d'oreille rouge d'avoir été percée le matin; et les lourds colliers d'ambre à gros grains, la grosse et riche bijouterie des agrafes normandes, brillaient sur de coquettes roulières rayées.

En avant des chaises s'étendait la plage avec son sable piétiné et plein d'enfoncements de pas, la plage humide, brunissant vers la mer, et coupée de *naus* où se noyaient des morceaux de ciel.

Là allaient et venaient, avec un petit pas rapide qui se réchauffait du frisson du bain, des promeneuses caressées de leur voile, la robe troussée sur la jupe rouge, et découvrant leurs hautes bo'tines jaunes. D'autres marchaient lentement, s'appuyant d'une main gauche et coquette sur une grande canne, enveloppées les unes et les autres de ce flottement d'étoffes, de ce voltigement de rubans par derrière que fait la brise de la mer. Et là encore, des fillettes déchaussées, les jambes nues et hâlées sous leur robe, couraient après les chiens errants de la plage. Puis, sur des chaises groupées et semées, de petites sociétés ramassées faisaient ce taches de pourpre et de blanc, ces taches franches, brutales, criardes, qui jettent leur vie et leur fête dans l'aveuglante et métallique clarté de ces paysages, sur le bleu dur du ciel, sur le vert glauque et froid de la Manche. Au loin, un vieux cheval ramenait au galop une cabane à flot; plus loin encore, au delà de la dernière *nau*, avec cette touche nette et ce piquage de ton que l'horizon de la mer donne aux promeneurs microscopiques qui la côtoyent, se détachait une folle cavalcade d'enfants sur des ânes. Et tout au bout de la plage, au bord de l'écume de la première vague, tout seul, un vieux petit curé s'apercevai tout noir, lisant son bréviaire en longeant l'immensité.

CXIV

Pendant l'absence de Coriolis et son séjour à Trouville, Anatole avait eu l'étonnement de voir changer la manière d'être de Manette avec lui. La femme désagréable, froide et dédaigneuse, le tenant à distance, était peu à peu devenue douce, prévenante, aimable. Coriolis revenu, elle continua à parler à Anatole, à faire attention à lui, à le traiter en ami de la maison. Et il semblait à Anatole que chaque jour la bonne camaraderie de Manette prenait avec lui plus d'abandon et de familiarité. Un rien de coquetterie lui paraissait s'échapper d'elle. Dans ce qu'elle lui disait, dans les gestes dont elle le frôlait, dans les longs silences à l'atelier, dans ces heures où elle l'enveloppait d'elle-même sans lui parler, Anatole sentait quelque chose de cette femme lui sourire, l'irriter, le tenter, l'appeler. Et un reste de ce vieux sentiment qui n'était pas tout à fait mort lui revenait.

Une après-midi, il n'avait pas déjeuné ce jour-là à l'atelier : — Tiens ! Coriolis n'y est pas ? — fit-il en trouvant Manette seule.

— Je ne l'ai pas entendu rentrer, — répondit Manette.

Et comme Anatole décrochait sa vareuse de travail :

— Oh! vous allez travailler? Il fait si chaud aujourd'hui... Voyons, faites-moi une cigarette... et mettez vous là... là...

Et se rangeant un peu sur le divan, où elle était étalée dans une pose dénouée et vaincue par la paresse du Midi, elle ne se retira pas assez pour qu'Anatole n'eût pas contre lui la chaleur de sa jupe vivante. A la fois renversée en arrière et penchée sur elle-même, avec un mouvement qui faisait bâiller un peu son peignoir négligemment déboutonné d'en haut, elle passait, de temps en temps, sur le commencement de rondeur et l'entre-deux moite de ses seins, la caresse distraite du bout de ses doigts.

Elle ne parlait pas à Anatole, elle ne le regardait pas, elle n'avait pas l'air de penser qu'il fût là. Rien d'elle ne s'occupait de lui. Et cependant, il paraissait à Anatole que jamais il n'avait été si près de la minute d'un caprice et de la faiblesse d'une femme. Le son de voix avec lequel Manette lui avait dit de venir s'asseoir auprès d'elle, sa jupe qu'elle laissait contre lui avec un peu de son corps, son abandon de rêve, le joli jeu animé des muscles de ses bras à demi nus, sa main laissant pendre sa cigarette éteinte, le demi-jour

amoureux de la tente de l'atelier où elle se tenait à
demi couchée, l'ombre tendre allongeant l'ombre
de ses paupières sur le bleu adouci de ses yeux, ces
passes lentes, errantes, dont elle promenait le cha-
touillement sur sa gorge, tout apportait peu à peu
à Anatole ces séductions de volupté muette avec
lesquelles la femme allume et sollicite, sans un mot,
sans un sourire, rien qu'avec la tentation de sa
mollesse et de son silence, l'audace des sens de
l'homme.

Un moment, il voulut s'arracher de là. Mais son
regard rencontra le regard de Manette, un de ces
regards troublants qui laissent tout lire, une provocation, un défi, une ironie, dans l'énigme d'un
éclair...

D'un mouvement fou, Anatole se jeta sur elle et
voulut l'enlacer; mais Manette, glissant entre ses
bras, l'arrêta net par un éclat de rire, au milieu
duquel elle cria deux ou trois fois : — Coriolis!

Et, debout, posée devant Anatole, elle lui jetait
au visage l'insulte de ce rire forcé de comédienne
qui la secouait toute, et faisait onduler son peignoir
autour d'elle.

— Eh bien! quoi? — fit en entrant Coriolis.

— Elle le savait rentré, — se dit Anatole.

— Qu'est-ce qu'il y a? — reprit Coriolis intrigué
de l'air penaud de son ami, du rire interminable
de Manette, et ne sachant trop quelle figure faire
entre eux deux.

— Ah! mon cher, — ricana Manette, — tu as un ami qui est galant aujourd'hui... mais galant!...

Elle s'interrompit pour pouffer encore.

— Oh! une plaisanterie... — fit Anatole en cherchant son air le plus naturel; et il rougit.

— Certainement... certainement... une plaisanterie, — et Manette tapota enfantinement les joues de Coriolis.

Elle avait ce qu'elle voulait : une histoire qu'elle pouvait empoisonner, une arme traître en réserve pour combattre et tuer quand elle voudrait l'amitié de cœur de Coriolis pour Anatole.

CXV

Coriolis avait fini son tableau de la plage de Trouville. Le peintre n'avait pas voulu seulement y montrer des costumes : il avait eu l'ambition d'y peindre la femme du monde telle qu'elle s'exhibe au bord de la mer, avec le piquant de sa tournure, la vive expression de sa coquetterie, l'osé de son costume, le négligé de sa robe et de sa grâce, l'espèce de déshabillé de toute sa personne.

Il avait voulu fixer là, dans ce cadre d'un pays de la mode, la physionomie de la Parisienne, le type féminin du temps actuel, essayé d'y rassembler les figures évaporées, frêles, légères, presque immatérielles de la vie factice, ces petites créatures mondaines, pâles de nuits blanches, surmenées, surexcitées, à demi mortes des fatigues d'un hiver, enragées à vivre avec un rien de sang dans les veines et un de ces pouls de grande dame qui ne battent plus que par complaisance. Les distinctions, les lassitudes, les élégances, les maigreurs aristocratiques, les raffinements de traits, ce qu'on pourrait appeler l'exquis et le suprême de la femme délicate, il avait tâché de l'exprimer, de le dessiner dans l'attitude, la nerveuse langueur, la minceur charmante, le caprice de gestes, la distraction du sourire, l'errante pensée de plaisir ou d'ennui de toutes ces femmes épanouies à l'air salin, au vent de la côte, paresseuses et revivantes comme des plantes au soleil. De jolies convalescentes au milieu des énergies de la nature, — c'était le contraste qu'il avait cherché en faisant lever sous ses pinceaux, de toutes ces marques de petits talons de Cendrillon semés sur la plage, les figures qu'elles font rêver.

Le public ne vit rien de cette ambition de Coriolis dans son tableau exposé chez un grand marchand de la rue Laffitte.

CXVI

Avec la pudeur qu'il avait de ses découragements et de ses amertumes, l'espèce d'habitude sauvage qui lui faisait dévorer, sans rien dire, le chagrin comme la maladie, Coriolis resta presque un mois, après l'humiliation de cet insuccès, taciturne, étendu sur son divan, fumant, ne faisant rien.

Au bout d'un mois de ce *far niente* rageur, il empoigna une grande toile, et se mit à la brouiller impétueusement d'un charbonnage rehaussé de coups de craie. Et bientôt de ce travail sabré, sous le tâtonnement et la confusion des lignes, des contours, des accentuations, des repentirs, dans le nuage de crayonnage et le trouble roulant des formes, il commença à sortir comme l'apparence d'une jeune femme et d'un homme, d'un vieillard.

Alors, se chambrant dans son atelier, Coriolis y resta quinze jours, enfermé, seul, n'y voulant personne. Le matin, il allumait lui-même son poêle pour être prêt au travail avec le jour. Il arrivait au dîner, las, épuisé, avec ces affaissements qu'ont les grands corps, ces fatigues éreintées qui les répandent, comme brisés, sur les meubles.

— A demain, — dit-il un soir à Manette et à

Anatole en se levant de table pour aller dormir, — vous verrez.

— C'est cela, — leur dit-il brusquement le lendemain devant sa toile; et il se jeta derrière eux, sur le divan, dans l'ombre.

Cela, voici ce que c'était.

Dans un arrangement qui rappelait un peu *le Pâris et l'Hélène* de David, se voyait un couple de grandeur nature : une jeune fille nue au bord d'un lit, sur laquelle se penchait, avec des bras de désir, la passion d'un vieillard. D'un côté, une lumière, le matin d'un corps, la première innocence de sa forme, sa première splendeur blanche, une gorge à demi fleurie, des genoux roses comme s'ils venaient de s'agenouiller sur des roses, un éblouissement comme l'aurore d'une vierge, une de ces jeunesses divines de femmes que Dieu semble faire avec toutes les beautés et toutes les puretés comme pour les fiancer à l'amour d'une autre jeunesse; de l'autre, imaginez la laideur, la laideur morale, la laideur de l'argent, la laideur des cupidités basses et des stigmates ignobles, la laideur froncée, écrasée, déprimée, abjecte, de ce que la Banque met sur la face de la Vieillesse, la voracité de l'Usure dans le Million, ce que la caricature physiologique de notre temps a saisi au vif, élevé à la grandeur, presque à la terreur, par la puissance du dessin.

Le vieillard créé par Coriolis n'avait rien de ce

grand désir triste, presque mélancolique, de la vieillesse amoureuse qu'on voit dans l'ombre des vieux tableaux soupirer après la nudité d'une Suzanne. Il était l'amoureux sinistre peint par le mot des femmes : « *un vieux* ». On voyait en lui la paillardise, le libertinage de l'âge, ces derniers appétits presque féroces de la fin des sens, le goût des amours qui tournent en affaires de mœurs et se dénouent à la Correctionnelle. La galvanisation de l'érotisme sénile, la congestion sanguinolente d'yeux sans cils, le hiatus d'une bouche édentée et humide, des morceaux de nudité effrayants et grotesques montraient ce monstre : un minotaure dans un roquentin, — le satyre bourgeois.

Cependant la femme reposait tranquille, attendant, passive, sans se détourner. Sa peau, sans dégoût, ne reculait pas; et elle paraissait livrer, avec l'habitude d'un métier, avec une indifférence ingénue, le rayonnement et la pudeur de tout son corps à ces yeux de viol.

Dans ce contraste de la femme et du monstre, du vieillard et de la jeune fille, de la Belle et de la Bête, le peintre avait mis l'espèce d'horreur de l'approche d'une blanche par un gorille. L'opposition était sans pitié, sans miséricorde, et pour ainsi dire inhumaine. On voyait qu'une volonté mauvaise, un caprice féroce d'artiste, s'étaient tendus pour faire la plus épouvantable, la plus révoltante, la plus sacrilége et la plus antinaturelle des antithèses,

L'exécution en était presque cruelle. D'un bout à l'autre, la main, emportée par la rage de l'idée, avait voulu frapper, blesser, épouvanter et punir. Des coups de pinceau çà et là ressemblaient à des coups de fouet. Les chairs étaient rayées comme avec des griffes. Il y avait du rouge d'orage et de sang dans les rideaux de feu du lit, dans les flambées de la soie autour du corps de la femme. La lourde atmosphère de volupté d'un Giorgione pesait avec son étouffement dans la chambre. Et des morceaux d'étoffes, rigides, tordus, serpentant, faisaient voir comme les redressements de lanières et les envolées sifflantes de bouts de robes d'Erynnis et de vêtements d'anges vengeurs...

Ce n'était point obscène : c'était douloureux et blasphématoire.

Il est dans la vie de l'artiste des jours qui ont de ces inspirations, des jours où il éprouve le besoin de répandre et de communiquer ce qu'il a de désolé, d'ulcéré au fond du cœur. Comme l'homme qui crie la souffrance de ses membres, de son corps, il faut que ce jour-là l'artiste crie la souffrance de ses impressions, de ses nerfs, de ses idées, de ses révoltes, de ses dégoûts, de tout ce qu'il a senti, souffert, dévoré d'amertume au contact des êtres et des choses. Ce qui l'a atteint, froissé, blessé dans l'humanité, dans son temps, dans la vie, il ne peut plus le garder : il le vomit dans quelque page émue, saignante, horrible. C'est le débridement d'une plaie; c'est comme si dans un talent crevait le fiel, cette poche, chez certains génies, de certains chefs-d'œuvre. Il y a des jours où, sur son instrument, violon, ou tableau, ou livre, dans une création où frémit son âme, tout artiste exquis et vibrant jette une de ces pages palpitantes, coléreuses, enragées, où il y a de l'agonie et du blasphème de crucifié; des jours où il s'enchante dans une œuvre qui lui fait mal, mais qui rendra ce mal qu'il se fait au public, des jours où il cherche, dans son art, l'excès de la sensation pénible, l'émotion de la désespérance, une vengeance de sa sensibilité à lui sur la sensibilité des autres... Coriolis était à un de ces jours-là.

Manette et Anatole restèrent quelques minutes silencieux, plantés là devant.

Anatole finit par dire :

— Superbe! Mais, qui diable a pu te pousser à faire cela?

— Ça m'est venu, — dit simplement Coriolis.

Au bout de quelques jours, le bruit de ce tableau de Coriolis était le bruit de Paris. La curiosité des gens d'art et des badauds s'allumait sur cette toile étrange à laquelle les commérages de la presse, les légendes du public, prêtaient le scandale d'un Jules Romain. L'atelier fut assiégé pendant un mois. Le dernier des amateurs fous, un grand marchand de blanc, offrit de la toile l'argent que Coriolis en voudrait.

Coriolis eut d'abord de ce succès une lueur de joie. Il voulut reprendre son esquisse. Il essaya d'y mettre la dernière main; mais sa fièvre était passée: il la laissa, et, au bout de quelques jours, il la retourna dans un coin contre le mur.

CXVII

La vie militante de l'art avait développé à la longue une singulière sensitivité maladive chez Coriolis. Pour souffrir, pour se faire malheureux, pour s'empoisonner les quelques bonnes heures de sa vie, il se découvrait une effrayante richesse d'imaginations anxieuses et de perceptions blessantes. Des sens d'une délicatesse infinie semblaient s'ouvrir chez lui et s'irriter des coups d'épingle de l'existence. Les plus petits contre-temps, les riens fâcheux, les ennuis insignifiants prenaient, dans le noir et le mécontentement de ses idées, les proportions démesurées, le grossissement que leur attribuent trop souvent ces natures d'êtres agitées, frêles et violentes, ces âmes inquiètes d'artistes qu'on pourrait appeler des Génies en peine.

Et en même temps, il était traversé d'envies, de caprices. Il avait des désirs d'enfant et de malade. Des velléités soudaines, des appétits lui venaient pour des choses dont la possession lui donnait le dégoût immédiat. Il entraînait Anatole dans un restaurant bizarre pour faire un repas qu'il avait rêvé, et auquel il ne touchait pas. Il l'emmenait dans de petits voyages de banlieue, dont il revenait furieux, exaspéré contre le pays, les hôteliers, le temps.

Il se levait avec des irritabilités sans cause qui ne se dissipaient qu'au milieu de la journée. Presque rien ne l'intéressait plus, en dehors de lui-même. Le cercle de son intérêt se rétrécissait chaque jour. Les autres, peu à peu, semblaient disparaître autour de lui. Il n'avait plus l'air de s'occuper d'eux, de savoir même qu'ils vivaient, qu'ils souffraient, qu'ils travaillaient, qu'ils faisaient quelque chose. Il s'enfonçait, s'enfermait dans l'étroite personnalité de son *moi*, avec cette absorption entière, avec cet égoïsme profond et absolu, carré et résistant, l'égoïsme de bronze du talent. Chez cet homme né sans tendresse, manquant avec les hommes d'expansive affectuosité, et dont la surface d'insensibilité avait été déjà remarquée à l'atelier, chez Langibout, la dureté finissait par se montrer dans une rudesse âpre, presque sauvage.

Et à la dureté de sa nature, le peintre joignait peu à peu l'amertume de sa carrière. Dans le découragement, le mécontentement de ses œuvres, avec un regard aiguisé par le pessimisme, il s'était mis à rendre aux autres les cruelles sévérités qu'il avait pour lui-même. Il était le conseilleur et le jugeur terrible qui, devant un tableau, mettait le doigt sur la plaie, jetait sa critique à l'endroit juste. « Un casseur de bras », disaient de lui les ateliers qui l'avaient baptisé : *Découragateur* II, en lui donnant la seconde place après Chenavard. Aussi, presque peureusement, s'écartait-on de lui comme d'un confrère dangéreux, faisant toucher les impossibilités de l'art, glaçant l'illusion et le courage, désespérant la toile commencée, capable de dégoûter de la peinture le peintre le mieux doué.

Coriolis, qui aimait un peu plus tous les jours la solitude et ne voyait avec plaisir que deux ou trois intimes, avait encore provoqué cet éloignement par son acuité d'esprit, la teinte d'ironie mordante particulière aux créoles. Ce que le succès, des satisfactions de travail et d'amour-propre avaient contenu en lui et arrêté sur ses lèvres, maintenant lui échappait. Ses mépris, ses rancunes, ses dégoûts, ses colères d'artiste s'exhalaient en paroles fielleuses, en traits empoisonnés. Sur les camarades qu'il n'aimait pas, les gloires qu'il n'estimait pas, un tableau à la mode, il jetait le baptême d'un ridicule mortel dans des phrases qui mêlaient la couleur de la langue du peintre à la barbarie fine d'une observation de femme, avec des mots qui ne se pardonnaient pas, comme les mots d'Anatole, mais qui restaient plantés au vif des vanités saignantes.

CXVIII

Il n'avait qu'une joie, une joie des yeux : son fils.

Quand son enfant était né, Coriolis n'avait pas senti dans ses entrailles cette révolution qui fait les pères et qui semble ouvrir un nouveau cœur dans le cœur de l'homme. Devant l'enfant qui n'était qu'un « petit », une forme ébauchée, un morceau de chair vagissant et à demi moulé, il n'avait point senti la paternité tressaillir et remuer en lui. Il était resté froid à cette vie qui semble continuer la vie fœtale, à ces mouvements encore embryonnaires, à ce regard à peine né des enfants dans leurs langes, à cette formation obscure et sommeillante des premiers mois qu'épie et surprend la tendresse des mères. Mais quand ce petit corps commença à se modeler comme sous l'ébauchoir de François Flamand, quand ces petits bras, ces petites jambes rappelèrent, en s'essayant, le souvenir des lignes rondissantes que Coriolis avait vues à des enfants maures, quand cette figure prit, sous les frisons de ses petits cheveux, l'expression d'un amour de tableau italien, quand la beauté, la beauté du Midi commença à s'y lever, sourieuse et presque déjà

grave, la paternité du bourgeois et de l'artiste
s'éveilla en même temps chez le père.

Son fils était véritablement un de ces enfants dont
une naïve expression populaire dit qu'ils sont beaux
comme le jour, un de ces enfants dont le teint, les
mouvements, les cheveux, les yeux, la bouche, ont
l'air de s'épanouir dans le bonheur et l'innocence
d'une lumière. Il avait cette douce petite peau qui
rayonne et éclaire, une peau appelant la caresse de
la main comme une peau de petite fille. Ses petits
cheveux, frisés en toison, des cheveux de soie fine
et d'or pâle, avec des clartés de poussière au soleil,
se tortillaient sur sa tête en mille boucles dont l'une
toujours lui retombait sur le front. Autour de ses
yeux, sur ses tempes, jouaient des transparences
de nacre. Son grand petit front tout pur, sans
nuage et sans pensée, semblait plein du rien auquel
rêvent délicieusement les enfants. La tendresse
blonde de ses sourcils et de ses cils faisait paraître
noirs ses yeux bleus, des yeux d'enfant d'Orient,
légèrement bridés dessous et allongés vers les coins,
des yeux qui, par instant, lui remplissaient le
visage. L'ébauche d'un nez arabe s'apercevait dans
son petit nez à peine formé. Sa bouche, un peu en
avant, tendait les lèvres d'un petit flûteur de Lucca
della Robia; elle était petite avec un rire large qui
inondait l'enfant de rire. Ses petits bras bien faits,
ronds et pleins, faisaient de jolis gestes. Il remuait
de la grâce dans ses petites mains.

Son père le voulait toujours à demi nu, vêtu seulement d'une chemise et d'un collier de corail; et
quand, habillé ainsi, par terre, sur un tapis, l'adorable petit garçon se roulait, il faisait un éblouissement avec ses jeux, ses câlineries, ses paresses, les
souplesses qui semblaient lui venir de sa mère, ses
jambes, ses épaules, ses bras, ses petits pieds se
cherchant comme pour s'embrasser, sa chair, sa
peau ferme et douce sortant de la blancheur écour-
tée de la toile.

Personne ne lui faisait peur : il allait aux nouveaux venus, confiant, les bras tendus, avec l'avance
d'un baiser dans la bouche. Il donnait le plaisir
d'un objet d'art. Un baby de Reynolds, un petit
Saint-Jean du Corrége, l'*Enfant à la Tortue* de
Decamps, il évoquait à la fois tous ces types ado-
rables de l'enfance anglaise, de l'enfance turque, de
l'enfance divine.

Le soir, lorsque sa mère l'avait endormi en le
berçant une minute sur ses genoux, et que, glissé
sur les coussins du divan, il dormait, les cheveux
ébouriffés, la mine fleurie et bouffie, dans une de
ces poses où ses petits bras lui faisaient un oreiller,
il semblait qu'on fût à côté du sommeil d'un petit
dieu, auprès de ce petit endormi qui avait la respiration du ciel dans la bouche ouverte et le coup
d'aile des songes de Paradis sur ses paupières
chatouillées.

CXIX

Le petit intérieur n'était plus gai, riant, vivant,
comme autrefois. Le froid de la gêne s'y glissait, le
souvenir des jours heureux, fous et jeunes, y semblait mort avec l'écho des bonds de Vermillon, et
le passé paraissait s'y effacer ainsi qu'une chose
ancienne que la poussière fait peu à peu lentement
oublier. On sentait dans l'air de la maison et des
gens un commencement de détachement et de séparation. La vie commune du trio avait perdu l'intimité, la confiance; elle souffrait de ce premier éloignement des personnes qui se fait tout doucement,
avant qu'elles ne se quittent. Manette avait des
mutismes guindés, du sérieux de projets de femme
sur la figure. Le bel enfant même était sage, et ne
mettait pas dans l'intérieur le tapage de l'enfance.
Un malaise pesait sur les réunions; Anatole n'avait
plus le courage d'être Anatole. Son esprit était con-
traint. Le blagueur pesait ses mots, retenait ses
gamineries et craignait l'effet d'une parole lâchée.
Manette avait changé sa familiarité avec lui en une
politesse sèche, coupée d'allusions qui le renfonçaient, sous leur intimidation, dans le faux de sa
position. Chacun se tenait sur la réserve, les paroles

s'arrêtaient, des silences tombaient, de grands silences froids qui mettaient au-dessus des têtes la menace muette d'un grand changement.

Souvent en eux-mêmes, à ces moments, Anatole et Coriolis repassaient les jours, tout pleins du présent seul, où ils ne croyaient pas se quitter. Ils comprenaient que c'était fini, que leur vie allait se modifier sans qu'ils sussent pourquoi, qu'ils étaient près d'un lendemain qui ne les verrait plus ensemble; et lâches devant cette idée, aucun des deux n'osait la dire à l'autre.

CXX

- Et dans cet intérieur attristé grandissait le découragement de Coriolis.

Il arrivait à ce navrement qui semble fatalement couronner dans ce siècle la carrière et la vie des grands peintres de la vie moderne. Il était dévoré de cette fièvre de déception, de cette désolation intérieure que Gros appelait « la rage au cœur ». Il souffrait de la douleur suprême de ces grands blessés de l'Art qui marchent la fin de leur chemin en serrant dans leurs entrailles les blessures reçues de leur temps. A côté des autres, au milieu de tant de contemporains qu'il voyait comblés, gâtés par le public, lancés tout jeunes à la renommée, courtisés par l'opinion, adulés par le succès, écrasés sous le viager de la gloire, le laurier de la réclame, le *Divo* qu'on ne donne qu'aux morts, il se sentait né sous une de ces malheureuses étoiles qui prédestinent à la lutte toute l'existence d'un homme, vouent son talent à la contestation, ses œuvres et son nom à la dispute d'une bataille. L'épreuve était faite, l'illusion n'était plus possible : tant qu'il vivrait, il était destiné à n'être pas reconnu; tant qu'il vivrait, il ne toucherait pas à cette célébrité qu'il avait essayé de saisir avec tous ses efforts, toute sa volonté, qu'il avait un instant touchée avec ses espérances.

Alors un infini de tristesse s'ouvrait devant Coriolis, et dans de sombres tête-à-tête avec lui-même qui avaient le découragement des mélancolies suprêmes que roulait à la fin Géricault, il se laissait aller à un sentiment affreux, à une cruelle obsession. Une idée noire, lui montrant l'avenir de ses ambitions et de ses rêves au delà de sa vie, tenait suspendu l'artiste sur la pensée et presque le souhait de mourir, comme sur la promesse et la tentation des justices de la Mort, des réparations de cette Postérité vengeresse que les vaincus de l'art attendent, qu'ils pressent, qu'ils appellent, — qu'ils hâtent quelquefois.

CXXI

Bientôt le tourment de ces heures, il cherchait à l'enfoncer dans le travail, la lassitude, le brisement d'une espèce d'art mécanique. Il lui venait comme une manie de l'eau-forte qu'il avait apprise en en voyant faire à Crescent. L'eau-forte l'empoignait avec son intérêt, son absorption passionnée, l'oubli qu'elle lui donnait de tout, du repas, du cigare, l'espèce d'effacement du temps qu'elle faisait dans sa vie. Penché sur sa planche, à gratter le cuivre, à découvrir, sous les tailles et les égratignures, l'or rouge du trait dans le vernis noir, il passait des journées. Et c'était comme une suspension momentanée de sa vie, que ce doux hébétement cérébral, cette espèce de congestion qu'amenait en lui la fatigue des yeux, ce vide qu'il se sentait dans le cerveau à la place du chagrin.

Au bout de cela, la morsure, ce travail de l'acide qui, selon le degré, la température, des lois inconnues, une chance, un hasard, va réussir ou manquer la planche, faire ou défaire son caractère, creuser ou émousser son style, la morsure le prenait aux émotions de son mystère et de sa chimie magique. Il était enlevé à lui-même quand, baissé sur les fumées rousses, les bulles d'air crevant à la surface, il suivait dans l'eau mordante les changements du cuivre, ses pâlissements, les bouillonnements verts qui moussaient sur les traits de la pointe. Et aussitôt la planche dévernie, essencée, il avait une hâte à sortir, et d'un pas affairé qui coupait les queues des petites filles à la porte des iritureries, il se dépêchait d'arriver, sa planche sous le bras, tout en haut de la rue Saint-Jacques.

Là, au bout d'un jardinet, dans une pièce pleine d'un jour blanc, dont le plafond laissait pendre sur des ficelles des langes de laine pour l'impression, devant une presse à grandes roues, dans le silence de l'atelier ayant pour tout bruit l'égouttement de l'eau qui mouille le papier, le basculement d'une planche de cuivre, les pulsations d'un coucou, les coups de la presse à satiner qu'on tourne, il avait une véritable anxiété à suivre la main noire du tireur encrant et chargeant sa planche sur la boîte, l'essuyant avec la paume, la tamponnant avec de la gaze, la bordant et la margeant avec du blanc d'Espagne, la passant sous le rouleau, serrant la presse, tournant la roue et la retournant. Il était tout entier à ce qui allait se lever de là, à ce tour de roue, la fortune de son dessin. L'épreuve toute mouillée, il l'arrachait des mains de l'ouvrier.

Et toutes les fois, il sortait de chez l'imprimeur avec une sorte de prostration, un épuisement physique et moral comparable à celui d'un joueur sortant d'une nuit de jeu.

CXXII

Tous les ans, à l'époque où Coriolis avait eu sa fluxion de poitrine, il retoussait un peu; l'été, les chaleurs de juillet emportaient ce rhume. Mais cette année-là, sa toux, irritée peut-être par les émanations de l'eau-forte dans lesquelles il avait vécu plusieurs mois, persista tout l'été, ne disparut pas, et ce qu'il fit, ce qu'il se décida à prendre, sur les instances de Manette, ne l'en débarrassa pas.

Aux premiers froids de la fin de l'automne, sans voir aucun danger dans son état, son médecin, défiant, par expérience, de la délicatesse des poitrines de créole, lui conseilla de ne pas rester dans le froid et l'humidité de Paris, d'aller passer son hiver en Égypte, en Algérie, dans quelque bon pays chaud, d'où il rapporterait, l'autre année, quelque pendant à son *Bain turc*. Coriolis s'emportait à cette idée de voyage, y opposait une résistance presque colère, disait qu'il ne pouvait quitter Paris, que toutes ses études étaient maintenant là, qu'il avait de grandes choses en tête.

Du temps se passait. Il n'éprouvait pas de mieux. Il continuait à souffrir, à ne pas pouvoir travailler. Souvent, il était forcé de passer des journées au lit.

Et dans les soins qui penchaient Manette sur son amant couché, dans l'intimité, ce tête-à-tête confidentiel, ce rapprochement de petits secrets que fait la maladie entre le malade et la femme, Anatole sentait s'échanger auprès de ce lit des paroles basses qui l'écartaient, l'éloignaient de son ami, des conversations qui se taisaient à son approche, des espèces de consultations mystérieuses, des signes furtifs de discrétion, des silences qui venaient de parler de lui, et qui s'en cachaient.

CXXIII

Manette s'était levée de table pour aller coucher son enfant. Coriolis touchait à des objets sur la nappe, les reposait comme il les avait pris, sans y penser, regardait de temps en temps Anatole, et ne disait rien.

Anatole attendait. Depuis plusieurs jours, il se sentait mal à l'aise sous ce regard de Coriolis, qui avait l'air de vouloir lui parler et de ne pas oser. Il avait le pressentiment d'une mauvaise nouvelle, dure à dire pour Coriolis, cruelle à entendre pour lui-même.

Tout à coup Coriolis fit un de ces gestes brusques et décidés avec lesquels on ramasse son courage, et d'une voix qui se pressait pour en finir plus tôt :

— Ma foi, mon vieux, voilà huit jours que ça me pèse... Je me lève tous les matins en me disant : Je lui dirai aujourd'hui... Et puis, c'est plus fort que moi... Quand je suis pour te le dire, ça ne passe pas, ça reste là... c'est que ça me coûte, vrai... Enfin, je quitte Paris, voilà...

— Tu quittes Paris, toi? — fit Anatole tout abasourdi sous le coup.

— Ah! parbleu, — reprit Coriolis, — si nous n'étions pas tant de monde... l'enfant, deux domestiques... je t'aurais bien emmené, tu comprends...

— Complet!... oui, je comprends... La plaque est relevée comme dans les omnibus... C'est vrai qu'on ne peut pas me prendre sur les genoux, j'ai passé l'âge... — répondit Anatole sur un ton de bouffonnerie presque amère. Puis, s'arrêtant et mettant son amitié dans sa voix : — Est-ce que tu te sens plus souffrant ?

— Oui et non... C'est-à-dire que certainement, depuis quelque temps, ça ne va pas comme je veux... Mais ce n'est pas ça... Au fond, vois-tu, il y a un grand embêtement dans mon affaire... Je ne sais pas où j'en suis de ma carrière, de mon talent, de ma peinture... Va, ça vaut une maladie, et c'en est une, je t'en réponds : on souffre assez... Je croyais avoir trouvé le *moderne*... A présent, je n'y vois plus ce que j'y voyais... et peut-être que ça n'y est pas... J'ai besoin de repos, de recueillement... Ça me tue, cette maudite température de fièvre de Paris... Je resterai un an... Nous allons à Montpellier... C'est Manette qui a eu cette idée-là... Je t'assure, c'est une bonne idée... La pauvre fille! c'est du dévouement, car ça ne sera pas bien amusant pour elle... Si j'étais plus souffrant, il y a là de bons médecins... Et puis, il y a tout près, entre Montpellier et la mer, la Camargue, où je veux faire des études... Oh! ça me fera beaucoup de bien... Je voulais te prévenir plus tôt... Mais Manette n'a pas voulu que je t'en parle avant... parce que si cela ne s'était pas fait, ce n'était pas la peine de te faire cet ennui-là pour rien... Et puis, nous n'avons été tout à fait décidés que ces jours-ci... C'est égal, mon vieux, quand on a vécu ensemble comme nous, on ne se quitte pas comme on plie ça!

Et Coriolis jeta sa serviette sur la table.

— Enfin, je ne pars pas pour la Chine... Et quand je reviendrai, rien ne nous empêchera de recommencer ces si bonnes années-là, n'est-ce pas?

Et disant cela, il sentait bien que leur vie à deux était à jamais finie, et que c'était un dernier adieu qu'il faisait ce soir-là à la grande amitié de sa vie.

— Mais, — reprit-il, — je ne puis te laisser comme ça sur le pavé... sans un sou...

— Oh! j'ai ma chambre... j'ai le temps de me retourner...

— C'est que je vais te dire... — fit Coriolis d'un ton embarrassé, — nous avions, tu sais, encore une

année de bail... Eh bien! Manette a trouvé moyen
de relouer... Elle a tout arrangé... Il y a un marchand qui doit venir prendre les meubles... Par
exemple, tu sais, les tiens... ceux de ta chambre...
tu me feras plaisir de les garder... Oui, je me re-
meublerai... Nous renvoyons aussi les domestiques... Manette a trouvé des parentes qui ne sont
pas heureuses, des cousines à elle... Nous serons
cent fois mieux servis... Mais voyons, ce n'est pas
tout cela, qu'est-ce qu'il te faut?

— Rien, — dit en relevant la tête Anatole, blessé
d'être ainsi chassé par la femme à peu près de la
même façon que les domestiques étaient renvoyés.

— Merci... J'ai encore les cinq cents francs que tu
m'as fait gagner, le mois dernier, pour le plafond
de cet imbécile...

Le mensonge était héroïque : les cinq cents franes
avaient roulé dans ce grand trou de toutes les petites dettes d'Anatole, qui semblait se creuser sous
tous les à-compte qu'il y jetait.

— Bien vrai? — fit Coriolis soulagé, débarrassé
de l'idée d'une lutte à soutenir avec Manette. —
Ah! dis donc, tu sais, si tu avais des moments durs,
si tu étais *brûlé* au *Spectre solaire*, tu peux tout
prendre chez Desforges sur mon compte, je l'ai pré-
venu... Voyons, qu'est-ce que tu vas faire?

— Je ne suis pas encore mort de faim... Je vais
tâcher que ça continue...

— Tiens, je me fais des reproches de t'avoir

laissé paresser... j'aurais dû te faire travailler...
Mais tu me faisais tant rire, que je n'ai jamais eu
le courage...

— Et quand partez-vous? — demanda Anatole
en l'interrompant.

— Samedi... ou lundi... Et où en es-tu avec ta
mère?

— Ah! je t'en prie, pas d'attendrissement...
Voilà que nous allons nous quitter, ça suffit... parlons d'autre chose.

Et l'un et l'autre se turent. Leur émotion les gênait tous deux. Anatole avait pris au hasard un
album sur une table et le feuilletait.

— D'où est-ce, ça, dis donc? — demanda-t-il à
Coriolis pour rompre le silence en lui montrant un
croquis.

— Ça?... Ah! c'est de mon voyage à Bourbon...
quand j'y ai été, tu sais, avant mon retour d'O-
rient...

Et comme si, à cet instant de séparation et de
camaraderie brisée, il voulait ressaisir son cœur
dans le passé, Coriolis se mit à raconter à Anatole
ce qui lui était arrivé là-bas, aux colonies, avec des
paroles qui s'arrêtaient et s'attardaient aux choses,
des mots d'où semblait tomber le souvenir un moment suspendu.

Sur le bâtiment de Suez, il avait rencontré une
jeune fille. — Figure-toi... elle écrivait un journal
sur les bandes de papier de sa broderie... et elle

attachait cela à la patte des oiseaux fatigués qui
venaient se reposer sur le bateau... C'était si joli,
cette idée-là, vois-tu... ces pensées de jeune fille,
emportées par une aile d'oiseau, jetées de la mer à
la terre, et qui devaient tomber quelque part comme
du ciel, comme une lettre d'ange!... Tu sais, on ne
sait pas comment on devient amoureux... Je fus
très-bien reçu dans la famille... Elle avait une
grande fortune... Mais il y avait une habitation...
Il fallait mettre sa vie là, tout laisser, renoncer à la
peinture... et je dis non.

— Et ça finit comme ça?

— A peu près... Seulement, en me reconduisant
au bateau, quand je partis, la nourrice de la jeune
personne, qui m'avait pris en adoration, me donna
un petit sac de farine de manioc qu'elle savait que
j'aimais beaucoup... Tous les passagers à qui j'en
offris furent empoisonnés... un peu moins, heureu-
sement que je ne devais l'être à moi tout seul...
C'est égal, — reprit Coriolis d'un ton moitié ironique, moitié sérieux, — il n'y a pas de dévouement
de domestique comme ceux-là dans notre Europe...

Et se taisant, il sembla s'enfoncer dans un retour
sur lui-même où Anatole crut apercevoir le premier
regret de l'amant de Manette.

CXXIV

— Mère Capitaine, auriez-vous un endroit à
m'indiquer pour coucher pendant quelques jours?

Anatole disait cela à la maîtresse d'un petit *bis-
tingo* transféré de la rue du Petit-Musc au quai de
la Tournelle, et qu'il avait décoré, dans le temps,
de fresques épisodiques de la guerre d'Afrique et
d'exploits de zouaves. Depuis ce travail, il ne passait guère devant le cabaret sans y entrer, y prendre
une consommation et causer avec la mère Capitaine.

— Ah! bien, tiens, j'ai justement ton affaire, —
fit madame Capitaine, — y a Champion, un honnête garçon qui vient ici, que tu le connais bien,
que tu as bu avec lui, qu'il a une grande chambre,
que ça lui ira comme un gant de t'en céder la moitié... C'est son heure, il va venir...

Un sergent de ville parut, et après quelques mots
de madame Capitaine, il alla à Anatole, lui dit que
c'était une affaire faite, qu'il pouvait venir le soir
même prendre l'air du « bazar, » qu'il emménage-
rait son *biblot* le lendemain. Et s'attablant en face
d'Anatole, il se mit à boire avec lui.

C'est ainsi qu'en dix minutes, Anatole se trouva

le locataire d'une moitié de chambre inconnue, dans une maison dont il ignorait jusqu'au quartier, et le compagnon de chambrée d'un individu dont il ne s'était même plus rappelé au premier moment l'état de sergent de ville.

A minuit, les deux hommes passèrent les ponts, allèrent vers l'Hôtel de Ville, arrivèrent à une petite rue derrière Saint-Gervais, où, dans le fond d'un marchand de vin, résonnait la musique nasillarde d'une vielle, avec l'accompagnement de la bourrée qu'elle jouait, scandé par des sabots. Là, à une petite allée noire, n'ayant que le filet blafard du gaz sur l'eau du ruisseau qui en sortait, ils entrèrent. Le sergent de ville alluma une allumette contre le mur ; et ils se trouvèrent dans l'escalier, un escalier de briques sur champ, aux arêtes de bois.

— Bigre ! — fit Anatole, — ce n'est pas l'escalier du Louvre...

Et il monta.

Couché, il dormit avec l'admirable don qu'il avait de dormir partout, et aux côtés de n'importe qui.

— Hein? qu'est-ce qu'il y a? — fit-il à cinq heures du matin, en s'éveillant au bruit de la maison. — Qu'est-ce que c'est? Est-ce qu'il y a des éléphants ici?

— Ça? — fit Champion négligemment. — Ah ! j'avais oublié de vous dire... C'est une maison de maçons, ici. Au jour, ils dégringolent... Il y a trois départs tous les matins...

Au bruit des souliers des maçons, se mêlait le bruit du bois qu'on sciait, des bûches qui tombaient, du feu qu'on soufflait pour la soupe.

— Oh! on s'y fait, — reprit Champion, — demain vous n'entendrez plus rien. Moi, il faut que je file...

Son camarade parti, le jour venu, Anatole regarda sa chambre, et quelque habitué qu'il fût à tous les logis, le lieu lui fit un petit froid. Du carrelage sur la terre battue, il ne restait plus que trois carreaux. La fenêtre était à guillotine et donnait sur un grand mur interminable qui montait à dix pieds devant. Au mur, un papier dont il était impossible de discerner la couleur, avait été arraché contre le lit, à cause des punaises, et remplacé par une grande tache blanche faite à la chaux. Là-dedans tombait un jour de cave avec toutes ses tristesses, ce qu'on appelle si bien « un jour de souffrance », une lueur où il n'y avait que la pauvreté du jour.

CXXV

A dix heures, il descendit pour découvrir un gargot, et tomba dans la rue, une rue étroite aux

petits pavés, où il trouva des bornillons resserrant
des entrées d'allées, le ruisseau libre lavant le pied
des constructions en surplomb sur des rez-de-
chaussées noirs et pleins de trous d'ombre. Il
regarda ces maisons de Moyen âge s'écartant en
haut pour voir un peu de ciel, les bâtisses rapiécées
par trois ou quatre siècles et laissant, sous leur
plâtre d'hier, repercer les saletés de leur vieillesse,
des croisillons voilés d'un morceau de calicot, de
grandes fenêtres aux petits carreaux verdâtres faisant paraître tout hâves les enfants collés derrière,
des appuis de bois où séchaient pendus des pantalons de toile bleue. De temps en temps, de petites
filles allaient avec le bruit de sabots de ce quartier
sans souliers. La cage d'un perruquier, qui fait tous
les dimanches la barbe aux maçons, était accrochée
en dehors de la boutique sur le mur, et rappelait,
avec ses deux serins, une vieille rue abandonnée de
province derrière un évêché. Au fond d'une petite
cour, il vit comme un reste des journées de Juin
dans un enfant qui faisait l'exercice avec un morceau de ferraille, coiffé d'un shako de militaire
ramassé dans du sang.

Ce pittoresque intéressa Anatole, qui aimait le
caractère de la misère, les curiosités des recoins
pauvres de Paris, et dont la badauderie allait instinctivement aux quartiers, aux habitudes, à la vie
du peuple. Il s'amusa à se reconnaître; il alla le
long des rez-de-chaussées où toutes sortes d'indus-

tries pour les pauvres étaient cachées et enfouies : il
y avait des teintureries pour deuil, des boutiques
de modes aux volets desquelles étaient accrochés des
gueux en terre, des revendeurs à l'enseigne faite
d'un sac d'où s'ébouriffait de la laine à matelas, des
étalages de fleurs sous globe, de vieilles cages, de
vieux lits de sangle, de vieilles lanternes de voiture,
toutes sortes de friperies flétries et pourries coulant
au ruisseau comme un fumier de brocantage.
C'était des boutiques de taillandiers, à la forge
allumée, des fabricants d'auges et d'outils de
maçons, des boutiques de confection pour les
hommes d'ouvrage, sur lesquelles était écrit en gros
caractères : *Blouses, Sarreaux, Habillements de
fatigue*. A côté d'un bureau de garçons marchands
de vin, Anatole lut une annonce à demi effacée de
« repassage de chapeaux à cinq sous »; et il s'arrêta au coin de la rue à de vieilles affiches de quête
à domicile pour le bureau de bienfaisance de cet
arrondissement chargé de dix-huit mille indigents.

Il trouva de grandes distractions dans cette
exploration. Ce qui eût rendu triste un autre,
l'amusait presque. Il était là en pleine misère, et se
sentait à l'aise. Son premier sentiment de découragement, de mélancolie du matin, avait disparu.
Il ne se trouvait plus dépaysé ni désolé. Plus il
allait, plus ce milieu lui paraissait sympathique. Il
se voyait, dans cette rue, libre, débarrassé de tout
respect humain, mêlé à des travailleurs n'ayant

guère plus d'argent devant eux qu'il n'en avait lui-même. Il fit encore deux ou trois tours dans les rues environnantes, et revint décidément enchanté du quartier.

A côté de sa maison était une crèmerie qui portait écrit sur des pancartes : *Œufs sur le plat, Bœuf et Bouilli à emporter*. Il entra, se mit à une table sans nappe, arrosa son déjeuner d'un petit « noir » à dix centimes; et quand il eut fini, il laissa aller sa pensée à une suite de réflexions consolantes, d'idées tranquilles, satisfaites, heureuses, au milieu desquelles tombait, sans les troubler, le bruit des morceaux de vitre jetés dans une charrette devant un marchand de verre cassé de la rue Jacques-de-Brosse.

Le jour même, il emménageait son petit mobilier dans la chambre du sergent de ville.

CXXVI

Cette vie qui devait durer dans les idées d'Anatole quinze jours, un mois au plus, se laissait bientôt couler, sans compter le temps, dans cette singulière communauté avec un sergent de ville.

Champion était un ancien gendarme, revenu de Cayenne, jaune comme un coing. Il avait des

histoires de patrouilles dans les forêts vierges, de
phénomènes météorologiques, de requins, de serpents, de chauves-souris vampires, de curiosités
d'histoire naturelle, toutes sortes de récits embellis
d'imaginations de chambrée et de légendes de gen-
darmerie coloniale, qu'il contait le soir de son lit, à
Anatole, avec les *rra* et la vibration tambourinante
du troupier. A ce fond si intéressant de causerie, le
sergent de ville ajoutait et mêlait le narré détaillé
des arrestations galantes qu'il opérait chaque
soir ; car, en attendant son passage à la Surveillance,
Champion se trouvait être préposé aux mœurs.
Une seule chose l'embarrassait : ses rapports. Anatole s'en chargea, les libella, y mit, avec son esprit
de farceur, l'orthographe et le style d'un ami de la
morale ; et les rapports d'Anatole eurent un tel
succès à la Préfecture de police que Champion fut
sur le point de passer brigadier.

Champion était demeuré, dans l'exercice de ses
délicates et sévères fonctions, un vrai militaire
français. « L'honneur et les dames », — il prati-
quait la devise nationale. Il respectait le sexe dans
le malheur. Il avait lu des romans sentimentaux,
portait une bague en cheveux. Aussi avait-il, avec
ses subordonnées, des formes, des manières, des
indulgences même qui lui faisaient parfois fermer
l'œil sur une contravention. De là souvent lui
venaient des visites de remerciement, la reconnaissance d'une femme qui lui apportait timidement un

bouquet et mettait le bruit des volants de sa robe de soie dans la misérable pauvre petite chambre des deux hommes.

Alors, c'était chez Anatole une prodigieuse comédie d'amabilité, de galanterie, d'ironie, une dépense de ses bouffonneries économisées. Il faisait des ronds de bras de maître de danse pour mener la visiteuse au divan — qui était le lit. Il lui mettait, avec le geste de Raleigh, un vieux pantalon sous les pieds. Il lui demandait pardon de la recevoir dans ce petit intérieur de garçon : on était en train de le meubler, le tapissier n'en finissait pas de poser ses glaces Louis XV... Il pirouettait, il était Lauzun, Richelieu, talon-rouge. Il tirait un papier de sa poche, disait : — Encore une invitation de la duchesse !... Il époussetait ses souliers, criait : — Jean! je vous chasse !... Madame, il n'y a plus de domestiques... Voilà où mènent les révolutions !... Il madrigalisait avec la femme, l'ahurissait, l'étourdissait, lui faisait passer dans la tête la confuse idée d'avoir affaire à un gentilhomme toqué dans le malheur.

Et s'il y avait quelques sous ce jour-là au logis, on terminait la petite fête, en faisant monter du vin blanc et des huîtres.

CXXVII

Ce compagnonnage de nuit et de jour avec ce
nouvel ami, des repas pris aux gargots où mangeait
Champion, les soirées passées dans les cafés où il
allait, ne tardaient pas à faire d'Anatole, si prompt
à accrocher sa vie à la vie, aux liaisons, aux habitudes des autres, le camarade de tous les camarades
du sergent de ville, une connaissance de toutes ses
connaissances, des gardes de Paris, des pompiers
fréquentant les mêmes endroits que lui. Tout
monde nouveau où pouvait s'amuser sa légèreté
d'observation était toujours attirant, intéressant
pour Anatole. Entré dans celui-là, il le trouva tout
à fait cordial et charmant. Il fut séduit par la rondeur, la bonne-enfance militaire qu'il y trouvait, la
franchise de l'entrain et le gros de ces ridicules épais
et martiaux d'où il tira une *militariana* avec
laquelle il faisait-rire ses victimes jusqu'aux larmes.
Car là, dans ce monde fort, il désarmait par sa
faiblesse. Ses auditeurs lui pardonnaient tout, et
jusqu'aux blagues des récits de bataille, avec une
indulgence d'hommes pardonnant à un gamin. Et
puis, il les amusait, fouettait leur gaieté avec des
charges à leur portée, faisait leurs caricatures, des

portraits poétiques et penchés de leurs épouses.
Pour les bals de corps donnés à la fête de l'Empereur, il fabriquait des transparents gratis. On le
connaissait, on l'aimait, on le traitait dans les
casernes comme un grand enfant de troupe du
régiment : il avait *l'œil* à la cantine.

Mais c'était surtout avec les pompiers qu'il était
lié et que ses relations devenaient intimes. Son goût
de gymnastique l'avait porté vers eux, il prenait
part à leurs exercices, et retrouvant son élasticité,
sa souplesse de jeunesse, il luttait avec eux, faisait
le *cheval*, les *barres parallèles*, la *poutre*, les *guirlandes*, la *corde à nœuds*, l'*échelle vacillante*. Et
il n'était pas le moins agile dans ces courses au *chat
coupé* de la caserne des Célestins, ou la partie de
jeu des pompiers, s'élançant de la cour, sautant
après les murs, bondissait de toit en toit sur les
maisons du voisinage, et finissait par mettre le lendemain deux ou trois écloppés à l'infirmerie.

CXXVIII

Anatole présentait le curieux phénomène psychologique d'un homme qui n'a pas la possession de
son individualité, d'un homme qui n'éprouve pas le
besoin d'une vie à part, de sa vie à lui, d'un homme

qui a pour goût et pour instinct d'attacher son
existence à l'existence des autres par une sorte de
parasitisme naturel. Il allait, par un entraînement
de son tempérament, à tous les rassemblements, à
toutes les aggrégations, à tous les enrégimentements,
qui mêlent et fondent dans le tout à tous l'initiative,
la liberté, la personne de chacun. Ce qui l'attirait,
ce qu'il aimait, c'était le Café, la Caserne, le Pha-
lanstère. Resté bon, offrant l'admirable exemple
d'un pauvre diable pur de toute haine et de toute
amertume, encore plein d'utopies, quand il bâtis-
sait du bonheur pour toute l'humanité, c'était ce
bonheur-là qu'il lui souhaitait, qu'il lui voyait, un
bonheur de communauté, la félicité de table d'hôte,
le Paradis à la gamelle que rêvent, pour eux et les
autres, les gens roulés dans la misère d'une grande
ville et se sentant à peine, comme dans une foule,
une existence, des mouvements, un corps à eux.
Aussi, de ce compagnonnage avec les pompiers, de
sa vie avec eux, presque liée à leur règle, à leur
ordre du jour, amusée de leurs récréations, de leurs
plaisirs, buvant à leur table, emboîtant leur pas, il
tirait une espèce de satisfaction, de bien-être difficile
à exprimer, une sorte d'allégement, de libération de
lui-même, comme s'il faisait à moitié partie de la
caserne, et comme s'il avait mis un peu de sa personne à la *masse*.

Une autre heureuse disposition d'esprit avait
encore contribué à lui faire tolérer cette vie qu'un

autre eût été jeter à la Seine coulant si près de là.
Il était soutenu par la grâce que la Providence fait
aux malheureux : il avait au suprême point le sens
de l'*invrai*. Une prodigieuse imagination du faux
le sauvait de l'expérience, lui gardait l'aveuglement
et l'enfance de l'espérance, des illusions entêtées
que rien ne tuait, des crédulités idiotes et qui le
berçaient toujours, une confiance enragée qui lui
ôtait la prévision de tous les accidents de la vie, et
ne faisait tomber sur lui que le coup inattendu des
malheurs. Il se fiait à tout et à tous, ne pensait
jamais le mal. Les plus horribles figures, avec lesquelles le hasard le faisait rencontrer, lui apparaissaient comme des visages de braves gens. Il voyait
une affaire faite dans une parole en l'air. Les
chances les plus impossibles, des miracles de salut,
il les attendait de pied ferme. Et dans sa tête, où
des restes d'ivresse flottaient sur des mirages de
commandes, c'étaient des échafaudages de fortune,
des emmanchements de hasards, des enfilades de
travaux, des connaissances de grands personnages,
des rêves à la piste de millionnaires offrant des
sommes fabuleuses de son transparent des pompiers, et dont il allait chercher le nom et l'adresse
dans des endroits incroyables, chez des *minzingues*
de la rue Saint-Hilaire, à la Bourse des marchands
d'habits! Et en tout, il poussait si loin le sens du
faux, l'absence du flair des choses et des gens,
qu'entre plusieurs travaux qui s'offraient à lui, il

choisissait toujours celui dont il ne devait pas être
payé. Ce mécompte, du reste, ne le fâchait pas; il
se mettait à la place de l'homme qui lui devait, lui
trouvait mille excuses, et en faisait son ami.

Il arrivait que, sauvé du désespoir par toutes
ces ressources de caractère, par cette vie où le
frottement continuel des autres le soulageait de lui-
même, Anatole trouvait dans la misère les coudées
franches de sa nature, la libre expansion, l'occasion
de développement de goûts inavoués qui portaient
ses familiarités et ses amitiés vers les inférieurs. Il
y avait pour lui le plaisir d'un épanouissement sans
gêne dans les fraternités à brûle-pourpoint, les
amitiés improvisées sur le comptoir, les tutoiements
au petit verre. Doucement, et sans y résister, dans
ces milieux d'abaissement, il s'abandonnait à cette
pente de beaucoup d'hommes élevés bourgeoise-
ment, et qui, par leurs préférences de sociétés,
leurs relations, leurs lieux de rendez-vous, descendent peu à peu au peuple, se trempent à ses
habitudes, s'y oublient et s'y perdent. Lui aussi
était de ceux qui semblent tirés en bas par des
attaches d'origine, de ceux qui tombent à l'absinthe chez le marchand de vin. Après boire, quand
parfois il se voyait riche et faisait des projets, il
parlait de festins qu'il donnerait dans de grands
salons de Ménilmontant; et il esquissait la fête
avec son gros luxe de femmes à chaînes de montres,
ses grands plats de harengs saurs, ses saladiers

d'œufs rouges, ses brocs de vin bleu, — une ripaille de barrière, une apothéose du Cabaret, où il semblait savourer un idéal de canaillerie.

A ces aspirations d'Anatole, les hasards de son existence présente, cette maison, cette chambrée, tous ces compagnonnages donnaient une pleine satisfaction. Il roulait de rencontres en rencontres, d'accrochages en accrochages, dans des sociétés de n'importe qui. Il se laissait emmener par des noces qui avaient pour demoiselles d'honneur des femmes faisant tirer des loteries dans des gargots, des noces qui allaient aux *Barreaux verts* en arrêtant les « sapins » et la mariée pour une « tournée » à la porte des marchands de vin ; et dans ces grossières parties de joie, pelotonné dans le fond du fiacre, le dos rond, les deux mains nouées autour de ses genoux relevés, la bouche gouailleuse, il prenait des apparences de contentement presque fantastique, l'air d'ironique bonheur de Mayeux.

CXXXIX

Dans les lâchetés et les dégradations de cette existence, Anatole perdait peu à peu les forces de sa volonté. Il devenait paresseux à chercher du travail. Il n'osait plus, dans sa timidité de pauvre honteux, aller au-devant d'une affaire, voir les gens, emporter une commande.

Il se faisait en lui comme un écroulement de ses dernières énergies et de ses derniers orgueils. Sa vocation mourait. Ce que l'artiste, au plus profond de ses chutes et de ses misères, garde du rêve et des illusions de sa carrière, ce qui le soutient dans la bassesse et le mercantilisme des travaux forcés du gagne-pain, la confiance, la foi et le goût de revenir un jour à l'art, l'orgueil de se sentir toujours un artiste, — cela même l'abandonnait. La misère avait dévoré le peintre ; et dans l'ancien élève de Langibout se glissait et commençait à s'établir un nouvel être : le bohême pur, le lazzarone de Paris, l'homme sans autre ambition que la nourriture et la subsistance, l'homme de la vie au jour le jour, mendiante du hasard, à la merci de l'occasion, et dans la main de la faim.

Il vendait petit à petit de ses *frusques*, de ses meubles ; puis, talonné par le besoin, il descendait à ramasser les plus bas deniers et la plus vile obole de son état. Il faisait, pour un marchand d'estampes du quai de l'Horloge, des portraits destinés à l'illustration des livres, les uns avec une encre rouillée imitant les vieilles gravures, les autres à l'aquarelle dans le goût de l'imagerie et des couleurs de confiserie, les premiers au prix de soixante-quinze centimes, les autres au prix de deux francs cinquante. Ou bien, c'étaient des dessins qu'il met-

tait en loterie au café du coin de l'Hôtel de Ville,
heureux quand le maître du café arrachait quelques
pièces de cinquante centimes à la goguette des
gardes nationaux venant là.

Au milieu de cette *dèche*, il fut fort étonné un
jour de voir tomber dans sa chambre la visite de
sa mère qui n'avait jamais mis les pieds chez lui
depuis leur séparation. Elle avait fait des pertes
d'argent. La mode et l'industrie qui lui donnaient
ses revenus étaient complétement abandonnées,
perdues. Il ne lui restait plus qu'un petit capital à
peine suffisant pour la faire vivre dans une petite
localité des environs de Paris. Elle fit de cette situation un exposé pathétique à Anatole, lui demanda ses conseils, ne les écouta pas, et après
l'avoir contredit tout le temps, sortit comme une
femme venue pour faire une scène à effet, en se
drapant dans du dramatique.

Sur le pas de la porte, se retournant elle dit à
son fils :

— Je ne conçois pas comment vous restez dans
une maison comme ça... Si du monde venait vous
voir...

— Du monde? ah! oui... Des pairs de France,
n'est-ce pas?

CXXX

L'été vint, et, avec l'été, les nuits brûlantes, mangées de punaises, lui firent découvrir un nouvel agrément de son quartier, de son logement : le bain *gratis* à deux pas, dans la Seine.

Vers les onze heures, il descendait de chez lui en chemise et en pantalon de toile, emportant sa carafe et son pot à l'eau, allait à l'abreuvoir du quai, et, en quelques brasses, il se trouvait dans la belle eau pleine et profonde, coulant entre l'Hôtel de Ville, l'île Saint-Louis et l'île Notre-Dame.

Les quais étaient noirs et comme morts; quelques fenêtres seulement, ouvertes, respiraient. De loin en loin, une lumière qui se noyait dans la rivière paraissait y faire trembler la lueur d'une fenêtre de bal. Çà et là une lanterne, un réverbère était un point de feu dans le noir de la rivière, sous les grands pâtés des maisons. La lune, au milieu du courant ridé, se mirait et rayonnait. Anatole nageait, se perdait dans l'ombre avec cette espèce d'émotion que fait chez le nageur l'inconnu et le mystère de l'eau; puis il allait vers la lumière, s'amusait à couper les reflets du gaz, dérangeait de la main le feu blanc de la lune qui s'égouttait de ses doigts. Il faisait de petites brasses, glissait, s'abandonnait à l'eau molle, et, par moments, se laissant couler sur le dos, le front à demi baigné, il regardait en l'air, comme du fond d'un puits, les tours de Notre-Dame, les toits de l'Hôtel de Ville, le ciel, la nuit d'argent. Toutes sortes d'impressions de paresse, de calme, le pénétraient de bien-être. Il écoutait s'éteindre la chanson d'un ivrogne sur un pont, le mélancolique sifflement d'un éco-peur de bateau, des mots que l'écho de la Seine semblait suspendre en l'air, ce doux petit bruit d'une grande eau qui va dans une grande ville qui dort. Des heures au timbre mourant tombaient dans l'éloignement : minuit, une heure. Il nageait toujours, se disait : — Je vais sortir, — et restait encore, ne pouvant se lasser de boire de tout le corps et de tout l'être ce bonheur des muets. en-chantements nocturnes de la Seine, et cette déli-cieuse fraîcheur enveloppante de l'eau, mise là pour lui au milieu de ce Paris aux pierres chaudes étouffé et suant du soleil du jour.

CXXXI

Au fond, Anatole ne se trouvait pas trop mal-heureux. Traitant sa misère par l'indifférence, il n'avait guère qu'un ennui, une contrariété qui le taquinait.

Tant que Champion avait été aux mœurs, Anatole n'avait vu dans son compagnon de chambre
qu'un soldat civil de l'édilité, un espèce de doua-
nier de la maraude de l'amour. Mais Champion
venait de passer à la Surveillance : l'employé du
gouvernement se transformait alors aux yeux
d'Anatole; il prenait une couleur politique, il devenait l'homme au tricorne, à l'épée, l'homme qui
empoigne, l'homme de police contre lequel se soulevaient toutes les instinctives répugnances du Parisien et du vieux gamin. Anatole se mettait à souffrir dans ses opinions libérales du ménage qu'il
faisait avec un pareil homme établi aussi à fond
dans son intimité, — et parfois dans ses chemises.

Il lui semblait aussi qu'il était venu à son ami,
avec ses nouvelles fonctions, de la roideur, un air
autoritaire, un ton caporal qui avait brusquement
arrêté ses tentatives de propagande phalansté-
rienne, et coupé net ses plaisanteries sur le gouvernement. Anatole avait encore contre son compagnon un autre grief, une plus sourde rancune.
Champion qui se levait avec le jour, qui souvent
passait la nuit en essuyant le plus dur de l'hiver,
et méritait rudement son pain à côté de ce monsieur qui se levait à dix heures, flânait toute la
journée, faisait semblant de chercher de l'ouvrage,
en cherchait pour ne pas en trouver, ne s'occupait,
ne s'inquiétait de rien, Champion avait à la longue
fini par concevoir pour l'artiste le mépris que tout

homme du peuple gagnant sa vie conçoit pour celui qui ne la gagne pas. Ce profond et violent dédain du travailleur pour le *loupeur*, Champion, avec sa grosse et lourde nature, le laissait échapper à toute minute dans des paroles et des airs qui étaient un reproche et une humiliation pour Anatole. Aussi Anatole eut-il la joie d'un grand débarras, quand Champion, craignant peut-être pour son avancement le compagnonnage d'un garçon aux idées dangereuses, vint lui annoncer qu'il le quittait.

Anatole restait seul dans la chambre, avec son mobilier réduit, par les *lavages* successifs, à un lit, à une chaise et à son morceau de guipure historique, seul débris de son opulence, auquel il tenait beaucoup sans savoir pourquoi. Il fut obligé de louer vingt sous par mois une table pour quelques dessins qu'il faisait encore, par hasard, de loin en loin.

CXXXII

Il y a au bout de l'île Saint-Louis, du côté de l'Arsenal, un coin de pittoresque échappé au dessinateur parisien Méryon, à son eau-forte si amoureuse des ponts, des berges, des quais.

Une grande estacade, vieille, à demi pourrie,

rapiécée de morceaux de fer, à demi déboulonnée par les voleurs de nuit, dresse là l'architecture à jour de son treillis de poutres. Cette masse de pilotis arc-boutés et s'entremêlant, ce fouillis d'échafaudages, ces énormes madriers goudronnés, noirs et comme calcinés en haut, boueux, glaiseux, tout gris en bas, les mille trous des niches de l'armature, font songer à une jetée de port de mer, à une machine de Marly détraquée, à une forêt dont l'incendie aurait été noyé dans l'eau, à une ruine de la Samaritaine suspecte et hantée par la maraude.

Le soleil, tombant dedans, frappe des coups splendides qui font des barres dans toutes les traverses de l'estacade, entrent dans ses creux, la battent, la pénètrent, y allument le blanc d'une blouse, chauffent de violet les têtes des poutres, dorent en bas leur pourriture de boue, et jettent à l'eau bleuâtre et tendre l'intensité noire et chaude du reflet de la grande charpente.

Anatole devenu, au voisinage de la Seine, un pêcheur à la ligne, allait pêcher là.

Il descendait dans les embrasures des poutres, s'amusant de la gymnastique périlleuse de la descente; et arrivé à son endroit, juché, installé, perché, en équilibre sur une solive, les jambes pendantes, il amorçait, avec une pelote d'asticots dans une boule de glaise, le *gardon*, le *barbillon*, brême, le *chevenne*. Il voisinait avec les autres

cases; et dans le ramas bizarre de ces individus que
le goût commun de la pêche à la ligne assemble et
mêle dans une ville comme Paris, il trouvait les
relations imprévues dont la Providence semblait
s'amuser à mettre le hasard et l'ironie dans les rencontres de sa vie. Bientôt ses amis furent un fac-
teur de la Halle aux veaux; un grand jeune homme
qui refaisait les éducations incomplètes, donnait
des leçons discrètes aux personnes surprises par la
fortune, aux lorettes d'orthographe insuffisante; un
inspecteur de la fourière, fort curieux à entendre
sur les objets inimaginables qui se perdent tous les
jours sur le pavé de perdition de Paris; un commis
d'un magasin de la rue Coquillière, où l'on ne vendait que des rubans reteints, garçon de talent fort
bien appointé pour imiter avec ses lèvres, en au-
nant, le sifflement de la soie neuve; et avec quelques autres encore, un aide préparateur de M. Ber-
nardin.

Un goût singulier avait toujours porté Anatole
vers les hommes à professions funèbres. Il avait
une pente vers l'embaumeur, le croque-mort, le
nécrophore. La Mort, dont il avait très-peur, l'attirait. Il en était curieux, presque friand. La Morgue, la salle Saint-Jean après une révolution, les
cimetières, les catacombes, les spectacles de cada-
vres, les images de squelette, avaient pour lui une
espèce de charme affreux qu'il adorait. Et il trouvait original d'être l'intime d'un homme apportant

à la société de gros asticots, sur lesquels personne n'osait l'interroger, et qui faisaient faire des pêches miraculeuses.

CXXXIII

Dans les rues, Anatole avait l'habitude de s'arrêter à la peinture qu'il voyait faire. Un jour, vaguant devant lui, le long du faubourg Montmartre, il fit halte pour regarder la boutique d'un pharmacien où un décorateur était en train de représenter le dieu d'Epidaure avec l'attribut sacramentel de son serpent enroulé.

— Un serpent, ça? — fit-il, — mais c'est une anguille de Melun!

Le décorateur se retourna, et tendit avec un sourire moqueur sa palette à Anatole.

Anatole saisit la palette, d'un bond sauta sur la chaise, et en quelques coups de pinceau, il fit un superbe trigonocéphale qu'il avait vu au Jardin des Plantes.

Du monde s'était amassé, le pharmacien était venu voir, et trouvait le serpent parlant.

Quand Anatole redescendit, le pharmacien le pria d'entrer et lui montra sa boutique. Il en voulait faire décorer les six panneaux d'allégories re-

présentant les éléments de la chimie; malheureuse-
ment, il commençait les affaires, et ne pouvait pas
mettre plus de cinquante francs par panneau.

Anatole accepta tout de suite, et le lendemain,
il apportait les croquis de l'*Eau*, de la *Terre*, du
Feu, de l'*Air*, du *Mercure*, du *Soufre*. Le pharmacien était charmé des dessins. On causait, des
noms de connaissances communes venaient dans la
conversation. Le pharmacien le retenait à dîner, et
au dessert, il ne l'appelait plus qu'Anatole : Anatole, lui, l'appelait déjà Purgon.

Le lendemain, Anatole attaquait un panneau
avec l'ardeur, la verve, le premier feu qu'il avait
toujours au commencement d'un travail. « Messieurs, — criait-il en peignant la première figure
qui était l'Eau, — voilà une peinture immortelle :
elle ne sera jamais altérée! » Pendant ses repos, il
étudiait la boutique, les livraisons des remèdes,
lisait les inscriptions des bocaux, les étiquettes,
questionnait le garçon pharmacien, l'étonnait avec
la demi-science qu'il possédait de tout. Bientôt, son
ardeur à peindre baissant, il trôla dans le magasin,
cacheta quelque chose, colla par-ci par-là une éti-
quette, ficela un paquet, remua un pilon en passant,
mit du cérat dans un pot, aida à recevoir les pratiques. Et peu à peu, avec la facilité d'assimilation
qui le faisait entrer, glisser dans toutes les professions dont il approchait, à se mêler à tout ce qu'il
traversait, il devint là une sorte d'aide amateur du

garçon pharmacien. Ce semblant de métier lui allait
à merveille : il y avait en lui un fond de boutiquier,
une vocation à une carrière de paresse dont la peine
est d'ouvrir un tiroir, à une occupation légère, distraite par le dérangement, le mouvement des ache-
teurs, le bavardage avec les clients. Et du petit
commerce de Paris, il avait non-seulement le goût,
mais encore le génie naturel : il excellait à vendre,
à faire achèter, à « entortiller » le consommateur.

A ce train, les peintures ne marchaient guère
vite. Anatole resta deux mois à les finir. Il ne faisait plus que coucher rue des Barres. Au bout des
deux mois, comme l'amitié entre lui et le pharmacien avait pris la force d'habitude « d'un collage »,
le pharmacien, n'ayant plus rien à faire décorer, lui
proposait de lui prêter comme atelier son « petit
salon pour les accidents ». Ils mangeraient ensemble, et Anatole n'aurait qu'à répondre à la
boutique dans les moments pressés, à donner un
coup de main en cas de besoin. L'arrangement en-
chanta Anatole, qui s'oubliait volontiers partout où
il était, et qui se trouvait toujours lâche pour sortir
d'une habitude.

Tout d'ailleurs lui plaisait dans la maison. Jamais il n'avait rencontré de meilleur enfant que le
pharmacien, un grand, gras et paresseux garçon,
avec des lunettes lui coulant le long du nez, et qu'il
remontait à tout moment d'un geste gauche des
deux doigts : Théodule, c'était son petit nom, pas-

sait sa vie à boire de la bière qui lui avait donné, à force de le gonfler et de le souffler, l'apparence comique et inquiétante d'une baudruche. De là une plaisanterie journalière d'Anatole : — Fermez les fenêtres, Théodule va s'envoler ! Et à côté du pharmacien, il y avait le charme de sa maîtresse, installée dans l'arrière-boutique : une petite femme grasse, presque jolie, gracieuse à se cacher pour prendre à la dérobée une prise de tabac, faisant dans une bergère des ronrons de chatte, bonne fille, ayant du bagout, une espèce d'air comme il faut, et suffisamment de coquetterie pour satisfaire au besoin qu'Anatole avait auprès d'une femme d'en être un peu occupé et à demi amoureux.

Anatole goûtait l'embourgeoisement de cet intérieur, le bonheur du pot-au-feu, bien chauffé, bien nourri, bien éclair´ doucement bercé dans la mollesse d'un bon fauteuil et le plaisir d'une agréable digestion. Il s'assoupissait dans un engourdissement de félicité sommeillante, dans la platitude des causeries de ménage et du petit commerce, dans des commérages, des rabâchages, des conversations de vieux parents et de provinciaux de Paris, qui paralysaient ses charges. Sa verve lassée semblait prendre ses Invalides. Et puis, la pharmacie l'amusait : il trouvait un air d'alchimie rembranesque à la distillerie de l'arrière-boutique ; la cuisine des remèdes l'occupait, ses curiosités touche-à-tout s'intéressaient au bouillonnement des bassines, aux

filtrages, aux évaporations, aux manipulations. Il
aimait à dire des mots de médecine à des gens du
peuple, à donner des consultations pour toutes les
maladies, à éblouir de vieilles femmes avec des bribes
de Codex et du latin de Molière. Les accidents
mêmes, les blessés qu'on apportait dans la boutique
étaient pour lui une distraction, et jetaient dans ses
journées l'aventure du fait divers. Aussi, rien
n'était-il plus beau que son zèle à donner des secours : il était un père pour les écrasés; il leur parlait, les palpait, les hissait en voiture. Mais où il se
montrait surtout admirable d'attention, de charité,
de sang-froid, c'était dans les crises de nerfs de
femmes foudroyées de la nouvelle du mariage d'un
amant, à la suite d'un dîner à quarante sous : il
n'en perdit aucune, tout le temps qu'il resta à la
pharmacie.

Attaché par ces agréments de toutes sortes, Anatole restait là, croyant y rester toujours, lavant de
temps à autre quelque aquarelle, genre dix-huitième
siècle, dont le pharmacien lui trouvait le placement
chez des commerçants de ses amis. Mais, au bout
de six mois, un matin qu'il apportait des dessins
pour des bouchons de flacon qui devaient gagner à
la pharmacie l'estime des gens de goût, le garçon
lui apprit que son patron était parti pour le Havre,
avec une place de pharmacien de troisième classe,
attaché à l'expédition de Cochinchine.

Voici ce qui était arrivé. L'ami d'Anatole avait

voulu remonter avec de bons produits une pharmacie tombée, il donnait ce qu'on lui demandait, il
faisait des préparations scrupuleuses, il livrait du
sirop de gomme fait avec de la gomme et non avec
du sirop de sucre. Cette conscience l'avait perdu :
les recettes baissant toujours, il s'était vu obligé
de vendre son fonds à vil prix et de s'embarquer.

Anatole remit dans sa poche ses modèles de bouchons, prit la boîte d'aquarelle et le stirator dans
le salon aux accidents, serra la main du garçon, et
rentra rue des Barres avec le premier grand découragement de sa vie, et cette idée qu'il se dit à
lui-même tout haut :

— Il y a un bon Dieu contre moi!

CXXXIV

Anatole passa alors des journées, des journées
entières au lit.

Quand il s'éveillait, et qu'en ouvrant à demi les
yeux, il apercevait autour de lui ce matin terne, ce
jour sans rayon frissonnant à l'étroite fenêtre, ce
pan de mur d'en face reflétant la blancheur d'un
ciel glacé, l'hiver sans feu dans sa chambre, il
n'avait point le courage de se lever. Et se ramassant dans le creux et le chaud de ses draps, pelo-

tonné sous la tiédeur des couvertures et du reste de
ses vêtements jeté et bourré par-dessus, il cherchait à perdre la conscience et le sentiment de sa
vie, la pensée d'exister réellement et présentement.
Il s'abandonnait à l'assoupissement, aux douceurs
mortes d'une langueur infinie, au lâche bonheur de
s'oublier et de se perdre. Ce qu'il goûtait, ce n'était
pas le plein sommeil, c'était une bienheureuse impression de gris, un demi-balancement dans le
vague et le vide, l'effacement d'un commencement
de somnolence qui fait reculer les ennuis pressants
de la vie, quelque chose comme l'attouchement
d'une main de plomb comprimant les inquiétudes
sous le crâne de la pauvreté.

C'est ainsi qu'il usait les jours de neige, de pluie,
les jours mornes, les jours couleur d'ennui où il
faut avoir un peu de bonheur pour vivre. Ce qui
tombait sur lui des tristesses du ciel, de la rue, de
la chambre, le froid des murs qui avait comme un
souffle derrière la porte, la vision persécutante des
créanciers, il oubliait tout, dans un demi-rêve, les
yeux ouverts.

De temps en temps, pendant ces heures mêlées,
confuses et pareilles, il sortait un peu le bras de
dessous la couverture, prenait une pincée de tabac,
une feuille de papier Job, et roulait, sous le drap,
une cigarette qui brûlait un instant après à ses lèvres. Alors, il lui semblait que sa pensée montait,
s'évaporait, se dissipait avec la fumée, le bleu et les

ronds de nuage du tabac. Et il demeurait de longs
quarts d'heure, laissant charbonner le papier au
bout de sa cigarette, poursuivant à la fois un rêverie et un songe; et comme délicieusement envolé
et se dépouillant de lui-même, il n'avait plus, à la
fin, de ses membres et de toute sa personne qu'une
sensation de moiteur.

La journée se passait sans qu'il mangeât, sans
qu'il prît rien. Ce jeûne, cette débilitation dimi-
nuaient encore en lui le sentiment qu'il avait de
sa personnalité matérielle, l'allégeait un peu plus de
son corps; et le vide de son estomac faisant travailler son cerveau, surexcitant chez lui les organes
de l'imagination, il arrivait à s'approcher de l'hallucination. Le jour blafard de sa chambre, parfois,
lui faisait croire une minute qu'il était noyé dans
l'eau jaune de la Seine, une eau qui le roulait, et où
il lui semblait qu'on ne souffrait pas du tout.

Quelquefois pourtant, il ne pouvait atteindre à
cet état flottant de lui-même, trouver cette songerie
et cet assoupissement. La notion de son présent
persistait en lui et prenait une fixité insupportable.
Alors il tirait de sa ruelle quelqu'une des livraisons
à quatre sous fourrées entre la couverture et le
froid du mur, et qui bordaient tout son lit du pied
à la tête. Plongé dans le papier gras une heure ou
deux, il lisait. C'était presque toujours des voyages,
des explorations lointaines, des courses au bout du
monde, des histoires de naufrages, des aventures

terribles, des romans gros de catastrophes, toutes
sortes de récits qui emportent le liseur dans le
péril, l'horreur, la terreur. Là-dessus, il tâchait de
dormir, avec le désir et la volonté de retrouver sa
lecture dans le sommeil, et d'échapper tout à fait à
ses pensées en grisant jusqu'à ses rêves de l'étourdissante apparition de ses peurs. Même à de certains jours, par raffinement, après ces lectures, et
pour s'y mieux enfoncer, il se couchait exprès sur
le côté gauche; et forçant à se mêler ainsi le malaise et le souvenir, le cauchemar de son corps au
cauchemar de ses idées, il se donnait des demi-
journées anxieuses et troubles, auxquelles il trouvait un charme étrange et une angoissse presque
délicieuse : le charme de l'émotion du danger.

Il vécut ainsi un mois, s'escamotant les jours à
lui-même, trompant la vie, le temps, ses misères,
la faim, avec de la fumée de cigarette, des ébau-
ches de rêves, des bribes de cauchemar, les étour-
dissements du besoin et les paresses avachissantes
du lit.

Il ne se levait guère que lorsque le reflet d'une
chandelle allumée quelque part dans la maison lui
disait qu'il faisait nuit. Alors il s'habillait, entrait
dans l'arrière-boutique de quelque marchand de
vin, mangeait un rien de ce qu'il y avait à manger,
puis il lui prenait comme une soif de lumière. Il
allait où il y avait du gaz. Il se promenait une
heure dans quelque rue éclairée, se remplissait les

yeux de tout ce feu flambant et vivant; puis, quand il en avait assez de cet éblouissement, il revenait se coucher.

CXXXV

Par un jour de soleil de la fin de février, Anatole était à se promener sur le quai de la Ferraille, longeant le parapet, badaudant, le dos tendu à un de ces charitables rayons de soleil d'hiver qui semblent avoir pitié du froid des pauvres.

Il entendit derrière lui une voix de femme l'interpeller, et, se retournant, il vit madame Crescent toute chargée de paquets et d'ustensiles de jardinage.

— Ah! mon pauvre enfant! — fit-elle avec un regard qui alla de la tête aux pieds d'Anatole, — tu n'es pas riche...

La toilette d'Anatole était arrivée au dernier délabrement. Elle avait la tristesse honteuse, sordide, la mélancolie sale de la mise désespérée du Parisien; elle montrait les fatigues, les élimages, l'usure ignoble et crasseuse, l'espèce de pourriture hypocrite de ce qui n'est plus sur un homme le vêtement, mais la « pelure ». Il portait un chapeau cabossé avec des cassures d'arêtes, des luisants roux et mordorés où passait le carton; à des places, la soie

collée, lissée, avait l'air d'avoir reçu la pluie par
seaux d'eau; et de la vieille poussière respectée dormait entre ses bords gondolés. A son cou, une loque
sans couleur et cordée laissait voir la cotonnade
d'une mauvaise chemise à demi voilée d'un bout de
gilet galonné du large galon des gilets remontés
au Temple. Son paletot, un paletot marron, était
entièrement déteint; une espèce de ton de vieille
mousse se glissait dans le brun effacé du drap aux
omoplates, et de grandes lignes blanches entouraient le tour des poches. Les lumières du collet de
velours semblaient nager dans de la graisse; et au-
dessous du collet, le gras des cheveux s'était dessiné en rond dans le dos. Des taches immémoriales
et des taches d'hier, tous les malheurs et toutes les
avaries d'une étoffe, étalaient leurs marques sur le
drap flétri, sur ce paletot de chimiste dans la
panne : les manches cuirassées, encroûtées en dessous de tout ce qu'elles avaient ramassé aux tables
saucées ou poisseuses des gargotes et des cafés,
paraissaient avoir la solidité et l'épaisseur d'un cuir
d'hippopotame. Un geste de pauvreté, l'instinctive
pudeur qu'ont les malheureux de leur linge et de
leurs dessous, lui faisait croiser avec les deux mains
ce paletot à demi boutonné par des capsules de
boutons tout effiloqués. Son pantalon chocolat flottant s'en allait en franges sur des souliers avachis,
spongieux, le talon usé d'un côté, l'empeigne dé-
formée, la semelle décollée et feuilletée, de ces sou-

liers auxquels les connaisseurs reconnaissent la vraie misère.

Et l'homme avait là-dedans comme le physique de son costume. L'éreintement des traits, des poils blancs dans sa barbe rare et noire, des plaques près des oreilles, sur le cou, rouges et grenées comme du galuchat, un teint briqueté sur ce fond de jaune que met le vide et le creusement de l'heure des repas sous la peau des meurt-de-faim de grande ville, les privations, les stigmates des excès et des jeûnes, je ne sais quoi de brûlé et d'usé donnaient à son visage quelque chose de la flétrissure de ses habits.

— Mais prends-moi donc ça... — reprit vivement madame Crescent, — au lieu de rester là comme Saint-Immobile... Débarrasse-moi un peu... Qu'est-ce que tu veux? Avec un paresseux comme j'en ai un... il faut la croix et la bannière pour le faire sortir de sa *turne*... C'est des affaires pour le faire venir deux ou trois fois dans l'année... Alors, c'est moi le voyageur... Un enfant, tu sais, mon homme... un vrai petit garçon... il lui faudrait un panier avec un pot de confitures!... Hein! je suis chargée?... Pas grand'chose de bon, va, dans tout ça... Maintenant les marchands, ce qu'ils vendent?... de la masticaille!... Oh! les gueux.! si je les tenais! ces muselés-là!... Ça ne fait rien, mon pauvre garçon... as-tu les joues maigres! tu pourrais boire dans une ornière sans te crotter!... Ah ça! tu ne viendrais donc jamais chez nous quand ça ne va pas? Ce n'est pas si long par le chemin de fer... Tu trouveras toujours ton lit et la soupe... Nous savons ce que c'est, nous... nous avons eu aussi nos jours!

— Mon Dieu, madame Crescent, je vais vous dire... Je vous remercie bien... Mais, vous savez... je suis comme les chiens qui se cachent quand ils sont galeux...

— Galeux! galeux!... Tiens bon! — Et madame Crescent éternua à se faire sauter la tête. — Ah! que c'est bête d'être enrhumée comme ça... j'ai une visite dans le nez à chaque instant... Dis donc, tu sais, nous allons dîner ensemble...

Anatole fit un geste d'humilité comique en montrant son costume.

— Innocent! — fit madame Crescent. — Tiens, prends-moi encore ce paquet-là... Et donne-moi le bras... Nous allons aller comme ça tout tranquillement sur nos jambes dîner au Palais-Royal, et tu me reconduiras au chemin de fer...

— Et les bêtes, madame Crescent?

— Ah! ne m'en parle pas... Ça remplit la maison... Ah! j'ai une alouette... C'est-il gentil!... quelque chose de si doux, que ça vous fait dormir de l'entendre chanter...

Arrivés au Palais-Royal, ils entrèrent dans un restaurant à quarante sous : pour madame Crescent, le dîner à quarante sous était le premier des repas de luxe.

— Eh bien! — dit-elle à Anatole tout en mangeant, — tu es donc si bas que ça, mon pauvre
garcon?

— Mon Dieu! une déveine... rien en vue...
Qu'est-ce que vous voulez?... Pas moyen de décro-
cher seulement un portrait de vingt-cinq francs!...
une vraie crise cotonnière... Mais j'ai bien assez de
m'embêter tout seul... ne parlons pas de ça, hein?..
Il y avait quelque chose qui aurait pu me remettre
sur pattes... une copie d'un portrait de l'Empereur... ça se donne à tout le monde... Je n'avais
pas Coriolis... il n'est pas à Paris... Garnotelle
n'aurait eu à dire qu'un mot... Mais c'est un bon
petit camarade, Garnotelle!... Il m'a fait dire deux
fois qu'il n'y était pas... et la troisième, il m'a reçu
comme du haut de la colonne Vendôme!... Je lui
ai dit : Fais-toi faire une redingote grise, alors!

— Et ta mère?... Elle a toujours quelque chose,
ta mère? — fit madame Crescent, et remettant vite
le pain d'Anatole à plat : — Le bourreau aurait le
droit de le prendre...

— Ah! ma mère... c'est comme mes affaires...
ne touchons pas à cette corde-là, madame Crescent... Tenez! vrai, c'est pas pour moi, c'est pour
elle que j'ai été chez Garnotelle... Et ça me coûtait,
je vous en réponds!... Oui, pour elle... car je la
vois qui aura besoin de manger de mon pain d'ici à
peu... Mais, je vous dis, ne parlons pas de ça... Il
arrivera ce qui arrivera... Nous verrons bien...

Qu'est-ce qu'il fait dans ce moment-ci, monsieur Crescent?

— Toujours ses *sous-bois*... Nous, ça va... Il gagne gros comme lui, à présent, l'homme... même que c'est joliment payé, je trouve, de la couleur comme ça sur la toile... Mais c'est pas à moi à leur dire, n'est-ce pas?...

Et appelant le garçon : — Dites donc, garçon!... Votre fromage *camousse*... Qu'est-ce qu'il a donc, ce grand imbécile, avec ses oreilles comme des chaussons de lisière?... Tout le monde sait ce que ça veut dire, que c'est du fromage qui a de la barbe...

— Je crois que si vous voulez arriver à l'heure pour le chemin de fer... — dit Anatole.

— Non, j'ai changé d'idée... Je ne m'en irai que demain... J'avais oublié... Il faut que j'aille au ministère pour Crescent... C'est moi qui les amuse au ministère!... Il y a un vieux *calibot* qui a l'air d'un Bacchus tout farce... Ah! c'est que je ne me laisse pas entortiller! Sa dernière affaire, sans moi... Il n'a pas de caboche, mon homme, vois-tu... Je leur dis un tas de bêtises... Ah! si tu crois qu'ils me font peur!... J'ai attrapé ce que je voulais, et il faudra bien que ça continue... Nous allons voir ça demain... Au fait, on est si chose... Les garçons pourraient trouver étonnant de me voir payer... Tiens, paye, toi...

Et elle passa à Anatole sa bourse sous la table.

— Merci! — lui dit-elle comme ils allaient sortir du restaurant, — tu oubliais un de mes paquets, toi!... Tu vas me mener jusqu'à mon petit hôtel, où je couche quand je couche ici... C'est tout près... rue Saint-Roch... J'ai l'habitude... et puis, je n'y moisis pas... Allons! rappelle-toi ça, c'est moi qui te dis qu'il y a encore une chance pour les gens qui n'ont jamais fait de tort à personne... Et puis, viens donc un peu là-bas... Nous aurons tant de plaisir... Il y a une bêtise que tu as dite dans le temps à Crescent, je ne sais plus... il en rit encore chaque fois qu'il y pense... Maintenant, tu peux te donner de l'air... Bonsoir, mon garçon...

CXXXVI

A ces hommes de Paris, vivant au petit bonheur des charités du hasard et des aumônes de la chance, sur le pavé de la grande ville où deux cent mille individus se lèvent tous les matins, sans avoir le pain de leur dîner; à ces hommes dont l'existence n'est, selon le grand mot de l'un d'eux, Privat d'Anglemont, « qu'une longue suite d'aujourd'hui », il arrive tout à coup, vers l'âge de quarante ans, une sorte d'affaissement moral qui fait baisser l'insolente confiance de leur misère.

La Quarantaine est pour eux le passage de la
Ligne. De là, ils aperçoivent l'autre moitié sévère
de la vie, la perspective des réalités rigoureuses. De
l'inconnu auquel ils vont, commence à se lever
devant eux la figure redoutable et nouvelle du Lendemain. Ce qui avait été jusque-là leur force, leur
patience, leur santé d'esprit et leur philosophie
d'âme, l'étourdissement, la verve, l'ironie, la griserie de tête et de mots, tout ce qu'ils avaient reçu,
ces hommes, pour se faire de la résignation et du
bonheur sans le sou, ils le sentent soudainement
défaillir. Ils n'ont plus à toute heure ce ressort,
cette élasticité, ce rejaillissement de gaieté, ce premier mouvement d'insouci, ce scepticisme et ce
stoïcisme de farceurs qui les faisaient rebondir si
lestement et les relançaient à l'illusion. Leur
instinct de blaguer s'en va, et ne revient plus que
par saccades. Pour être drôles, il faut à présent
qu'ils se montent; pour se retrouver, il faut qu'ils
s'oublient, et pour s'oublier, qu'ils boivent. Tristesses, amertumes, inquiétudes, menaces d'échéan-
ces, vides de la poche et du ventre, hier, il suffisait,
pour les empêcher d'en souffrir, d'une bêtise, d'un
rire, d'un rien : aujourd'hui, ils ont des moments
qui demandent à être noyés dans de l'eau-de-vie!

Tout s'assombrit. Les dettes ne sont plus les
dettes d'autrefois. Elles ne paraissent plus avoir·
l'amusement d'une pantomime où l'on ferait le
« combat à l'hache à quatre » avec des bottiers, des

tailleurs, et autres monstres en boutique. Le coup
de sonnette matinal du créancier, qui faisait dire
tranquillement, en se retournant dans le lit : « Mon
Dieu! que ces gens-là se lèvent de bonne heure! »
sonne à présent au creux de l'estomac ; et le billet
tourmente : il donne des insomnies de commerçant
qui rêve à des protêts. Le corps même n'est plus
aussi philosophe. Il perd l'assurance de sa santé.
Les excès, les privations, les malaises refoulés, tous
les reports des souffrances passées, commencent à
y revenir et à y mettre comme une vague menace
de l'expiation de la jeunesse. La Vie se venge de
l'abus et du mépris qu'on a fait d'elle. L'estomac
ne s'accommode plus de rester vingt-quatre heures
sans manger, avec une tasse de café le matin et
deux verres d'absinthe avant de se coucher. L'hiver
souffle dans le dos : le paletot manque... Sinistre
retour d'âge de la bohême, où l'on croirait voir
une jeune Garde partie, misérable et gaie, pour la
victoire, et qui maintenant, s'enfonçant dans le
froid, commence à sentir les rhumatismes des gîtes
et des épreuves de ses premières campagnes!

Alors sur une banquette de café, dans la tristesse
de l'heure, quand le jour descend et que la demi-
nuit d'une salle encore sans gaz brouille sur le
papier l'imprimé des journaux, il y a de lugubres
rêveries de ces hommes si vieux après avoir été si
jeunes. Ils songent à des amis riches qu'ils ont
connus, à des tables toujours mises, à des maisons

où il y a un piano, une femme, des enfants, du feu, une lampe. Ils revoient les meubles en acajou, les tapis sous les chaises, le verre d'eau sur la commode, le luxe bourgeois du marchand en gros au fils duquel ils vont donner des leçons. Ils pensent à ce qu'ont les autres : un intérieur, un ménage, une carrière...

Et alors, peu à peu, il semble qu'ils aperçoivent dans la vie d'autres horizons. Toutes sortes de choses méconnues par eux leur apparaissent pour la première fois sérieuses, solides et graves. Le propriétaire ne leur semble plus le grotesque Cassandre du loyer dont s'amusaient leurs charges de rapins : ils y voient l'homme qui vit de ses revenus, et le Pouvoir qui fait saisir. Et devant la vision qui leur montre leurs anciennes risées, la Société, la Famille, la Propriété, le Bourgeois; devant l'écrasante image de toutes ces existences classées, rentées, confortables, prospères, honorées, — il leur vient comme la désolante idée, le regret et le remords de n'être que des passants et des errants de la vie, campés à la belle étoile, en dehors du droit de cité et de bonheur des autres hommes...

Anatole en était à cette quarantaine du bohême.

CXXXVII

Il faisait un de ces jours de printemps de la fin d'avril où souffle dans l'air la dernière aigreur de l'hiver, tandis que s'essayent sur les murs de Paris de pâles chaleurs et les premières couleurs de l'été.

Anatole, avec un chapeau décent, de vrais souliers, une redingote neuve, un air heureux, traversait en courant le jardin du Luxembourg. Il se cogna presque contre un Monsieur qui se promenait à petits pas dans un paletot à collet de fourrure.

— Toi?... comment, c'est toi?· — fit-il, — à Paris!... Et pas un mot? pas un bout de nouvelles?... Et comment ça va-t-il, mon vieux?

Coriolis eut un premier moment d'embarras, et rougissant un peu, comme un homme brusquement accroché par une rencontre imprévue :

—· J'arrive... — répondit-il, — Manette voulait me faire rester jusqu'au mois de juillet, mais j'en avais assez... Et me voilà... oui... tu sais, je ne suis pas écrivassier, moi... Et toi, es-tu heureux?

— Merci... pas mal... Cette brave femme de madame Crescent a eu la bonne idée de m'obtenir une copie du portrait de l'empereur... douze cents francs... Ce qu'il y a de plus gentil, c'est qu'elle a fait cela sans me prévenir... La lettre du ministère m'est tombée comme un aérolithe... Ah ça! et ta santé?

—Oh! maintenant, je vais très-bien... je suis seulement frileux comme tout...

Et un silence se fit, amené par le silence de Coriolis et par une froideur particulière de toute sa personne. C'était le froid de glace que les femmes savent si bien mettre dans tout un homme pour un autre homme, l'indifférence antipathique, le détachement dégoûté qu'elles parviennent à obtenir des amitiés d'un amant. On sentait le méchant travail sourd, continu et creusant, d'une hostilité de maîtresse contre un camarade qu'elle n'aime pas, les médisances goutte à goutte, les attaques qui lassent la défense, le lent empoisonnement du souvenir, les coups d'épingle qui tuent l'habitude dans le cœur et la tendresse dans la poignée de main de l'ami.

— Si nous buvions quelque chose là pour causer? — fit Anatole en montrant le café du jardin auprès duquel ils s'étaient rencontrés, et qui se dressait, au milieu des grands arbres à l'écorce verdie, entouré de son grillage de bois pourri, avec la tristesse d'hiver des lieux de plaisir d'été. Et prenant le bras de Coriolis, il le fit entrer dans le parterre abandonné, où des volailles becquetaient les piédestaux de quatre petits candélabres à gaz. Devant eux, ils avaient un de ces effets de lumière qui transfigurent souvent à Paris la grise platitude des maisons et la contrefaçon de grandeur des architectures bêtes.

Le ciel était d'un bleu si tendre qu'il paraissait verdir. Pour nuages, il avait comme des déchirures de gazes blanches qui traînaient. Là-dedans montait la coupole du Panthéon, baignée, chaude et violette, au milieu de laquelle une fenêtre renvoyait un feu d'or au soleil couchant. Puis, des fusées de folles branches et de cimes emmêlées, des arbres de pourpre aux premiers bourgeons verdissants, les deux côtés d'une longue et vieille allée du jardin, enfermaient dans leur cadre un grand morceau de jour au loin, un coup de soleil noyant des bâtisses et glissant par places, sur la terre blonde, jusqu'à deux statues de marbre blanc luisantes, au premier plan, des blancheurs tièdes de l'ivoire. On eût cru voir, par cette journée de printemps, le rayon d'un hiver de Rome au Luxembourg.

— Tiens! — dit Anatole à Coriolis en s'accotant contre le mur du café peint en coutil rose, — nous aurons chaud là comme si nous avions le dos au poêle... Garçon! deux absinthes... Non? Veux-tu de la Chartreuse, hein?... Ah! mon vieux! dire que te voilà!... Eh bien! cré nom, vrai, ça me fait plaisir... Y a-t-il longtemps! C'est-il vieux! Comme

passe! Avons-nous bétifié ensemble, hein?...
Ti vs, ici... voilà un café qui devrait nous con-
naî ... Là, par derrière, te rappelles-tu? quand
nous vons eu notre rage de billard chez Langibout... que nous faisions des parties de cinq
heures!... Et Zaza?... Zaza, tu sais? qui était si
drôle... qu m'appelait toujours Georges et qui
m'écrivait *Gorge* avec une cédille sous le *g* pour
faire Georges

Et voyant q ie Coriolis ne riait pas :

— Tu as dû travailler là-bas? As-tu fini une de
tes grandes machines modernes... tu sais... dont tu
étais si toqué?

— Non... non... — répondit Coriolis avec un
accent de tristesse. — Oh! j'en ferai... tu verras...
j'en vois... Là-bas, ce que j'ai fait? Mon Dieu! j'ai
fait une vingtaine de petits tableaux du midi de la
France... En y joignant une quarantaine de mes
esquisses d'Orient... tout cela, je te dirai, ce n'est
pas mon dernier mot... mais enfin ça ferait une
vente, tu comprends... il y aurait de quoi faire un
jour aux Commissaires-Priseurs... C'est la mode
à présent, les Commissaires-Priseurs... Et je crois
que ce serait une bonne chose pour moi... Ça me
ferait revenir sur l'eau, et j'en ai besoin... depuis
trois ans que je n'ai pas exposé, on a eu le temps
de m'oublier... Il y a un catalogue, les journaux
parlent de vous, on donne les prix... Je ferai une
exposition particulière... Oh! c'est très-bon... Ce

qui ne montera pas à des prix convenables, je le
retirerai... Il faut bien faire comme tout le monde...
Je n'y aurais pas pensé sans Manette... Elle est
très-intelligente pour tout ça, Manette... Et puis
ça me liquidera... Et maintenant que me voilà ici,
avec tous mes matériaux sous la main et ce bon
mauvais air de Paris qui vous fait piocher, je te
demande un peu, — dit-il en s'animant et comme
s'il se roidissait dans une volonté d'avenir, — je
te demande un peu, qu'est-ce qui pourra m'empêcher de faire ce que je voulais faire, ce que je me
sens dans le ventre... des choses... tu verras!...
Mais je t'ai assez embêté de moi... Ah ça! qu'est-ce
qui m'a donc dit que ta mère t'était tombée sur le
dos, mon pauvre garçon?

— Parfaitement... J'ai cette croix-là, la croix de
ma mère... Enfin! on n'a qu'une maman, ce n'est
pas pour la laisser sur le pavé... Et puis, je ne
peux pas lui en vouloir de m'avoir donné le jour...
Elle croyait bien faire, cette femme...

— Mais est-ce qu'elle n'avait pas une certaine
aisance, ta mère?

— Mais si... Il y a eu un temps où il y avait
quatre lampes Carcel à la maison... Mais maman
avait une maladie, vois-tu, qui l'a perdue... Il fallait qu'elle donnât à jouer au whist... La rage de
recevoir, quoi!... d'inviter des chefs de bureau à
dîner... Tout ce qu'elle gagnait y a passé... A la
fin de tout, elle avait quelque chose en viager pour

ses vieux jours chez une perle de banquier : il a
levé le pied, et un beau jour, plus un radis! voilà
l'histoire... Tu comprends que ce n'était pas le
moment de lui demander des comptes de la fortune
de papa... J'ai pris deux chambres... et, quand elle
a l'air trop ennuyé le soir, je lui dis : Maman, si tu
veux, je vais dire au portier de monter pour faire
ton whist!

— Allons! ne blague donc pas... il paraît que tu
t'es conduit admirablement, et toi qui es si
vache, on m'a dit que tu t'étais remué comme un
enragé, que tu avais fait des pieds et des mains
pour vous sortir de misère....

— Moi? laisse donc... — fit modestement Anatole à demi humilié d'être complimenté de son
dévouement filial, et revenant à ses idées d'observation comique : — Le plus drôle, mon cher, c'est
que ça ne l'a pas changée, c'est toujours la même
femme... Voilà donc ses malheurs qui arrivent...
plus le sou, plus rien que les meubles de sa
chambre... Moi, c'était raide... J'avais six francs,
six francs net pour le déménagement... Eh bien!
sais-tu ce qui la préoccupait? C'était d'envoyer des
cartes de visite avec P. P. C! pour prendre congé!...
Maman, je te dis, — et sa voix prit la solennité
caverneuse du Prudhomme de Monnier, — c'est la
victime des convenances sociales!

— Tais-toi, imbécile! — fit Coriolis sans pouvoir
s'empêcher de rire.

Et continuant à causer, ils laissaient peu à peu leurs paroles retourner au passé et toucher çà et là à ce qui réchauffe les années mortes. Les regards d'Anatole, chargés d'expansion, enveloppaient Coriolis, et, en parlant, il appuyait ce qu'il disait de pressions, d'attouchements caressants, de gestes posés sur quelque endroit de la personne de son interlocuteur. A ce contact, au frottement de ces mains qui retâtaient une vieille amitié, au souffle des jours passés, sous les mots, les questions, les souvenirs d'effusion qui remuaient une liaison de vingt ans et leurs deux jeunesses, Coriolis sentait mollir et se fondre sa froideur première. Et tu viens dîner à la maison, n'est-ce pas? — dit-il à la fin.

Ils se levèrent, sortirent du Luxembourg et remontèrent la rue Notre-Dame-des-Champs, cette rue d'ateliers et de chapelles, aux grandes maisons conventuelles, aux étroites allées garnies de lierre, aux loges rustiques de portiers, aux affiches de pommade de Sœurs, la grande rue religieuse et provinciale où trébuchent de vieux liseurs de livres à tranches rouges, et qui, avec ses cloches, semble sonner l'heure du travail avec l'heure du couvent.

Anatole débordait de paroles; Coriolis parlait moins et se renfermait en lui-même avec un air de préoccupation, à mesure qu'on approchait de la maison.

— Et elle va bien, Manette? — demanda Ana-

tole, quand ils furent à deux ou trois portes de
Coriolis.

— Très-bien.

— Et ton moutard?

— Très-bien, très-bien, merci.

Ils montèrent.

— Tiens! veux-tu attendre un instant dans
l'atelier, — dit Coriolis, — je vais prévenir Manette
que tu dînes.

Anatole entra dans l'atelier, plein d'une tiède
chaleur, où se levait, d'une bouilloire sur le poêle,
une forte odeur de goudron. Il était à peine là
que, par une petite porte, un enfant se glissa
comme un petit chat, et, ayant attrapé le coin du
divan, il s'y colla, les mains derrière le dos,
appuyées contre le bois, le ventre un peu en avant,
avec cet air des enfants que leur mère envoie sur-
veiller au salon un monsieur qu'on ne connaît pas.

— Tu ne me reconnais pas? — dit Anatole en
s'avançant vers lui.

— Si... es le monsieur qui faisait les bêtes...
— répondit sans bouger le bel enfant de Coriolis; et
il fit le silence d'un petit bonhomme qui ne veut
plus parler. Puis, comme pour se reculer d'Anatole, il se renversa en arrière sur le divan, avec
une grâce maussade, et de là, se mit à suivre, sans
le quitter de ses deux petits yeux ronds, tous ses
mouvements.

Un peu gêné du tête-à-tête avec ce gamin qui le

tenait à distance, Anatole se mit à regarder des panneaux posés sur deux chevalets, des paysages aux ciels de lapis, aux verts métalliques d'émail.

Il avait fini son examen, et commençait à trouver le temps long, quand Coriolis reparut avec un air singulier.

— Nous dînerons nous deux, — fit-il, — Manette a la migraine... Elle s'est couchée.

— Tiens !... Ah ! tant pis, — dit Anatole. — Moi, qui me faisais un plaisir de la voir... Il est très-gentil, ton fils... Charmant enfant !

— Ah ! tu regardais ?... C'est de là-bas, tout ça... Tu sais, nous étions à Montpellier... La Camargue, c'est à deux pas... On n'a qu'à descendre le Lez, une jolie petite rivière avec des iris jaunes, pendant une heure... Et puis, passé les saules d'un petit hameau qu'on appelle *Lattes*, c'est ça, mon cher... Oh ! un bien drôle de pays... une vraie Égypte, figure-toi... Tiens ! voilà... — Et il touchait dans ses études les effets et les couleurs dont il lui parlait. — Une terre... comme ça... des grandes flaques d'eau... des marais avec de l'herbe... et entre l'herbe, des grandes plaques d'azur, des morceaux de ciel très-crus... aussi crus que ça... Et puis à côté, tu vois... des langues de sable avec des touffes de soude... un tas de canaux là-dedans, avec ces bateaux-là, à drague, avec des roues à godets... des petits îlots brûlés... de temps en temps un grand pré vague... voilà... où il n'y a que ça, deux ou trois juments blanches qui filent, ou des troupes de taureaux qui s'effarent quand vous passez... une fermentation du diable dans toutes ces eaux-là... une végétation ! des joncs, des tamaris, des ronces, des roseaux !... Et des ciels, mon cher ! C'est plus bleu que ça encore... Enfin, tout : des scorpions, du mirage... il y a du mirage... il y a même des flamants... tiens, d'après nature, s'il vous plaît, ces flamants-là... près de Maguelonne... et ils volaient, je te réponds !... Ils avaient l'air heureux, comme moi, de retrouver leur Orient...

— Mais, dis donc, — fit Anatole en regardant les murs du nouvel atelier de Coriolis à peine garnis de quelques plâtres, — qu'est-ce que tu as fait de tes bibelots ?

— Oh ! tout a été vendu quand nous sommes partis... C'était un nid à poussière... Viens-tu dans la salle à manger ?... ça les décidera peut-être à nous servir...

Le dîner, un dîner de restes où rien ne rappelait l'ancienne largeur du ménage de garçon de Coriolis, fut servi par deux filles qui répondaient aigrement aux observations de Coriolis, s'asseyaient sur un coin de chaise, quand les dîneurs s'oubliaient, après un plat, à causer.

— Tiens ! — dit Coriolis, quand on fut au café, avec un ton d'impatience qu'Anatole ne comprit pas, — prends ta tasse, le carafon d'eau-de-vie... Nous serons mieux dans l'atelier...

Anatole, en effet, s'y trouva bien. Le plaisir d'être avec Coriolis, quelques petits verres qu'il se versa, le firent bientôt s'épanouir; et ses vieilles gaietés lui revenant, il recommença ses anciennes farces, bondissant, criant : Hou! hou! aboyant comme un gros chien autour de Coriolis, l'étourdissant de tours de force et de menaces de tapes, se jetant sur lui en lui disant : — C'est donc toi! la voilà, la grosse bête! — le chatouillant, le pinçant, et tout à coup s'arrêtant, pour jeter sa joie dans ce mot : — Tiens! je suis content comme si j'étais décoré!

Tout en jouant, Anatole revenait à l'eau-de-vie. A la fin, il leva le carafon à la lumière de la lampe, et y chercha du regard un dernier verre : le carafon était vide. Coriolis sonna. Une bonne parut.

— De l'eau-de-vie...

— Il n'y en a plus, — dit la bonne avec une voix dont Anatole lui-même perçut l'insolence.

Au bout de quelques instants, il prenait sur un fauteuil le chapeau qu'il y avait posé à plat soigneusement sur les bords : c'était chez lui un principe absolu de poser ses chapeaux ainsi, pour empêcher, disait-il, les bords de tomber; et il partait sans que Coriolis cherchât à le retenir.

Une fois dans la rue, au froid de l'air fouettant sa griserie, le mot de la bonne lui retombant dans la pensée avec le dîner, la journée, la première gêne, les singularités de Coriolis, Anatole marcha en se parlant tout haut à lui-même, se répétant tout le long du chemin : — « Il n'y en a plus ! Il n'y en a plus ! »... En voilà une bonne que je retiens ! « Il n'y en a plus ! »... Et sa migraine, à madame !... « Il n'y en a plus ! »... Et toute la maison... ïoutre ! ïoutre ! ïoutres, les domestiques ! ïoutre, la femme ! ïoutre, le moutard, ïoutre, mon ami ! ïoutre !... tous, ïoutre !... pas moi, ïoutre...

CXXXVIII

La maîtresse avait frappé un grand coup en enlevant Coriolis de Paris, en brisant brusquement ses habitudes, en l'arrachant aux milieux de sa vie, en l'isolant et en le tenant près de deux années sous une influence que rien ne combattait, dans des endroits nouveaux qui ne lui parlaient pas de l'indépendance de son passé. Toutes les facilités s'étaient rencontrées là pour l'asservissement d'un homme malade, se croyant plus malade encore qu'il n'était, et disposé à accepter la volonté de l'être qui le soignait, comme on accepte une tasse de tisane, par fatigue, par ennui de lutter, par ce renoncement à vouloir que fait chez les plus forts la pensée de la mort. Son autorité de garde-

malade, la maîtresse l'avait peu à peu tout doucement étendue sur l'homme. Elle avait touché à ses
sentiments, à ses instincts, à ses pensées. Coriolis
s'était laissé lentement enlacer, envelopper, du
cœur à la cervelle, saisir tout entier, par ces mains
de caresse remontant son drap ou lui croisant son
paletot sur la poitrine, l'entourant à toute heure de
chaleur, de tendresse, de dorloterie. Les attentions
maternelles, si affectueusement grondeuses de Manette, la solitude, le tête-à-tête, l'habitude que
chaque jour ramène, ces deux forces lentes et dis-
solvantes : le temps et la femme, avaient longuement usé les résistances de son caractère, ses
instincts de soulèvement, ses efforts de rébellion.
Des soumissions que la femme légitime n'impose
pas au mari auquel elle est liée pour toujours, la
maîtresse les avait imposées à l'amant qu'elle était
libre de quitter : elle l'avait plié à une servitude de
peur, à des retours craintifs et humiliés devant le
moindre symptôme d'irritation, la plus petite menace de fâcherie. Un abandon, une rupture, un
départ, c'était ce que Coriolis voyait aussitôt, et,
dans une fièvre d'inquiétude, la terreur le prenait
de perdre cette femme, la seule dont il pût être
aimé et soigné, cette femme nécessaire à sa vie, et
sans laquelle il n'imaginait pas l'avenir. Le maîtri-
sant par là, le tenant lié par cet immense besoin
qu'il avait d'elle, et qu'elle surexcitait, en l'inquiétant, avec l'habileté et le génie de tact donnés aux

plus médiocres intelligences de son sexe, Manette avait fini par faire pencher Coriolis vers ses manières de voir à elle, ses façons de juger, ses antipathies, ses petitesses. Ce qu'elle avait obtenu de lui, ce n'avait point été une entière et brusque abdication de ses goûts, de ses instincts, de ses attaches de cœur : ce qui s'était fait dans Coriolis était plutôt une diminution dans l'absolue confiance de ses opinions. Entre elle et lui, il s'était produit l'effet de cette loi ironique qui veut que dans la communauté de deux intelligences, l'intelligence inférieure prédomine, marche à la longue fatalement sur l'autre, et donne ce spectacle étrange de tant d'hommes de talent ne voyant rien que par le petit objectif de la femme qui les a.

Il avait bien encore dans la tête, tout en haut de l'esprit et de l'âme, des idées auxquelles il ne laissait pas Manette toucher ; mais c'était tout ce que Manette n'avait pas encore atteint, abaissé et plié en lui. A mesure qu'il vivait de la société de cette femme, de sa causerie, de ses paroles, il perdait le mépris carré qui le défendait au premier jour contre l'impression de ce qu'elle lui disait. Il avait commencé par ne pas l'entendre quand elle lui parlait de choses qu'il ne voulait pas entendre ; maintenant il l'écoutait, et, malgré lui, il l'entendait.

Cependant, quand il se retrouva à Paris, mieux portant, armé d'un peu plus d'énergie et de santé, renoué à ses connaissances, retrempé dans le courant parisien, fouetté par des plaisanteries d'amis; quand il se vit, dans un quartier qu'il n'aimait pas, avec des domestiques insupportables, tomber à cette vie que lui faisait Manette, une vie antipathique à tous ses goûts, mortelle à ses amitiés, étroite, retrillonnée, au-dessous de sa fortune, indigne de ses habitudes, Coriolis ne put réprimer un mouvement de révolte. Mais alors, il rencontra dans la volonté de Manette une espèce de force qu'il n'avait pas soupçonnée, une résistance qui paraissait toujours céder et qui ne cédait jamais, un entêtement sans violence, une sorte d'opiniâtreté ingénue, caressante, presque angélique. A tout, elle disait : Oui, et faisait comme si elle avait dit : Non. S'il s'emportait, elle s'excusait : elle avait oublié, elle pensait ne pas le contrarier ; c'était de si peu d'importance. Et pour tout ce qu'elle décidait, ce qu'elle commandait contre les ordres de Coriolis, contre son désir tacite ou formel, c'était le même jeu, la même justification tranquille et de sang-froid. Il y avait dans la forme de sa domination comme une douceur passive, un air d'humilité désarmante, une sorte d'indolence apathique, devant lesquelles les colères de Coriolis étaient forcées de se dévorer.

CXXXIX

La grande distraction de Coriolis avait été jusque-
là de réunir deux ou trois amis à sa table. Il aimait
ces dîners familiers qu'égayaient des causeries et
des visages de vieux camarades ; et il avait pris une
chère habitude de ces réceptions sans façon, qui
étaient pour lui la fête et la récompense de sa journée, la récréation du soir où il oubliait la fatigue
quotidienne de son travail, et se retrempait à la
verve des autres.

Peu à peu, les dîneurs d'habitude devinrent
rares et ne parurent plus que de loin en loin : Coriolis s'en étonna. Qui les éloignait ? Il montrait
toujours le même plaisir à les voir. Et il ne pouvait
accuser Manette de les renvoyer : elle n'avait pas
avec eux la migraine qu'elle avait eue avec Anatole
Elle les recevait aimablement, lui semblait-il, s'occupait d'eux, les servait, n'avait jamais d'aigreur
ni de mauvaise humeur. Et cependant presque
tous un à un désertaient. Ses plus vieux amis ne
revenaient pas. Et quand Coriolis les rencontrait,
ils essayaient de se dérober à la chaude insistance
de son invitation, en s'excusant sur des prétextes.

Ce qui les chassait, c'était ce qui chasse les a . s

d'un intérieur, l'absence de cordialité qui se répand
et s'étend de la maîtresse de la maison à la maison
même, l'accueil maussade et rechigné des murs,
une espèce de mauvaise volonté des choses qu'on
gêne et qu'on dérange, la sourde hostilité des
meubles contre les hôtes, la chaise boiteuse, le feu
qui ne prend pas, la lampe qui ne veut pas s'allumer, l'égarement des clefs de ménage qu'on
cherche, l'ensemble de petits accidents conjurés
pour le malaise de l'invité. Les délicats étaient encore blessés de l'accent d'amabilité de Manette; ils
y sentaient un ton d'effort et de commande, la
grâce forcée d'une maîtresse obligée de les subir,
leur en voulant comme d'une indiscrétion de s'être
laissé inviter, et faisant, à travers son sourire,
courir sur la table des regards qui semblaient faire
des marques aux bouteilles. Ses attentions, l'occupation embarrassante qu'elle prenait d'eux, les
plaintes en leur présence sur les plats manqués, les
réprimandes sur le service, étaient chez elle autant
de façons polies de les prier de ne pas revenir. Et
pour les natures moins fines, moins sensibles, que
ces façons de Manette ne blessaient point, il y
avait autour de la table, pour les renvoyer, l'insolence des deux grandes bonnes, leur air grognon et
lassé de la fatigue du dîner, le dédain de leur main
à donner une assiette, leur impatience à attendre
la fin du dessert, leur mine de domestiques à des
gens qui ne viennent que pour manger.

Dans l'espèce de rêve et d'échappement à la réalité où vivent les hommes dont la tête travaille et que remplit une œuvre, Coriolis, planant au-dessus de tous ces détails, ne s'apercevait de rien. Enfin, un jour qu'il invitait Massicot, devenu son voisin et resté l'un de ses derniers fidèles :

— Dîner? — lui répondit Massicot — je veux bien... mais au restaurant.

— Pourquoi?

— Ah! pourquoi?... Eh bien, parce que chez toi... chez toi, il me semble qu'il y a des cents d'épingles anglaises dans le crin de ma chaise, et qu'on me met quelque chose dans ma soupe qui m'empêche de la manger!... Tiens! il y a des gens qui deviennent fous en regardant un anneau de rideau dans une chambre où leurs parents les ont embêtés... Moi, quand je regarde le papier de ta salle à manger, il me prend des envies de casser mon assiette sur le nez de tes bonnes.... et de prier ta femme... pas poliment... d'aller se coucher!

CXL

Tout avait changé dans l'intérieur de Coriolis.

Son petit logement n'était plus son grand et large appartement de la rue de Vaugirard. Son atelier, dépouillé de ce clinquant d'art sur lequel l'œil du coloriste aime à se promener, semblait vide et froid, presque pauvre.

Là-dedans, à la place du domestique et de l'ancienne cuisinière, étaient installées les deux cousines de Manette, deux créatures à la désagréable tournure hommasse de bonnes de province, l'une retirée d'un service de ferme des Vosges, l'autre de la maison de Maréville, où elle soignait les fous.

Manette avait encore établi dans la maison sa vieille mère dont la colonne vertébrale était presque entièrement ankylosée, et qui, clouée et roide, restait à l'angle d'une cheminée, à un coin de feu, avec son serre-tête noir de veuve juive, sa figure orange, l'enfoncement sombre de ses yeux. l'automatisme effrayant de ses mouvements, le marmotage grommelant et redoutable de prières incompréhensibles. Dans l'escalier, à la porte, sans cesse, Coriolis rencontrait dans ses grandes jambes un jeune homme aux cheveux laineux, portant toujours un petit paquet enveloppé dans un mouchoir de couleur : c'était un frère de Manette. A de certains jours, il entrevoyait dans le fond de la cuisine des têtes pointues, des yeux louches et brillants, des lippes de ces *nixkandlers*, de ces industriels du trottoir et du boulevard sortis du petit village de Bischeim, près de Strasbourg.

Humblement, à pas rampants, la juiverie se

glissait, montait à la dérobée dans la maison, l'enveloppait par-dessous, y mettait l'air de ses habitudes et la contagion de ses superstitions. Les deux
cousines, conservées par la province plus près de
leur culte et de leur origine, défaisaient peu à peu,
dans Manette, l'indifférence et les oublis de la Parisienne. Elles la renfonçaient aux pratiques et aux
idées du judaïsme, fouillant, retrouvant, ranimant
dans la juive vieillissante la persistance immortelle
de la race, ce qui reste toujours de juif dans le sang
qui paraît ne plus du tout l'être.

Depuis le jour de la synagogue, Coriolis n'avait
rien vu en elle de sa religion ni de son peuple. Manette avait pourtant toujours gardé de ce côté de
secrètes attaches. Il ne s'était guère passé de samedi sans qu'elle menât ce jour-là sa sortie ou sa
promenade vers une petite place située à l'embran-
chement de la rue des Rosiers, de la rue des Juifs,
de la rue Pavée, de la rue du Roi-de-Sicile, dans
ce rassemblement au soleil de l'après-midi que font
là les juifs. C'était comme un besoin pour elle de
passer et de repasser une ou deux fois à travers ces
figures de gens qu'elle ne connaissait pas, auxquels elle ne parlait pas, mais dont elle s'approchait,
qu'elle touchait, et dont la vue lui donnait pour
toute la semaine comme une espèce de communion
avec les siens et avec une humanité de sa famille.

On arrivait à ne plus servir sur la table que des
viandes tuées selon le rite traditionnel du *schechita;*

on allait chercher de la choucroute rue des Rosiers. Maîtresses de l'intérieur, les femmes de la maison ne se gênaient plus pour soumettre Coriolis à la tyrannie des usages pour lesquels il avait de la répugnance.

Mais ce n'était là que de petits despotismes, ne faisant que taquiner, irriter, impatienter Coriolis. De plus graves ennuis, de poignants soucis de cœur lui venaient d'un bien autre envahissement de sa vie : il sentait la domination hostile de ces femmes toucher à l'affection de son enfant, et la détourner de lui. Son fils, à mesure qu'il grandissait, lui semblait aller à ces étrangères, se complaire dans leurs jupes, comme s'il était instinctivement attiré par une sympathie mystérieuse de consanguinité. Pour l'avoir, pour en jouir, il était obligé d'aller le prendre, l'arracher à sa grand'mère qui, de sa vieille mémoire chevrotante, versant à la jeune imagination de l'enfant le merveilleux du *Zeanah Surenah*, lui rabâchant des choses de vieux livres écrits en germanico-judaïque, le tenait charmé, ébloui devant les contes de l'Orient talmudique, les repas dont le vin sera celui d'Adam, dont le poisson sera le Léviathan avalant d'un seul coup un poisson de trois cents pieds, dont le rôti sera le taureau Behemot mangeant tous les jours le foin de mille montagnes.

CXLI

Crescent venait à peine trois ou quatre fois par an à Paris pour faire provision de toiles, de couleurs, de brosses, toucher le prix d'un tableau. A chacun de ces petits voyages, il ne manquait pas d'aller voir Coriolis, et passait le plus souvent avec lui toute une demi-journée.

Coriolis avait un grand plaisir à le revoir. Il retrouvait en lui un souvenir du bon temps de Barbison. Il aimait ce que le rustique artiste lui apportait de l'odeur et de la sérénité des champs. Et il était heureux de voir un brave homme heureux.

A une de ces visites : — Et Anatole ? — se mit à dire Crescent... — J'ai été si habitué à le voir avec vous...

— Oh ! il y a bien longtemps, — fit Coriolis, embarrassé. — Il est venu dîner un soir... Et puis, nous ne l'avons pas revu... je ne sais pas pourquoi...

— Oh ! il a assez mangé ici... — dit Manette.

— Pauvre garçon... — reprit Crescent — on vient de me faire des plaintes sur lui au ministère pour la commande que je lui ai fait avoir... Il paraît qu'il ne finit pas sa copie. On lui a écrit pour l'inspection.

— Je crois bien, — dit Manette, — il est si paresseux !... une vraie couleuvre...

— Après ça, peut-être, qu'il n'y a pas de sa
faute... Dans sa position, il faut d'abord manger,
il faut gagner son pain de chaque jour... Gueuse
de misère tout de même dans nos états, quand on
reste en route...

Et changeant de ton : — Ah ça ! toi, — dit-il
brusquement à Coriolis, — tu m'as toujours pro-
mis un dessin... Ce n'est pas tout ça... il me faut
mon dessin... Où est mon dessin ?

— Tiens ! là, au fond de l'atelier... le carton
rouge... C'est ça...

Crescent se baissa, ouvrit le carton, commença
à feuilleter : c'était un choix des plus beaux dessins de Coriolis. Machinalement, il leva les yeux :
il vit dans la psyché devant lui, Manette vivement
rapprochée de Coriolis, lui faisant le signe de colère
d'une femme furieuse de voir emporter de la maison un objet de valeur, quelque chose représentant
de l'argent. Et presque aussitôt : — Non, pas le
rouge, — lui cria Coriolis, — l'autre, à côté... le
vert... tiens... là...

Crescent prit le carton vert, l'apporta à Coriolis.

Coriolis, avec un geste de tristesse, y prit un
dessin, le mit sur une table, le retravailla, le *recala*
longuement, puis le rendit à Crescent.

Quelques minutes après, Crescent lui serrait
chaudement la main, et sortait sans saluer Manette.

15.

CXLII

Les amis ainsi écartés, l'isolement refait à Paris autour de Coriolis, le travail incessant de la maîtresse continua, poursuivant plus hardiment la diminution, l'annihilation du maître de la maison, avec cette espèce d'écrasant despotisme que la femme du peuple met dans la domination domestique. Manette eut, comme la femme du peuple, ces tyrannies affichées, publiques, montrées devant les domestiques, les fournisseurs, les gens qui passent, et ôtant à un homme la dignité qu'une femme de la société laisse par pudeur à la faiblesse d'un mari. Coriolis perdait le gouvernement et le commandement de son intérieur; on lui retirait des mains la direction de la maison; on lui ôtait de la bouche les ordres à donner. Il ne comptait plus, il n'entrait plus dans les arrangements qui se faisaient. Il n'était plus consulté pour tout ce que voulait Manette que par un : « N'est-ce pas, chéri? » qu'elle lui jetait de confiance, sans écouter sa réponse. Il n'eut bientôt plus l'argent : la femme le prit comme dans un ménage d'ouvrier, le serra, le retint, s'habitua à le regarder comme une chose à elle, qu'elle lui donnait, et dont il devait lui dire l'usage. Des privations, des retranchements furent imposés à ses goûts. Coriolis avait un sentiment d'élégance de créole. Il s'était toujours mis de façon distinguée et dépensait largement pour tout ce qu'un homme des colonies appelle « son linge ». On le contraria là-dessus jusqu'à ce qu'il prît un petit tailleur travaillant à bon marché; et à peu de temps de là commença à se montrer dans sa toilette le coup de ciseau d'ouvrières de la maison.

Toute sa vie fut rabaissée, asservie à des habitudes ménagères, à la façon de vivre de ce trio de femmes qui, tous les jours, le tiraient un peu plus à elles, approchaient de lui leur familiarité, l'entraînaient dans quelque place humble à un spectacle qui l'assommait, ou le poussaient à une soirée ministérielle pour le bien de ses affaires.

Ce fut comme une longue dépossession de lui-même, à la fin de laquelle il ne s'appartint presque plus. De soumissions en soumissions, Manette l'amenait à être dans la maison un de ces grands enfants qu'on soigne comme un petit enfant, un de ces êtres vaincus, désarmés, absorbés, dociles, qu'une femme mène, manœuvre, tapote, habille, cravate, embrasse, et qui, jusqu'au dehors et dans la rue, emportent la marque de leur humilité et de leur sujétion au logis.

Encore Manette le dédommageait-elle par des caresses, des chatteries, des affectuosités, des douceurs : de temps en temps, il sentait passer dans le toucher de sa main les tendresses dont on flatte, pour le faire obéir, un animal domestique. Mais à côté de Manette, il y avait les deux cousines, les deux mauvaises figures, qui semblaient mépriser Coriolis en face, et rire ironiquement de sa déchéance. Avec leur air de dédaigner ses ordres, l'aigreur de leurs réponses, leur grossièreté amère, leur entente sournoise pour blesser ses goûts, ses préférences, ses manies, leur espèce de domination en sous-ordre, ces femmes entouraient Coriolis de son humiliation, et la lui rapportaient à toute heure. Ce qu'elles lui faisaient souffrir et dévorer, cette torture qui d'abord l'avait exaspéré, maintenant lui causait comme une peur : il se retournait vers Manette, implorait sa présence contre elles, lui demandait, quand par hasard elle sortait le soir, de revenir de bonne heure, pour ne pas être livré aux bonnes, leur appartenir toute la soirée.

On eût dit que, dans cet avilissement, les forces de résistance de Coriolis, tous les appareils de la volonté, tout ce qui tient debout le caractère d'un homme, cédaient peu à peu ainsi que cède la solidité d'un corps à la dissolution de cette maladie d'Égypte faisant des os quelque chose de mou qu'on peut nouer comme une corde.

CXLIII

Et cette domination domestique, cette volonté substituée à la sienne dans le ménage, Coriolis commençait à les voir se glisser peu à peu jusqu'aux choses de son métier, de son art, essayer doucement de s'attaquer à l'artiste, s'approcher de son chevalet, toucher presque à son inspiration.

Quand Manette, à une ébauche qu'il lui montrait, jetait un glacial encouragement; quand, à côté de lui, elle lui semblait faire la mine à ce qu'il brossait, ou bien seulement quand, avec l'admirable talent des femmes à jouer l'aveugle, elle affectait de ne pas voir ce qu'il peignait, Coriolis était pris dans son travail d'une impatience nerveuse qui lui faisait gâter son esquisse et son tableau. De sa toile, il ne percevait plus que les faiblesses, les difficultés, les côtés décourageants, ce qui arrête la verve en tuant l'illusion; et il ne tardait pas à abandonner son œuvre commencée.

Coriolis, le Coriolis cabré toute sa vie sous les conseils des autres, avec le juste orgueil de sa valeur; le Coriolis si dédaigneux de l'intelligence et des goûts d'art de la femme, si jaloux de ses sensations propres, de son optique personnelle, de l'in-

dépendance et de l'ombrageuse originalité de son
tempérament, Coriolis acceptait des découragements lui venant de cette femme! L'habitude de
lui obéir, de la consulter, de lui soumettre et de lui
confier tout le reste de sa vie, l'avait mené lentement à cet asservissement où les faiblesses de
l'homme descendent dans l'artiste, mettent sur sa
peinture le nuage du front de sa maîtresse, entament
sa foi en lui-même, et finissent par lui ôter le caractère jusque dans le talent.

Il n'osait s'avouer à lui-même cette influence de
Manette. Il en repoussait l'idée, il n'y voulait pas
croire, il se débattait sous elle. Et cependant, malgré lui, aux heures de ses réflexions solitaires, il se
rappelait son exposition de 1855, cette tentative
dans laquelle il avait entrevu un nouvel horizon
d'art. Il fallait bien qu'il en convînt avec lui-même :
ce n'étaient point la presse, les criailleries des journaux, la morsure de la critique, qui l'avaient fait
reculer devant le moderne, et abandonner le grand
rêve de peindre son temps. C'était elle avec ses
« rengaînes » de mauvaise humeur, avec tout ce
qu'elle lui avait dit ou laissé voir pour le détourner
de l'art qui ne se vend pas, et le pousser à des tableaux de vente. Car Manette, comme une femme
et comme une juive, ne jugeait la valeur et le talent
d'un homme qu'à cette basse mesure matérielle :
l'achalandage et le prix vénal de ses œuvres. Pour
elle, l'argent, en art, était tout et prouvait tout. Il

était la grande consécration apportée par le public. Aussi travaillait-elle infatigablement à mettre dans la carrière de Coriolis la tentation de l'argent. Elle comptait, faisait sonner à son oreille les gains des autres : elle l'étourdissait, l'humiliait des gros prix de celui-ci, de celui-là, des revenus de chaque année de la peinture de Garnotelle. Elle approchait encore de lui des ambitions mesquines, des aspirations bourgeoises, des velléités de candidature à l'Institut, toutes sortes d'appétits tournés vers le succès.

Vainement Coriolis essayait de ne pas l'entendre et de se fermer à ces excitations incessantes, à ces paroles qui avaient le retour et la patience de la goutte d'eau qui creuse : lui qui s'était jusque-là estimé si heureux d'avoir son pain sur la planche, d'être au-dessus des exigences, des concessions de misère qui déshonorent un talent; lui, plein de dégoût et de mépris pour tout ce qui sentait le commerce chez les autres; lui, l'amoureux et le religieux de son art, qui avait fait de la peinture sa chose sainte et révérée, la religion désintéressée et le vœu sévère de son existence ; lui qui, à l'idéal de sa vocation avait sacrifié des bonheurs de sa vie, du plaisir, un amour, les paresses du créole; lui, l'artiste raffiné, délicat, rare, qui s'était presque fait un point d'honneur de tenir à distance la vogue et la mode; lui, dont la carrière n'avait été que fierté, liberté, pureté, indépendance, — il commençait à éprouver auprès de cette femme comme les premiers symptômes d'un ramolliss_ment de sa conscience d'artiste.

Souvent une honte enragée le prenait, la honte d'une sorte de dégradation morale qui s'accomplissait graduellement en lui, la honte de quelqu'un qui va mettre une mauvaise action, le reniement de toute sa vie dans une vie d'honneur! Il s'en allait, ne revenait pas dîner, par horreur du contaçt de cette femme; et, seul avec lui-même, dans quelque promenade de solitude, fouillant ses lâchetés, se penchant dessus, en sondant le fond, il se demandait avec angoisse, si, à force d'entendre ce mot, cette idée, ce maître et ce dieu de cette femme: l'Argent! revenir toujours dans sa bouche, juger tcut, excuser tout, couronner tout pour elle, l'Argent ne lui parlait pas déjà un peu aussi à lui.

CXLIV

Un moment arrivait où le talent de Coriolis paraissait vaincu, dompté par Manette, docile à ce qu'elle voulait de lui. L'artiste semblait se résigner aux exigences de la femme. De l'art, il se laissait glisser au métier. L'avenir qu'il avait rêvé, il l'ajournait. Ses projets, ses ambitions, la haute et vivante peinture qu'il avait eu l'idée de tenter, il les remettait, les repoussait à d'autres temps, quand un hasard vint, qui le rattacha violemment à ses œuvres passées, et, redressant l'homme dans le peintre, faillit lui faire briser d'un coup sa servitude.

Dans le débarras de tout le cher bric-à-brac que Manette avait su obtenir de son découragement, de son affaiblissement maladif, lors de leur départ pour le midi de la France, Manette avait encore voulu qu'il se dessaisît de ces deux toiles, *la Révision* et *le Mariage*, qu'elle disait encombrantes et invendables. Coriolis, auquel ces deux tableaux rappelaient un insuccès et des attaques, ennuyé et souffrant de les voir, n'avait pas fait grande résistance ; et les deux toiles avaient été vendues, données à un marchand de tableaux. De là, l'une de ces toiles, *la Révision*, passait chez un amateur, homme du monde, élégant brocanteur en chambre, littérateur de revue à ses heures, lequel ramassait depuis dix ans une galerie de modernes avec un sang-froid calculateur, jouant sur les noms nouveaux comme un agioteur joue sur des valeurs d'avenir, et résolu à faire de sa vente un « grand coup ».

Cette vente annoncée, tambourinée, fit grand bruit. Un débutant littéraire, brillant et déjà remarqué, voulant faire son trou et du bruit, cherchant une personnalité sur laquelle il pût accrocher des idées neuves et remuantes, crut trouver son homme dans Coriolis. Trois grands articles d'enthousiasme tapageur dans le petit journal le plus lu attirèrent l'attention sur « le maître de *la Révision* ». Accouru à la vente, Paris, qui avait à peine retenu le nom de Coriolis et ne savait plus trop sur quel tableau le poser, fit la découverte de cette toile balayée par les regards indifférents du public à la grande Exposition de 1855. Des polémiques s'enflammèrent, coururent de journaux en journaux. Coriolis prit les proportions d'une curiosité et d'un grand homme méconnu.

L'heure des enchères venue, deux concurrents se trouvèrent en présence : un monsieur possédé de la rage de se faire connaître, du désir furieux d'une publicité quelconque, et un agent de change ayant besoin, pour rasseoir son crédit et écraser des bruits désastreux, de faire une dépense folle bien visible et annoncée dans les journaux. Entre cet intérêt et cette vanité, le tableau monta à une quinzaine de mille francs.

Coriolis avait été se voir vendre. Quand il rentra, Manette aperçut en lui comme un autre homme. Sa physionomie avait une telle expression de volonté reconquise, de dureté résolue, presque méchante, qu'elle n'osa pas lui demander des nouvelles de la vente. Ce fut Coriolis qui, le premier, rompit le silence, en allant à elle.

— Ah! vous êtes une femme qui entendez les

affaires, vous! — Et il laissa tomber avec un accent de mépris : *les affaires*.

— Ma *Révision* vient de se vendre... savez-vous combien? Quinze mille francs!... Ah! est-ce que vous croyez que ça me fait quelque chose?... Mais quand j'ai fait cela, vous n'étiez rien dans ma vie... rien que la femme qui vous sert de l'amour... comme elle vous cirerait vos bottes!... Eh bien! alors, j'étais quelqu'un, j'étais un peintre... je trouvais... Ah! vous avez eu une jolie idée de spéculation!... Savez-vous ce que vous avez fait de moi? Un homme de métier, un faiseur de peinture au jour le jour, le domestique de la mode, des marchands, du public!... un misérable!... Tenez! pendant qu'on promenait ma *Révision* sur la table, dans les enchères, je regardais... Il y a des choses là-dedans... l'homme nu, le coup de lumière, le dos en bas dans l'ombre... Je me disais : Mais c'est beau, ça! Je sens que c'est beau!... On se pressait, on se penchait... et je voyais que c'était beau dans tous les yeux qui regardaient!... A présent? Mais je ne saurais plus *fiche* une machine comme ça, ma parole d'honneur! je crois que je ne pourrais plus... Il faut pouvoir vouloir... Et c'est vous! — dit-il en s'avançant, d'un air menaçant, vers Manette, — vous, à force de tourments, en étant toujours là derrière mon chevalet, avec vos paroles qui me jetaient du froid dans le dos... Ah! ce que je serais aujourd'hui avec les tableaux que vous m'avez em-

pêché de faire!... et l'argent que vous auriez gagné,
vous!... Vous ne savez pas tout l'argent... C'est
que maintenant, j'y pense aussi, moi, à ça... Vous
m'avez passé de votre sang, tenez! Dieu me par-
donne!... Ah! vous avez bien vidé l'artiste!... Je
vous hais, voyez-vous, je vous hais... Et voulez-
vous que je vous dise! Il y a des jours... — et sa
voix lente prit une douceur homicide — des jours...
où il me vient l'idée, mais l'idée très-sérieuse de
commencer par vous, et de finir par moi, pour en
finir de cette vie-là!...

Puis, après deux ou trois tours agités dans l'atelier, revenant à Manette, et lui parlant avec le ton
d'une prière égarée :

— Mais parle donc!... dis au moins quelque
chose!... Parle-moi!... ce que tu voudras!... mais
parle-moi!... Tiens! j'ai peur de moi... Manette!
Manette!

Puis, partant d'une espèce de rire cruel et fou :

— De l'argent? Ah! de l'argent!... Vrai, tu
l'aimes? tu l'aimes tant que ça?... Eh bien, attends...

Il sonna.

Une des bonnes parut à la porte.

— Vous allez me descendre toutes les toiles qui
sont dans la chambre en haut...

La bonne ne bougea pas et regarda Manette.

Coriolis fit un pas vers elle, un pas terrible qui
lui fit dire : — Oui, monsieur...

Quand toutes les toiles furent descendues, Coriolis s'assit devant le poêle, l'ouvrit, y jeta une toile, la regarda brûler. Il prit une autre toile, l'arracha de son châssis. Manette, qui s'était levée, voulut la lui retirer des mains.

— Allons, mon cher, — lui dit-elle avec son petit ton supérieur, — vous avez assez fait l'enfant... En voilà assez...

Coriolis saisit le poignet de Manette. Elle cria. Coriolis ne la lâcha pas, et la serrant toujours, il la mena jusqu'au divan, et là, de force, il la fit tomber dessus, assise, brusquement.

Puis il revint au poêle, arracha d'autres toiles, les jeta dans le feu. Il regardait le tableau plein d'huile et de couleurs qui se tordait, — puis Manette.

Un moment, Manette fit un mouvement pour sortir.

— Restez là ! — lui dit Coriolis, — ou je vous attache avec une corde...

Et lentement, avec un visage qui avait l'air de jouir de ce sacrifice et de cette agonie de ses œuvres, il se remit à brûler ses tableaux. Quand le dernier fut consumé, il tracassa lentement ce qui restait du tout, une espèce de morceau de minerai, le résidu du blanc d'argent de toutes les toiles brûlées ; puis, prenant cela entre les tiges de la pincette, il alla à Manette et le lui jeta brutalement dans le creux de sa robe.

— Tenez! voilà un lingot de cent mille francs!
— lui dit-il.

— Ah! — fit Manette avec un saut de terreur qui
fit glisser à terre le lingot au bas de sa robe brûlée,
— me brûler!... Il a voulu me brûler!

— Maintenant, — lui dit Coriolis, — vous pouvez vous en aller... Je n'ai plus besoin de vous.

Et il retomba, brisé, sur le divan.

CXLV

De tous les anciens amis de Coriolis, un seul n'a-
vait pas été écarté par Manette : c'était Garnotelle. Elle avait pour lui l'estime, la considération, le respect que lui inspirait le succès d'argent.
Elle le recevait avec des attentions complimen-
teuses, des coquetteries d'infériorité et d'humilité
qui blessaient cruellement Coriolis dans l'orgueil de
sa valeur méconnue.

Attiré par ces amabilités, n'ayant plus à craindre
les hostilités d'Anatole, Garnotelle fréquentait assez
assidûment la maison. Il avait toujours eu pour
Coriolis une sorte de déférence; et l'homme arrivé
semblait encore goûter, avec ses instincts de paysan,
de l'honneur à se frotter à l'amitié du gentilhomme.

Puis il s'était passé dans sa vie, depuis un an, des événements qui le portaient à ce rapprochement. Nommé à l'Institut, il avait, avec une admirable adresse, dénoué son mariage avec la fille du membre de l'Institut qui avait mené et emporté son élection. Mais, quoiqu'il eût mis dans cette affaire délicate l'apparence des bons procédés de son côté, ce mariage manqué avait fait un assez mauvais effet, d'autant plus que la rupture concordait, par une malheureuse coïncidence, avec un revers de fortune du père. Aussi rencontrait-il dans le corps où il venait d'entrer une froideur, une réserve presque hostile. Il se retournait alors vers le ministère, les liaisons gouvernementales; et avec les influences qu'il faisait jouer là, la pesée de sa personnalité et de ses recommandations, il essayait, par les récompenses, les commandes, de gagner des reconnaissances, des sympathies, une clientèle avec laquelle il pût faire contre-poids à l'opinion publique et regagner de la considération.

— Allons! mon cher, — disait-il un soir à Coriolis dans l'atelier à demi sombre et qui attendait la lampe, — permets-moi de te le dire, c'est de l'enfantillage...

Coriolis se promenait à grands pas.

Manette, à côté de Garnotelle, regardait se promener Coriolis; et elle avait un sourire méprisant, presque cruel.

Il y eut un long silence.

— Tiens! — fit à la fin Coriolis, — je me sens trop vaniteux pour refuser...

— Ah! c'est bien heureux, — dit Manette.

— Mon cher, avant huit jours, ta nomination sera au *Moniteur*... Manette peut acheter du ruban rouge... Dès demain, **on aura ta réponse**... J'irai moi-même...

Quand Coriolis fut couché, sa tête se mit à travailler, et dans la petite fièvre qui lui vint, peu à peu ses idées se laissèrent aller à une irritation d'amertume. Il pensait à cette croix que l'opinion publique lui avait donnée à son exposition de 1853, et qu'on pensait à lui accorder après tant d'années, seulement maintenant, sur le bruit de cette dernière vente. Il songeait à tous ceux de ses camarades qui l'avaient obtenue à côté de lui, derrière lui; il se rappelait des nominations qui étaient presque des ironies; il retrouvait les noms, revoyait les tableaux des individus. Il lui montait au cœur un soulèvement, la révolte légitime d'un homme de talent qui a la conscience d'avoir mérité la croix depuis longtemps, et qui trouve que quand le ruban attend pour lui venir ses cheveux blancs, ce n'est plus qu'une banale récompense à l'ancienneté. Il se demandait alors si ce n'était pas une lâcheté d'avoir accepté, et s'il n'était pas digne de lui de refuser une récompense qui arrivait trop tard et qu'il avait trop gagnée. Et peu à peu son orgueil parlait contre sa vanité : il était tenté par l'éclat de refuser la croix, de se singulariser par le mépris de ce ruban si envié, si quêté, si mendié. Une heure, deux heures, il y eut en lui la lutte de ses répugnances, le débat de sa nature, de l'homme, de l'artiste n'ayant pas la philosophie de Crescent, n'étant pas tout rempli et tout récompensé par l'art seul, très-touché par toutes les faiblesses humaines de l'homme de talent, très-sensible au désir des marques et des distinctions officielles de la célébrité.

A la fin, ses répugnances l'emportaient. Il lui semblait voir cette chose odieuse, et affreusement humiliante : sa croix au bout de la main de Garnotelle.

Il se jeta au bas de son lit, alluma une bougie et se mit à écrire une lettre où la dignité orgueilleuse de son refus se cachait sous l'humilité d'une exagération de modestie.

Le matin, il relut la lettre, la cacheta, et l'envoya sans en dire un mot à Manette.

CXLVI

En apprenant ce refus de la croix, Manette fut prise d'un sentiment singulier. Il lui vint un profond mépris, un mépris de femme d'affaires pour l'homme qui repoussait la chance s'offrant à lui, et

qui manquait tout ce que la décoration donne à un
artiste : la consécration officielle, la plus-value de
la signature, l'achalandage commercial, la part aux
commandes ministérielles. Dans ce refus que rien
n'expliquait, n'excusait à ses yeux, et dont elle
était incapable de comprendre la hauteur et la dignité, elle ne vit qu'une bêtise. Coriolis était désor-
mais pour elle un homme jugé; il ne lui restait
plus rien de ce qu'elle respectait et reconnaissait
encore en lui : c'était un pur imbécile.

De ce jour, Manette devint une autre femme. Sa
domination n'eut plus de caresse. Elle mit dans ses
rapports avec Coriolis une sorte d'autorité de sé-
cheresse. Elle ne sembla plus lui demander pardon
de le faire obéir : ce qu'elle voulait, elle le voulut
sans même le prier de le vouloir avec elle. Elle eut
avec lui des ordres brefs, sans phrases, sans expli-
cation, sans réplique, comme avec quelqu'un qui
n'a pas le droit de demander plus. Elle prit, d'un
air dégagé, l'assurance et le commandement d'une
volonté nette et tranchante; de sa voix se dégagea
un ton impératif froid, posé, coupant. Ce fut si
brusque, si décisif, que Coriolis en reçut comme le
coup d'une soudaine interdiction : il resta, bras
cassés, accablé, assommé.

Quelques jours après, un marchand de tableaux
belge venait le voir le matin, et séance tenante, en
présence de Manette qui débattait toutes les con-
ditions de l'acte, Coriolis signait un traité par le-

quel il s'engageait à livrer un nombre de tableaux de chevalet par an, moyennant une rente annuelle.

C'était sa vie et son talent que Manette venait de lui faire vendre. Il avait tout accepté sans faire une objection : ses révoltes étaient à bout de forces, son énergie d'homme s'était brisée à jamais dans sa dernière scène avec Manette.

CXLVII

Alors commençait pour tous les deux le supplice du concubinage.

Manette apercevait dans Coriolis comme le fond noir des haines amassées par tout ce qu'elle lui avait fait souffrir, manger de hontes, dévorer d'a-vilissements, de chagrins, de désespoirs. Elle dis-cernait distinctement ce qui couvait en lui contre elle, toute l'horreur de l'homme pour la femme à laquelle il rapporte toutes les dégradations d'une chaîne indigne. Ce qu'il roulait sans rien dire à côté d'elle, les mauvaises pensées, les ressentiments de son orgueil et de son cœur, les injures qu'il re-tenait, les révoltes qu'il taisait, elle les sentait sor-tir de lui, l'atteindre, l'insulter. Des silences de Coriolis lui semblaient la maudire. Il la blessait avec ces regards qui vont de la maîtresse qu'on a au bras à de l'honnêteté de femme, à des ménages qui passent ; il la blessait avec ses rêveries qu'elle croyait voir aller vers quelque pur amour, vers un souvenir de jeune fille, vers une idée ancienne de mariage, vers la vision et le regret d'une félicité manquée.

Sous ces reproches muets qui soufflètent une femme plus outrageusement que les brutalités d'un homme, les derniers liens attachant Manette à Coriolis se rompaient. Ce qui reste involontairement d'habitude aimante chez une femme qui n'aime plus un amant, mais qui a été et qui demeure sa maîtresse, qui est la mère de son enfant, qui a encore la chaleur de ses bras autour du cou, se brisa chez elle : son âme se referma, avec l'amertume de la femme ulcérée pour toujours, à ces douceurs qui reviennent de la mémoire des choses partagées, à ces pardons qui montent du côte-à-côte de la vie, à ce qui se laisse attendrir, désarmer par l'existence à deux et le contact du souvenir.

Et alors se fit dans le triste foyer, devant les cendres éteintes de leurs années vécues, l'horrible détachement de mort qui s'établit entre deux êtres vivant, mangeant, dormant ensemble, unis à tous les instants de l'existence, et se sentant séparés à jamais. Ce fut cet abominable éloignement du père et de la mère, que rien ne rapproche plus, pas même les jeux de leur enfant à leurs pieds ; ce fut cette vie double, ennemie, tiraillée et contrainte,

pareille à la chaîne qui rive la haine de deux for-
çats, cette vie en commun où chaque frottement est
une irritation, où l'instinct même des corps s'évite
et se fuit, où l'homme et la femme mettent la séparation d'un vide entre leurs deux sommeils, comme
s'ils avaient peur de mêler leurs rêves!

Heure épouvantable de ces amours, qui donne à
l'amant la terreur de cette moitié de lui-même, assise dans son intérieur, entrée dans sa maison, et
qui est là, contre lui, implacable, concentrée, lui
cachant à peine le mal qu'elle lui veut, savourant
les ennuis qu'elle lui fait avec les chagrins qu'elle
lui souhaite, le défiant de la chasser, et sachant
bien qu'il la gardera parce qu'elle le tient par l'habitude, parce qu'elle le connaît lâche et se manquant de parole à lui-même, parce qu'elle sait que
son cœur est à l'âge des bassesses de cœur
d'homme et qu'il a peur, comme les enfants, d'être
tout seul!

Et à mesure que les deux êtres se blessaient da-
vantage à leur accouplement, à l'indissolubilité
d'un lien intime intolérable et détesté, il semblait
se dégager de Manette contre Coriolis une espèce
d'hostilité originelle. L'éloignement de la femme
paraissait se compliquer et s'aggraver de la séparation de la juive. Sans qu'elle en eût conscience,
sans qu'elle s'en rendît compte, la juive, en revenant aux préjugés des siens, revenait peu à peu aux
antipathies obscures et confuses de ses instincts.

Une sorte de sentiment nouveau et naissant, impersonnel, irraisonné, lui faisait vaguement apercevoir dans la personne de Coriolis le chrétien contre lequel toujours, dans le creux de toute âme juive, persiste la tradition des haines, l'amertume de siècles d'humiliation, tout ce qu'une race éclaboussée du sang d'un Dieu peut avoir de fiel recuit. Il y avait au fond d'elle à l'état latent, naturel, presque animal, un peu de ces sentiments échappés à un roi juif de l'Argent, lorsque dans un moment d'expansion, dans une de ces ivresses où l'on s'ouvre, il répondait à des amis qui lui demandaient le plaisir qu'il pouvait avoir à toujours travailler à être riche : « Ah! vous ne savez pas ce que c'est que de sentir sous ses bottes un tas de chrétiens! »

Ce plaisir haineux, cette vengeance réduite à la mesure d'une femme, Manette les goûtait en sentant Coriolis sous le talon de sa bottine.

La juive jouissait, comme d'une revanche, de la servitude de cet homme d'une autre foi, d'un autre baptême, d'un autre Dieu; en sorte qu'on aurait pu voir, — ironie des choses qui finissent! — la bizarre survie des vieilles vendettas humaines, des conflits de religions, des rancunes de dix-huit siècles, mettre comme le reste des entre-mangeries de races, de la race indo-germanique et de la race sémitique, là, en plein Paris, dans un atelier de la rue Notre-Dame-des-Champs, tout au fond de ce misérable concubinage d'un peintre et d'un modèle.

CXLVIII

Plus de deux ans s'étaient écoulés depuis le jour
où Anatole avait dîné pour la dernière fois chez
Coriolis. Il sortait du palais de l'Industrie, où il
venait de commencer un second portrait de l'Empereur, dont Crescent lui avait fait obtenir la commande, et il parlait à une femme encore jeune qui,
marchant à côté de lui, semblait écouter religieusement ses paroles :

— Oui, ma chère dame, — disait sentencieuse-
ment Anatole, — voilà la recette pour faire un Empereur dans les prix doux... La première fois, on
fait des folies, on se laisse aller, on s'enfonce...
Mais la seconde, plus de ça..., on devient sage...
Et comme j'ai un véritable intérêt pour vous —
son sourire eut une nuance de galanterie, — je vais
vous donner mon expérience *à l'œil*... La toile,
vous savez, c'est cinquante-huit francs, plus le cal-
que, acheté à part cinq francs... Maintenant, attention ! *Gnien a* qui, pour le pantalon blanc et le
manteau d'hermine, se fendent de huit vessies de
blanc d'argent à cinq sous, total quarante sous...
Moi, malin, avec quatre vessies de blanc de plomb

à quatre sous, quatre fois quatre font seize, je fais mon affaire... J'en suis pour lui mettre un peu de jaune de Naples dans la culotte, et un peu de bitume dans les ombres et les demi-teintes de l'hermine, vous comprenez? Pour les ors de l'épaulette, du collier, des parements, de la ceinture, du fauteuil, de la couronne, du sceptre, des crépines, de la table, c'est bien simple : une préparation d'ocre jaune pour les lumières et de bitume pour les ombres... Toutes les ombres de la toile, bien entendu, préparées au brun-rouge... Alors vous repiquez les lumières avec du jaune de chrome foncé et du jaune de Naples, et les brillants cassés avec du jaune de chrome brillant, de bonnes vessies de chrome à quinze et vingt centimes... Il existe des gens sans économie qui fourrent là-dedans du jaune indien, qui coûte des prix fous le tube, vous ne l'ignorez pas : c'est la ruine des familles... Point de siccatif de Harlem, ni de siccatif de Courtray, tout à l'huile grasse ordinaire... Inutile de vous recommander cela... Ah! j'ai encore trouvé le moyen de remplacer le vert émeraude par du bleu minéral, qui ne coûte qu'un sou de plus que le bleu de Prusse...

En donnant ces conseils à la copiste, Anatole était arrivé dans les Champs-Élysées à la place d'un jeu de boules. Tout à coup, il s'interrompit et s'arrêta, en apercevant, dans le groupe des spectateurs, quelqu'un qui suivait le roulement des boules, la tête en avant et découverte, les reins pliés, son chapeau à la main derrière son dos. Il regarda cette tête où des cheveux presque blancs, coupés ras, contrastaient avec le noir des sourcils, restés durement noirs. Il examina tout cet homme cassé, ravagé, chargé en quelques mois de vingt ans de vieillesse : stupéfait, il reconnut Coriolis.

— Adieu ! — dit-il brusquement en quittant la femme étonnée, — à demain...

A quelques pas, il lui jeta : — Mais surtout, ne glacez jamais avec de la capucine rose, de la laque Robert, de la laque de Smyrne!... rien que de la bonne laque fine à neuf sous!...

Et il marcha vers Coriolis.

— Tu n'en as pas un... un cigare? — Ce fut le premier mot de Coriolis. — Non, c'est vrai, toi tu fumes la cigarette... *Elle* ne me donne que de quoi m'en acheter deux, figure-toi!...

Et saisissant le bras d'Anatole, s'y accrochant, s'attachant, se cramponnant à lui, le touchant de son grand corps penché, avec un air heureux de le tenir et qui ne voulait pas le lâcher, il se mit à lui parler de « cette femme », comme il l'appelait, de cette tyrannie qui ne lui laissait pas un sou, qui ne lui permettait pas de voir ses amis, du malheur de l'avoir rencontrée, de tout ce qu'il souffrait dans cet intérieur, de sa vie, une vie d'aplatissement, de solitude, de lâcheté...

Il disait cela vivement, précipitamment avec des

éclats de voix tout à coup réprimés, des gestes vio-
lents qui s'arrêtaient comme effrayés.

— Tu ne l'as pas vue... tu ne l'as pas vue avec
son visage méchant, le visage qu'elle a pour moi...
Ah! ce qui vient dans une figure de juive avec
l'âge... la Parque qui se lève dans la femme... ce
nez qui devient crochu... et ses yeux aigus... ses
yeux! Les as-tu jamais bien regardés?... Ces
yeux!... — murmura Coriolis en baissant la voix.

— Ah! les femmes!... Tu étais avec une femme
tout à l'heure, toi?

— Oui, une pauvre diablesse... Ça a été riche,
élevée dans le luxe, au piano... Une canaille de
mari qui a tout mangé et l'a plantée là avec deux
enfants... Et maintenant, il faut vivre avec un talent
d'agrément...

Le triste roman de misère esquissé dans les
quelques mots d'Anatole ne parut pas entrer dans
l'oreille de Coriolis. Il en était venu à cette mons-
trueuse surdité des grandes douleurs qui ne laissent
plus entendre à un homme la souffrance des autres.
Sans dire à Anatole un mot d'intérêt, sans lui
parler de lui, de sa mère, sans s'inquiéter de ce
qu'il était devenu depuis deux ans, et s'il avait de
quoi manger, il se mit à lui repeindre l'enfer de sa
vie. Le promenant, le repromenant sous les arbres
des Champs-Élysées, gardant son bras, se collant
à lui, il lui rabâcha ses plaintes, ses lamentations,
ses jérémiades.

Accoutumé à lui voir dévorer ses maladies et ses chagrins, Anatole ne put se défendre d'un triste étonnement, en retrouvant cet homme si fort, si concentré, si maître de lui-même, descendu à cela :
— à dire peureusement du mal de cette femme, à s'en venger comme un enfant qui *cafarde* derrière le dos de son tyran !

CXLIX

A partir de cette rencontre, presque tous les jours, à sa sortie, Anatole trouva Coriolis l'attendant.

Coriolis était là, un quart d'heure avant, il se promenait de long en large devant la porte, il guettait ; et aussitôt qu'Anatole paraissait, il s'emparait de lui, et tout de suite, brusquement, du premier mot, il soulageait sa misérable faiblesse dans le débordement de lamentations où il essayait de vider et de dégorger ses souffrances.

— Une vraie juiverie, la maison, maintenant ! — lui disait-il un jour. — Non, tu n'as pas idée... C'est le sabbat chez moi, le sabbat !... Ce sont les deux cousines qui sont à présent plus maîtresses qu'*elle*, et qui la tournent et la retournent comme un gant... Il y a la vieille paralysée qui fait tourner les

sauces en marmottant de l'hébreu dessus... Et puis,
c'est le scrofuleux de frère... Il vient une parente...
qui travaille pour la synagogue, qui est brodeuse
en *sepharim*... Je sais de leurs mots, tiens, à présent!... Horrible, celle-là!... Et puis, un tas de
revenants de l'Ancien Testament, des parents, des
juifs d'Alsace, est-ce que je sais! des gens qui ont
des paletots verts avec des boutons bleus en acier,
et des bâtons avec une poignée entourée de laine
rouge et de fils de laiton... des coreligionnaires d'on
ne sait où, qui viennent manger, « s'asseoir sous
la lampe », comme ils disent... Et des têtes!... Ah!
je suis puni d'avoir aimé Rembrandt! Il me semble
que mon intérieur grouille de ses fonds d'eau-
fortes... Et les cuisines qu'ils font, si tu savais!...
des cuisines à eux, comme en Alsace, pour les
noces, des panades où ils mettent des mèches de
bonnet de coton... Oui!... Ces jours-là, je me sauve
de chez moi... Non, c'est trop fort, que toute cette
abomination de marchands de lorgnettes descende
chez moi comme à l'auberge!... Tiens! tu sais, la
cousine, la grande, avec ses cheveux comme un
incendie, son visage terrible... celle qui ressemble à
la prostituée de l'Apocalypse... qui a été chez les
fous... Ah! les pauvres fous, ils ont dû souffrir!...
est-ce qu'elle ne connaît pas des infirmiers de Charenton?... Et elle les amène à dîner!... Ils viennent
avec les fous qu'ils sont chargés de promener...
Avant-hier, il y en a eu un qui est redevenu fou à

la cuisine... Il a fallu aller chercher la garde...
C'est amusant... Des fous, conçois-tu? On m'amène
des fous chez moi! Oui... et tu veux que je continue
à supporter cela?...

Et voyant qu'Anatole, lassé de l'écouter, essayait
de se dégager :

— Tu me quittes déjà?... Encore un quart
d'heure... Tiens! dix minutes, rien que dix
minutes...

— Non; je t'assure... je vais te dire... il y a une
heure que je devrais être parti... Tu vas comprendre... figure-toi qu'il y a trois jours que maman
a cassé ses lunettes... Voilà trois jours qu'elle ne
peut rien faire, ni travailler, ni lire... J'ai eu seulement ce matin de quoi lui en commander... je dois
les prendre en route... Elle m'attend comme ses
yeux, tu penses...

— Toi? - - dit Coriolis en se décidant à lui lâcher
le bras. — Eh bien, ça ne fait rien...

Il s'arrêta et le regarda.

— Tu es tout de même bien heureux!...

CL

Puis Coriolis disparut. Anatole ne le revit pas.
Des mois se passèrent sans qu'il le trouvât à la

porte du palais de l'Industrie. Il ne savait ce qu'il était devenu, lorsque, par un jour d'octobre, il fut étonné d'être accosté par lui, à sa sortie.

— Tiens! te voilà? — fit-il. — Y a-t-il long-temps!...

— Oui, il y a longtemps... très-longtemps...— dit Coriolis lentement, comme si lui seul, dans sa vie, pouvait mesurer la longueur douloureuse du temps.

Et passant sous son bras le bras d'Anatole, en lui retenant amicalement la main dans la sienne :

— Es-tu content? Ça va-t-il?

— Oui... Et toi? — fit Anatole surpris de cette tendresse inaccoutumée de Coriolis.

— Moi? Ah! moi... je deviens raisonnable...— dit-il d'une voix sourde. — Tu comprends bien, mon ami, quand il y a un homme d'intelligence, il faut qu'il se trouve une femelle pour lui mettre la patte dessus, le déchirer, lui mordre le cœur, lui tuer ce qu'il y a dedans, et puis encore ce qu'il y a là...— et il se toucha le front, — enfin le manger!... On a toujours vu ça... Ça arrive tous les jours... Et il faut vraiment être bien enfant pour s'en plaindre... c'est ridicule...

Il jeta cela avec une ironie presque sauvage.

— Je sais bien... il y a un moyen de casser ces machines-là...

Ses mains firent devant lui le mouvement nerveux et enragé de serrer, comme des mains qui étranglent.

— Oui, il faudrait des choses... pas bien... Il faudrait... des meurtres... Ah! dans le temps!...

Ses yeux brillèrent; une lueur féroce y passa, dans laquelle Anatole retrouva le feu fauve des colères de jeune homme de son ami. Mais aussitôt cela tomba.

— Maintenant, je suis une...

Et il dit un mot ignoble.

— Ah! si tu veux voir un homme qui ne trouve pas la vie drôle...

Il essaya de faire avec les doigts le geste, le balancement chinois d'un comique en vogue; mais de l'eau monta à ses paupières, et sa blague finit dans l'horrible étouffement brisé d'une voix d'homme qui se mouille de larmes de femme.

Il reprit :

— Ah! oui, un joli instrument pour faire souffrir un homme, cette poupée-là!... Tiens! je ne sais plus si j'ai du talent... Non, vrai, je ne sais plus!... Je n'y vois plus... Je suis comme un homme que j'ai vu une fois, assommé dans une rixe à une barrière, et qui marchait devant lui, dans un sillon... Il ne savait plus, il allait... stupide, comme moi... On entre dans mon atelier, on me trouve à mon chevalet, n'est-ce pas? Si l'on regardait mes brosses et ma palette, on verrait que c'est sec... Je dormais dans quelque coin, j'ai entendu qu'on

venait... je me suis levé pour faire croire que je
peignais. Je ne peins plus, je fais semblant... je
fais semblant!... comprends-tu?... Et *elle* est toujours là, dans mon dos... Quand je n'en peux plus,
que je me jette sur mon divan, elle vient voir..
Elle a fait des trous dans le mur pour me mou-
charder!.. Quand elle sort, j'ai les yeux des cousines sur moi, je les sens... Oh! on me soigne...
Pardieu! c'est moi qui fais aller la maison... Je
suis le bœuf, moi!... Quand je sors... tiens! aujour-
d'hui... c'est comme si je leur mangeais une bou-
chée dans la bouche...

Il s'arrêta un moment; puis :

—Tu sais, mon enfant? mon fils, qui était si
beau?... Eh bien, il est affreux... il est devenu
affreux! — dit-il avec une espèce de rire amer qui
fit mal à Anatole. — C'est maintenant un vrai
mérinos noir... Ah! je te réponds qu'il n'aura pas
besoin d'un professeur d'arithmétique, celui-là !...
Mon fils, ça! mais il n'a rien de moi, rien des
miens... rien! Tiens, il y a des moments où je crois
que c'est l'âme de quelque grand-père qui vendait
de la ferraille dans un faubourg de Varsovie... Un
affreux petit bonhomme, vois-tu!... Et si tu l'entendais me dire ce qu'elles l'ont dressé à me dire
toute la journée : *Papa, tu ne fais rien...* si tu
l'entendais!

Et passant tout à coup à une autre idée :

— Viens-tu avec moi jusqu'à la rue du Bac? Je

voudrais te faire voir un tableau nouveau que je viens d'exposer...

Arrivé rue du Bac, il poussa Anatole devant la devanture où était son tableau.

Anatole regarda, et après quelques compliments vagues, il se dépêcha de se sauver : il lui semblait qu'il venait de voir la folie d'un talent.

CLI

Un bizarre phénomène avait fini par se produire chez Coriolis. Avec l'énervement de l'homme, une surexcitation était venue à l'organe artiste du peintre. Le sens de la couleur, s'exaltant en lui, avait troublé, déréglé, enfiévré sa vision. Ses yeux étaient devenus presque fous. Peu à peu, il avait été pris comme d'une grande et pénible désillusion devant ses admirations anciennes. Les toiles, qui autrefois lui avaient paru les plus splendides et les plus éclairées, ne lui donnaient plus de sensation lumineuse : il les revoyait éteintes, passées.

Au Louvre même, dans le Salon carré, ces quatre murs de chefs-d'œuvre ne lui semblaient plus rayonner. Le Salon s'assombrissait, et arrivait à ne plus lui montrer qu'une sorte de momification

des couleurs sous la patine et le jaunissement du
temps. De la lumière, il ne retrouvait plus là que
la mémoire pâlie. Il sentait quelque chose manquer dans le rendez-vous de ces tableaux immortels : le soleil. Une monotone impression de noir
lui venait devant les plus grands coloristes, et il
cherchait vainement le Midi de la Chair et de la Vie
dans les plus beaux tableaux.

La lumière, il était arrivé à ne plus la concevoir,
la voir, que dans l'intensité, la gloire flamboyante,
la diffusion, l'aveuglement de rayonnement, les
électricités de l'orage, le flamboiement des apo-
théoses de théâtre, le feu d'artifice du grésil, le
blanc incendie du *magnesium*. Du jour, il n'essayait
plus de peindre que l'éblouissement. A l'exemple
de certains coloristes qui, la maturité de leur talent
franchie, perdent dans l'excès la dominante de leur
talent, Coriolis, un moment arrêté à une solide et
sobre coloration, était revenu, dans ces derniers
temps, à sa première manière, et peu à peu, à
force d'en exagérer la vivacité d'éclairage, la transparence, la limpidité, l'ensoleillement féerique, l'al-
lumage enragé, l'étincellement, il se laissait entraîner
à une peinture véritablement illuminée ; et dans son
regard, il descendait un peu de cette hallucination
du grand Turner qui, sur la fin de sa vie, blessé
par l'ombre des tableaux, mécontent de la lumière
peinte jusqu'à lui, mécontent même du jour de son
temps, essayait de s'élever, dans une toile, avec

le rêve des couleurs, à un jour vierge et primordial, à la *Lumière avant le Déluge*.

Il cherchait partout de quoi monter sa palette, chauffer ses tons, les enflammer, les brillanter. Devant les vitrines de minéralogie, essayant de voler la Nature, de ravir et d'emporter les feux multicolores de ces pétrifications et de ces cristallisations d'éclairs, il s'arrêtait à ces bleus d'azurite, d'un bleu d'émail chinois, à ces bleus défaillants des cuivres oxydés, au bleu céleste de la lazulite allant du bleu de roi au bleu de l'eau. Il suivait toute la gamme du rouge, des mercures sulfurés, carmins et saignants, jusqu'au rouge noir de l'hématite, et rêvait à l'*amatito*, la couleur perdue du seizième siècle, la couleur cardinale, la vraie pourpre de Rome. Il suivait les ors et les verts queue de paon des poudingues diluviens, les verts de velours, les verts changeants et bleuissants des cuivres arséniatés, le vert de lézard du feldspath ; l'infinie variété des jaunes, du jaune serin au jaune miellé des orpiments cristallisés et des fluorines ; les couleurs embrasées des cuivres pyriteux, les couleurs de pierres roses ou violettes, qui font penser à des fleurs de cristal.

Des minéraux, il passait aux coquilles, aux colorations mères de la tendresse et de l'idéal du ton, à toutes ces variations du rose dans une fonte de porcelaine, depuis la pourpre ténébreuse jusqu'au rose mourant, à la nacre noyant le prisme dans son lait.

Il allait à toutes les irisations, aux opalisations
d'arc-en-ciel, miroitantes sur le verre antique sorti
de terre comme avec du ciel enterré. Il se mettait
dans les yeux l'azur du saphir, le sang du rubis,
l'orient de la perle, l'eau du diamant. Pour peindre,
le peintre croyait avoir maintenant besoin de tout
ce qui brille, de tout ce qui brûle dans le Ciel, dans
la Terre, dans la Mer.

CLII

— Comment! c'est vous, madame Crescent? —
fit Anatole qui était couché. La brusque entrée de
madame Crescent venait de le réveiller du délicieux
sommeil de dix heures du matin. — Vous, chez
moi? chez un jeune homme!

— Bêta! — dit madame Crescent, — il est joli,
le jeune homme! Avec ça que les hommes m'ont
jamais fait peur... Ouf! — fit-elle en soufflant
comme si elle allait étouffer. — Eh bien! ce n'est
pas sans peine qu'on te déniche... En voilà une
horreur, ta rue!

— La rue du Gindre, madame!... La porte à
côté du bureau de Bienfaisance... l'appartement à
côté de la pompe... je trouve le matin des têtards

dans ma cuvette!... Quand j'éternue, ça fait lever
le papier... un détail!... Une boutique de porteur
d'eau qu'on ne louait pas... On me l'a laissée à dix
francs par mois... les champignons compris... Ça
ne fait rien, ma brave madame Crescent, vous voyez
quelqu'un de crânement heureux... Ah! j'en ai
passé de dures avant ça!... Trois jours, pas ce qui
s'appelle ça sous la dent!... Zéro à l'heure des repas... Je me couchais gris... Ah! dame, gris, vous
comprenez... Mais, psit! un changement à vue, une
fortune! De la chance! Moi qui aurais dû crever,
finir par la Morgue... Car, voilà!... Eh bien! pas
du tout... Concevez-vous? M'amuser, bien dîner;
être heureux, me payer des dîners à vingt-cinq
sous!... Cinq jours de noce, là, à ne rien faire...
Ah! rien... On aurait pu venir m'offrir n'importe
quoi pour faire quelque chose... Le premier jour je
me suis régalé du Jardin d'acclimatation, et je n'en
suis sorti qu'à six heures... Il y a un oiseau, voyez-
vous, madame Crescent, un oiseau... je ne vous
dis que ça... Par exemple, cette fois-ci, mes créanciers... rien, pas un monaco. Trop bête, de ne pas
garder un sou... On ne m'y repincera plus... Quand
j'ai reçu mon argent, toc! j'ai acheté un parapluie
d'abord... C'est drôle, hein? moi, d'acheter un parapluie? Comme il faut que j'aie mûri! Et puis,
trois chemises à quatre francs cinquante... Pas
mal, hein? ce petit paletot-là pour dix-huit francs?...
le gilet, quatre francs... Et deux paires de bot-

tines... pas une... deux!... Ah! voilà comme je
m'y mets, moi, quand je m'y mets... Ah! c'est
toi...

Un gamin venait d'entrer, apportant à Anatole
une tasse de café au lait.

— Tu reviendras demain... Aujourd'hui congé,
pas de leçon... c'est saint Barnabé!

Et, revenant à madame Crescent, quand l'enfant
fut parti : — Je suis très-bien ici... La portière me
fait mon ménage *à l'œil,* pour des leçons que je
donne à son moutard, à ce petit idiot-là... Il n'a
pas la moindre disposition... Ça ne fait rien... Cette
vieille bête de femme est si enchantée que, dans les
premiers temps, elle m'envoyait un verre de vin
avec mon café... des attentions à toucher un frot-
teur!... Ça s'arrange très-bien... Pendant qu'elle
est là qui brosse mes affaires, qui cire mes souliers,
je colle ma leçon au petit... Hein? de beaux draps?
Je m'en suis aussi payé deux paires avec quatre
taies d'oreiller... Oh! je suis requinqué... Voyez-
vous! maintenant, je mène une vie d'un rangé!
je rentre tous les soirs de bonne heure pour me
sentir bien chez moi, jouir de tout ça, de mon petit
intérieur... Je m'amollis dans le bien-être, quoi!...
Quand je suis là-dedans, dans mes draps, avec une
bougie, je me sens un bonheur!... Dire que j'ai
encore soixante francs en or, là-haut, sur ce
cadre!... Moi qui depuis des temps ne me suis jamais vu d'avance pour plus de trois jours... Enfin,

c'est un secours de deux cents francs qui m'est joliment tombé...

— Ah! tu es si heureux que çà? — fit madame Crescent avec un air embarrassé.

— On dirait que ça vous fait de la peine?

— Non... mais c'est que...

Elle s'arrêta.

— C'est que... quoi?

— Je t'apportais quelque chose...

Et elle tira gauchement de sa poche une lettre qui avait l'apparence d'une lettre ministérielle.

— Une commande? — fit Anatole en la regardant.

— Non, tu n'es pas assez gentil pour ça... Comment, petite saleté, nous te faisons avoir une copie... tu ne viens pas nous voir... On t'en a après ça une seconde : tu ne remues ni pied ni aile pour nous donner de tes nouvelles... Eh bien! moi, je pensais à toi, animal... Je ne sais pas pourquoi... Vois-tu, au fond, il n'y a que nous deux qui aimions vraiment les bêtes...

— Voyons, ma bonne madame Crescent... cette lettre?

— Oh! c'est rien, — dit madame Crescent, — c'est rien... — Et elle devint rouge. — On croit souvent, comme ça, faire pour le bien... moi, je croyais... et puis, pas du tout... tu es riche... te voilà avec soixante francs... Je pouvais tomber, un jour, n'est-ce pas? où tu n'aurais pas été si fier...

Enfin, que veux-tu, une idée... Si ça ne te va pas, il
ne faut pas pour ça m'en vouloir... Parce que,
vrai, moi, c'était pour toi... — fit la grosse femme
avec une adorable humilité honteuse. — Moi, je
suis une bête... la langue me brouille... je ne sais
pas tourner les choses. Eh bien! voilà comme ça
m'est venu... Nous étions donc comme ça à avoir
de tes nouvelles, de bric et de broc, par les uns,
par les autres... Moi j'ai bien vu qu'au fond, les
commandes, tout ça, ça ne te tirait pas de peine...
Ça te faisait manger deux ou trois mois, et puis
c'était toujours à recommencer... Eh bien! alors,
moi je me suis mise dans mes rêves... C'est devenu
ma colique de te savoir comme ça... je me suis dit :
Voilà un homme qui aime les bêtes... Si on voyait
à lui trouver une petite place, où il serait comme
qui dirait dans ses amours, avec la maman... Au
fait, et la maman?

— Je l'ai emballée pour la province, chez une
amie, en attendant une embellie... C'était trop
lourd, à la fin le ménage... je me suis chargé de la
liquidation... C'est ça qui m'a mis à sec.

— Eh bien! n'est-ce pas, si vous aviez comme
ça, tous les deux, le pain et la caboulée... Tu sais,
moi, quand j'ai une idée dans la tête... ça me trot-
tait... Voilà la cour qui vient à Fontainebleau... Il
nous tombe chez nous quelqu'un de bien... Merci!
ce n'était pas de la chenille... un ministre, s'il vous
plaît! de... de je ne sais plus quoi.. Oh! un homme

avec un front comme une porte de grange... Il
voulait absolument avoir une décoration de son
salon par Crescent... Tu sais que c'est moi qui fais
les affaires... Lui, tu le connais, sorti de sa mécanique de peinture, cet empoté-là! le sabot d'un cochon serait aussi malin que lui... Si je n'étais pas
là, il laisserait tout aller... Alors, quand nous avons
été arrangés à peu près sur le prix... Ma foi!... il
avait l'air si bon enfant, ce ministre... je lui ai dit
que je voulais mes épingles... Il m'a dit : Quoi?...
Eh bien! que je lui ai fait, je voudrais une petite
place dans votre Jardin des plantes pour quelqu'un... Il a commencé à me dire que ça ne se donnait pas comme ça... que c'était difficile, qu'il ne
savait pas... Un tas de raisons... Monseigneur que
je lui ai dit... Ah! je n'ai pas bronché, je lui ai dit :
Monseigneur... rien de fait, Crescent ne vous fera
pas chez vous seulement grand comme la main,
sans que j'aie ça pour un pauvre garçon qui a sa
mère sur les bras... Et voilà ta lettre... je n'ai pu
que ça... Oh! je me mets bien dans ta peau, va...
je comprends... je me rends compte... un artiste,
ce n'est pas tout le monde, je sais ce que c'est... on
a ses idées, on tient à son état... Quand on a eu le
courage jusqu'à quarante ans, qu'on s'est fait toute
la vie des imaginations à ça... Après ça, tu pourras
te lever plus matin, faire encore quelque chose...
Et puis, quelquefois, on peint là-dedans, à ce qu'il
paraît... on peint quelque chose... un modèle de pois-

son... C'est du pain, vois-tu... C'est pour manger tous les jours... Tu n'es pas seul, songe donc! Et puis les années commencent à te monter sur la tête, sais-tu ?

Et elle avança timidement la lettre sur le pied du lit.

Anatole prit la lettre, la retourna dans ses mains, avec une expression presque douloureuse, et la reposa sans l'ouvrir. Il lui semblait qu'il y avait là-dedans la mort honteuse du rêve de toute sa vie. Madame Crescent était allée prendre les trois pièces d'or posées sur le rebord du cadre. Elle revint à Anatole en les tenant dans sa main ouverte.

— Sais-tu, — dit-elle doucement à Anatole, — ce que c'est que cet argent-là, mon enfant? C'est de l'argent qui n'est pas gagné... et de l'argent qui n'est pas gagné, c'est de la charité... une vilaine monnaie, je te dis, dans la main d'un homme qui a ses quatre pattes...

Anatole baissa sur son drap un regard sérieux, reprit la lettre, l'ouvrit, y lut sa nomination d'aide préparateur au Jardin des Plantes. Il la reposa sur son drap, la regarda quelque temps de loin sans rien dire. Puis tout à coup, criant : — Enfoncée la Gloire ! — il se jeta au bas de son lit pour embrasser madame Crescent, en oubliant qu'il était en chemise.

— Veux-tu te refourrer au lit tout de suite, vilain singe! — fit madame Crescent qui reprit bientôt : — Et Coriolis? C'est bien drôle chez lui, à ce qu'il paraît... Est-ce qu'il y a longtemps que tu ne l'as vu?

— Des temps infinis.

— Eh bien! il y a des affaires... mais des affaires!... C'est Garnotelle que j'ai rencontré qui m'a raconté ça... Ah! mais, il faut te dire d'abord qu'il s'est marié, Garnotelle, tu ne savais pas?... Oui, marié... Oh! un beau mariage... Sa femme, c'est une princesse... Attends : Moldave... Oui, c'est bien ça qu'il m'a dit... Le nom, par exemple... tu sais, c'est de ces noms étrangers... cherche, apporte... Voilà que pour se marier, il va demander à Coriolis pour être son témoin... Un ancien camarade, je trouve que c'était gentil comme idée, moi... Il paraît que Coriolis l'a reçu! qu'il lui a dit des choses! qu'il venait pour l'insulter... que c'était lui faire un affront quand il savait que lui allait épouser une... Excusez du mot! — dit madame Crescent en le disant. — Une scène abominable!... Garnotelle a eu peur qu'il ne le battît... Il le croit devenu fou enragé... Après ça, mon Dieu! ça ne serait pas étonnant avec la femme qu'il a... une croquette comme ça!... Allons! tu sais qu'il y a encore quelques pièces de cent sous chez nous... Si tu avais des créanciers qui t'ennuient trop... Mais viens donc les chercher... Voilà ce qu'il faut faire... Nous passerons quelques bons jours... Tu verras les poules...

CLIII

— Psit! psit! Chassagnol!

Ainsi interpellé par Anatole, Chassagnol, qui allait sortir de la mairie du Luxembourg, se retourna. Il avait à côté de lui une bonne portant un petit enfant sous un voile blanc.

— A toi? — demanda Anatole à Chassagnol en regardant l'enfant.

— Ma septième fille... — dit le père avec un sourire qui laissait échapper le secret si longtemps gardé de sa nombreuse famille. — Ah ça! comment es-tu ici?

— Oh! moi, rien, rien... Une petite histoire de justice de paix, un arrangement à trois mois... le dernier de mes créanciers... C'est que maintenant, tu ne sais pas, j'ai une place...

— Et, moi, c'est bien plus fort! J'ai de l'argent... Figure-toi que Cecchina... ah! pardon, c'est ma femme... me voyant sans le sou, les enfants avaient faim, elle a eu une idée, ma paysanne de femme... Elle a trouvé je ne sais pas quoi pour nettoyer la paille d'Italie, elle dit que c'est un secret qui lui vient de la Madone... Enfin, les petites ont la bec-

quée tous les jours, il y a toujours quelques sous
dans la poche de mon gilet, et je puis flâner tranquillement... Ah ça! je t'emmène, tu vas dîner
chez nous...

Et comme ils causaient ainsi sur le pas de l'entrée de la Justice de paix : — Vois donc... — dit
tout à coup Anatole.

A ce moment, en haut du grand escalier de
pierre, qu'on apercevait par le cintre de la porte
vitrée du péristyle, sous le rayonnement diffus et
blanc d'une large fenêtre, au-dessus de la rampe,
une silhouette noire s'était montrée. Cette silhouette
s'enfonça du côté du mur, disparut dans le retour
de l'escalier que les deux amis ne pouvaient apercevoir. Puis il reparut, contre le carreau de la
porte, un chapeau et un profil se détachant sur la
carte en couleur du onzième arrondissement,
peinte au fond dans la cage de l'escalier. La porte
battante s'ouvrit, et un homme se mit à descendre
les douze grandes marches de l'escalier de la mairie, avec une main qui traînait derrière lui sur la
rampe d'acajou, et des pieds de somnambule, dis-
traits, égarés, tâtant le vide. Les deux amis se reje-
tèrent un peu dans le vestibule noir de la Justice
de Paix. L'homme passa sans les voir : c'était
Coriolis.

A quelques pas derrière lui, venait Manette en
grande toilette, suivie d'un groupe de quatre individus, vulgaires, effacés et vagues comme ces com-

parses des actes de l'Etat civil, raccolés au plus
près dans les fournisseurs du voisinage.

Sorti de la mairie, Coriolis prit machinalement le
trottoir, frôla, sans le sentir, des blouses qui lisaient
le *Moniteur* affiché au mur, traversa la rue Bona
parte, et, comme s'il cherchait l'ombre, les pierres
sans fenêtres et qui ne regardent pas, Anatole et
Chassagnol le virent longer le grand mur du sémi-
naire de Saint-Sulpice. Manette s'était arrêtée avec
les témoins au coin de la rue de Mézières et semblait les remercier.

Tout à coup, les quittant, elle courut rattraper
Coriolis, qu'elle saisit par le bras, et l'on vit les deux
dos de la femme et du marié aller jusqu'au bout de
la rue Bonaparte. Puis, le couple tourna à droite,
disparut.

— Rasé! — dit Anatole en faisant le geste éner-
gique du gamin qui peint, avec le coupant de la
main, une vie d'homme décapité.

CLIV

— Le Beau, ah! oui, le Beau!... s'y reconnaître
dans le Beau! Dire c'est cela, le Beau, l'affirmer,
le prouver, l'analyser, le définir!... Le pourquoi du
Beau? D'où il vient? ce qui le fait être? son es-

sence? Le Beau! la splendeur du vrai... Platon, Plotin... la qualité de l'idée se produisant sous une forme symbolique... un produit de la faculté d'*idéer*... la perfection perçue d'une manière confuse... la réunion aristotélique des idées d'ordre et de grandeur... Est-ce que je sais!... Le Beau, est-ce l'Idéal? Mais l'Idéal, si vous le prenez dans sa racine, *eido,* je *vois,* n'est que le Beau visible... Est-ce la réalité retirée du domaine du particulier et de l'accidentel? Est-ce la fusion, l'harmonie des deux principes de l'existence, de l'idée et de la forme, de l'essence et de la réalité, du visible et de l'invisible?... Est-il dans le Vrai?... Mais dans quel Vrai?... dans l'imitation du beau des êtres, des choses, des corps? Mais quelle imitation?... l'imitation par élection ou par élévation? l'imitation sans particularité, sous l'image iconique de la personnalité, l'homme et pas un homme, l'imitation d'après un modèle collectif de perfections? Est-il la beauté supérieure à la beauté vraie... « *pulchritudinem quæ est supra veram* ...» une seconde nature glorifiée? Quoi, le Beau? L'objectivité ou l'infini de la subjectivité? l'*expressif* de Gœthe? Le côté individuel, le naturel, le caractéristique de Hirtch et de Lessing? l'homme ajouté à la nature, le mot de Bacon? la nature vue par la personnalité, l'individualité d'une sensation?... Ou le platonicisme de Winckelmann et de saint Augustin?... Est-il un ou un multiple? Absolu ou divers?... Oh! le Beau!...

le suprême de l'illimité et de l'indéfinissable !... Une
goutte de l'océan de Dieu, pour Leibnitz... pour
l'école de l'Ironie, une création contre la Création,
une reconstruction de l'univers par l'homme, le
remplacement de l'œuvre divine par quelque chose
de plus humain, de plus conforme au *moi fini,* une
bataille contre Dieu !... Le Beau !... Quelqu'un a
dit : le Beau est le frère du Bien... le Beau rentrant
dans le point de vue de la conformation au Bien,
une préparation à la morale, les idées de Fichte :
le Beau utile !... Ah ! la philosophie du Beau ! Et
toutes les esthétiques !... Le Beau, tiens ! je le bap-
tiserais comme les autres, et aussi bien, si je voulais : le Rêve du Vrai ! Et puis après ?... Des mots !
des mots !... Le Beau ! le Beau ! Mais d'abord, qui
sait s'il existe ? Et-il dans les objets ou dans notre
esprit ? L'idée du Beau, ce n'est peut-être qu'un
sentiment immédiat, irraisonné, personnel, qui
sait ?... Est-ce que tu crois au principe réfléchi du
Beau, toi ?

C'est ainsi que le soir du mariage de Coriolis, à
des heures indues de la nuit, dans une petite
chambre, au-dessus de l'atelier où séchaient les
chapeaux de paille de sa femme, Chassagnol parlait à Anatole étendu sur la descente de lit, et qui
dormait, une cigarette éteinte aux lèvres, avec l'air
d'écouter.

CLV

Une fenêtre, dans un de ces jolis bâtiments moitié brique, moitié pierre, à l'air d'étable et de cottage, où s'accrochent les bras grimpants d'une glycine, une fenêtre s'ouvre toujours la première au bout du Jardin des Plantes. Elle s'ouvre au soleil, au matin que salue sous elle la volière des vanneaux siffleurs, elle s'ouvre à ce qui revit dans le jour qui ressuscite.

Cette fenêtre est la fenêtre d'Anatole qui, déjà descendu dans le jardin, traîne lentement ses pantoufles paresseuses dans les allées, le long des grilles. Partout c'est un épanouissement d'êtres ; et, de jardinet en jardinet, court le frémissement du réveil animal, charmant de souplesse, de légèreté, d'élasticité. La vie saute et bondit de tous côtés. Les mouflons grimpent sur l'échelle de leurs kiosques, de jeunes axis, penchés sur le côté, s'inclinent en patinant sur le sol où ils tournent ; les lamas s'emportent en courses folles ; les jeunes chevreaux, mal d'aplomb sur leurs jambes pattues, trébuchent dans des essais de galop ; des onagres en gaieté, les quatre pattes en l'air, font de grandes roulées par terre. Tout ce qui est là, dans le mou-

vement, la fièvre, la vitesse, l'étirement, la course,
le jeu des nerfs et des muscles, retrouve la jouis-
sance d'être. Et les petits oiseaux, dans leur volière, font trembler, sous leur voletage incessant,
l'arbre mort qu'ils fatiguent sans repos du rapide
effleurement d'une seconde de pose.

A des places de fraîcheur verte, le blanc des toisons et des plumes montre le blanc de la neige; le
trottinement des chèvres d'Angora balance comme
des flocons d'argent mat; des paons blancs traînent,
étalées, les lumières de satin d'une robe de mariée;
et toute la splendide blancheur donnée aux bêtes
apparaît là dans une sorte de douceur frissonnante,
avec des reflets dormants de nuage et de nacre. Sur
les petites pelouses, presque entièrement couvertes
de l'ombre allongée des arbres, où l'ombre tremble
et s'envole de l'herbe à chaque brise qui secoue en
haut les cimes, Anatole s'amuse à voir le passage
des animaux au soleil, la promenade de leurs couleurs dans des éclairs, la fuite, l'effacement instantané des petites lignes fines et sèches qui se dessinent
en courant derrière les pattes des gazelles. Il regarde les vieux boucs agenouillés, et faisant gratter
leur barbe au bois râpeux de leur auge; le zèbre,
avec son élégance d'un âne de Phidias, ses formes
pleines, pures et souples, ses impatiences de ruade
par tout le corps; les bisons, absorbés, endormis
dans leur passivité solide, laissant tomber de leur
masse le sombre d'un rocher, laissant emporter à

l'air des rouleaux de leur toison brûlée. Des biches
de l'Algérie, à la démarche lente, élastique et scan-
dée, il va aux grands cerfs, qui se dressent paresseusement sur leurs jarrets de devant, en levant
leurs bois comme la majesté d'une couronne. Il va
à ces grands bœufs de Hongrie, aux cornes gigan-
tesques, qui semblent la paix dans la force et dans
la candeur. Il va au dromadaire, dont le regard
s'allonge au bout de son cou de serpent, et dont
l'œil nostalgique a l'air de chercher devant lui la
liberté, l'horizon, l'infini, le désert. Et sur du gazon, il suit les tortues couleur de bronze, allant, en
ramant des pattes, à travers les brindilles qu'elles
écrasent, et se traînant, avec leur marche qui tombe,
jusqu'à un peu de soleil.

Au bord de la petite rivière, au milieu de l'herbe
nouvelle et translucide, sur le décor mouillé des
acacias, des peupliers, des saules, les cigognes tout
à coup rompant leurs poses et leur immobilité em-
paillée, les cigognes prennent des essors boiteux ;
et courant, trébuchant, butant, s'élançant, s'ébat-
tant avec des sauts ridicules et de grotesques velléités de vol, elles illuminent tout ce coin de jardin
des couleurs vives qu'elles y jettent, du blanc
palpitant de leurs ailes agitées, du rouge de leurs
becs et de leurs pattes. A côté des cigognes, voici
le petit étang et les oiseaux d'eau ; Anatole s'y
attarde comme à une mare du Paradis : rien que
des frissonnements, des frémissements, des ondula-

tions, des ébats, des demi-plongeons, le lever, le
bain de l'oiseau, la toilette coquette à coups de bec
sur le dos, sous les ailes, sous le ventre, les conten-
tements gonflés, les renflements en boule, les héris-
sements, les rengorgements qui soulèvent la ouate
floche de tous ces petits corps avec le souffle d'une
brise; et cela, dans du soleil et dans de l'eau, entre
deux lumières, avec des vols qui nagent et des brillants de plume qui se noient, avec des reflets qui
voguent et des éclaboussements de poussière humide qui semblent briser, tout autour de l'oiseau,
en gouttes de cristal, le miroir où il se mire. Une
divine joie est là, la joie gracieuse des animaux qui
échappent à la terre et ne se traînent pas sur le sol,
la joie sans fatigue de toutes ces existences flottantes,
balancées, portées sans fatigue par un soupir de l'air
ou par une ride du fleuve, promenées sur l'onde au
fil du nuage, bercées dans de la transparence et de
la limpidité, voyageant dans du ciel qui les mouille.

  Un peu plus loin, Anatole fait halte devant l'hippopotame, qui dort à fleur d'eau, pareil, dans sa
cuve, à une île de granit à demi submergée, et qui,
de temps en temps, remuant un peu sa petite
oreille et clignant son œil rond, montre, en ouvrant
son immense bouche en serpe, le rose énorme
d'une immense fleur de monde inconnu. Le pain
de seigle qu'Anatole a l'habitude de grignoter en
marchant dans le jardin, fait venir tout de suite à
lui l'éléphant qui s'avance au petit trot, avec des

éventements d'oreille semblables au jeu puissant
d'un *pounka* : Anatole flatte de la main la bête
vénérable, aux cils de momie, et il caresse presque
pieusement cette peau de pierre qui a la couleur
et le grain d'un bloc erratique, éraillé çà et là par
le frottement d'un siècle. Et puis, il passe aux petits éléphants qui, se pressant et se nouant par la
trompe, se poussent front contre front, et jouent à
se faire reculer avec des malices d'enfants de géants
qui luttent et de grosses douceurs de frères qui
s'amusent.

Le soleil, en montant, resserre à chaque minute
l'ombre de tout, et mordant le coin de cage, l'angle
de nuit où sont réfugiés les nocturnes perchés, il
allume un feu d'ambre dans l'œil du Jean-le-Blanc.
L'éblouissement qu'il verse se répand sur tous les
animaux. Au milieu des arbres, où l'on vient de
les déposer, les perroquets éclatent. Les aras
rouges font reluire sur leur rouge l'écarlate d'un
piment ; les plumages des aras blancs étincellent de
la blancheur de stalactites de cire vierge et de
larmes de lait. Et tandis que sur le haut d'un
petit toit, un morceau de la queue d'un paon fait
scintiller un feu d'artifice de pensées et d'éme-
raudes, l'aigrette de la grue couronnée tremble
dans l'herbe comme un bouquet d'épis d'or.

Sur le sol, encore tout ombreux de la grande
allée de marronniers, la lumière jette de distance
en distance des palets de jour ; et sur les troncs

ensoleillés, la découpure digitée des feuilles dessine
en tremblant des fleurs de lis d'ombre.

Assis sur un banc, sous cette épaisse feuillée où
la respiration de l'air fait courir en passant comme
des soulèvements d'ailes qui s'envolent et des batte-
ments de langues qui boivent, Anatole a devant
lui la ménagerie enfermant le soleil et les féroces
dans ses cages, la ménagerie où le roux des lions
marche dans la flamme de l'heure, où le tigre
qui passe et repasse semble emporter chaque fois
sur les raies de sa robe les raies de ses barreaux,
où de jeunes panthères, couchées sur le dos, s'é-
tirent mollement avec des voluptés renversées de
bacchantes. Il est enveloppé du gazouillement des
oiseaux attirés par le pain qu'on donne aux animaux et les miettes des grosses bêtes. A l'étourdissant concert des moineaux gorgés, répond, de
tous les coins du jardin, le chant de fifre des oiseaux
exotiques, sifflante piaillerie, chanterelle infinie
qu'écrase ou déchire tout à coup le beuglement
sourd d'un grand bœuf, le rugissement d'un lion,
le bramement guttural d'un cerf, le barètement
strident d'un éléphant, le cor d'airain de l'hippopotame, — bâillements de féroces ennuyés, soupirs
de bêtes sauvages, fauves haleines de bruit, sonorités rauques, dont Anatole aime à être traversé,
et qui remuent dans sa poitrine l'émotion, le tres-
saillement d'instruments de bronze et de notes de
tonnerre. Puis cela tombe, et bientôt s'éteint dans

le cri d'un petit animal, ainsi qu'un grand souffle
qui mourrait dans le dernier petit murmure d'une
flûte de Pan; et il se fait un silence où l'on entend
goutte à goutte le filet d'eau qui renouvelle le bain
de l'ours blanc.

En errant, ses regards rencontrent dans des
trouées de verdure des têtes aux yeux mourants,
à la langue rose qui passe sur des babines luisantes, des bouches flexibles et ardentes d'hé-
miones, se tordant et se cherchant, dans un baiser
qui mord, à travers les grillages. Il y a dans l'air
qu'Anatole respire la senteur des virginias en fleurs
qui couvrent des allées de leur effeuillement; il y a
des aromes fumants, des émanations musquées et
des odeurs farouches mêlées aux doux parfums des
roses « cuisse de nymphe » qui embaument de
leurs buissons l'entrée du jardin...

Peu à peu, il s'abandonne à toutes ces choses. Il
s'oublie, il se perd à voir, à écouter, à aspirer. Ce
qui est autour de lui le pénètre par tous les pores,
et la Nature l'embrassant par tous les sens, il se
laisse couler en elle, et reste à s'y tremper. Une
sensation délicieuse lui vient et monte le long de
lui comme en ces métamorphoses antiques qui
replantaient l'homme dans la Terre, en lui faisant
pousser des branches aux jambes. Il glisse dans
l'être des êtres qui sont là. Il lui semble qu'il est
un peu dans tout ce qui vole, dans tout ce qui
croît, dans tout ce qui court. Le jour, le printemps,

l'oiseau, ce qui chante, chante en lui. Il croit sentir passer dans ses entrailles l'allégresse de la vie des bêtes ; et une espèce de grand bonheur animal le remplit d'une de ces béatitudes matérielles et ruminantes où il semble que la créature commence à se dissoudre dans le Tout vivant de la création.

Et parfois, dans ce jour du commencement de la journée, dans ces heures légères, dans cette lumière qui boit la rosée, dans cette fraîcheur innocente du matin, dans ces jeunes clartés qui semblent rapporter à la terre l'enfance du monde et ses premiers soleils, dans ce bleu du ciel naissant où l'oiseau sort de l'étoile, dans la tendresse verte de mai, dans la solitude des allées sans public, au milieu de ces cabanes de bois qui font songer à la primitive maison de l'humanité, au milieu de cet univers d'animaux familiers et confiants comme sur une terre divine encore, l'ancien Bohême revit des joies d'Éden, et il s'élève en lui, presque célestement, comme un peu de la félicité du premier homme en face de la Nature vierge.

Décembre 1864. — Août 1866.

FIN

Paris. — Imprimerie Poupart-Davyl, rue du Bac, 30.

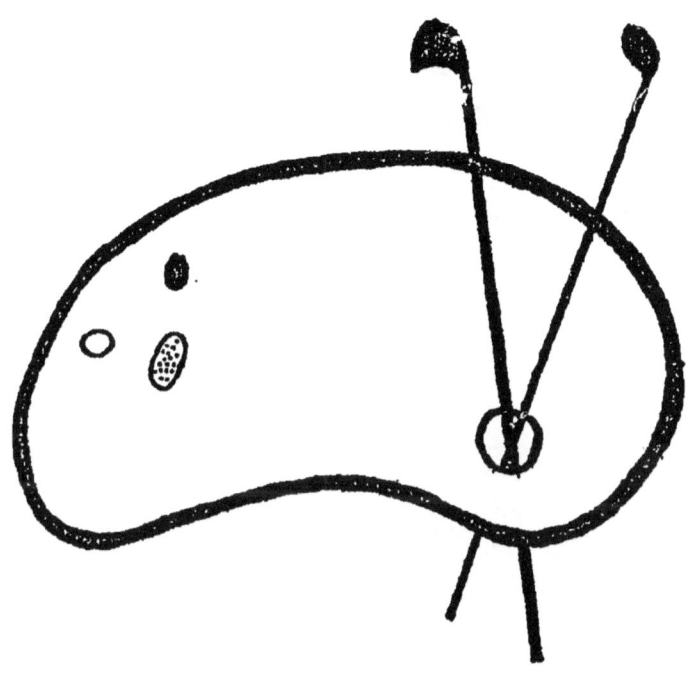

ORIGINAL EN COULEUR
NF Z 43-120-8

www.ingramcontent.com/pod-product-compliance
Lightning Source LLC
Chambersburg PA
CBHW070212030726
47505CB00006B/1656